흐르는 편지

흐르는 편지

김 숨 장편소설

현대문학

차 례

1

어머니, 나는 아기를 가졌어요.

오늘 새벽에는 초승달을 보며 아기가 죽어버리기를 빌고 빌었어요. 변소에 가려고 마당에 나왔다가요. 초승달에 낀 흰 달무리가 몽글몽글 떠오르는 순두부 같아 나도 모르게 입을 벙긋 벌렸어요. 그것을 먹으려고요.

어머니, 나는 아기가 죽어버리기를 빌어요.
눈동자가 생기기 전에…….
심장이 생기기 전에…….

오늘도 나는 편지를 쓴다. 잠잠히 흐르는 물결 위에. 열다섯 살 먹도록 글자를 배우지 못해 내 이름조차 쓸 줄 모르지만 물결로 검지를 가져가면 글자가 저절로 써진다. 검지를 너무 깊숙이 담그면 글자가 뭉개지기 때문에 손톱이 살짝 잠길 만큼만 담가야 한다.

날이 부쩍 풀렸는데도 강물은 아직 손가락이 얼얼하도록 차갑다.

판판한 바위에 원피스를 치대다 말고 끝순이 하늘을 올려다본다.

"새들이 날아가네."

둥글넓적한 그 애의 얼굴은 핏기가 없어 낮달처럼 흐리다. 도도록한 입술도 어렴풋해 인중 위 쥐눈이콩만 한 점이 더 도드라져 보인다. 그 애는 손으로 점을 똑 따 입에 넣고 우물우물 씹어 먹는 시늉을 하고는 한다. 목울대가 아리도록 배가 고프면. 가까이서 들여다보면 용담꽃빛이 도는 점에는 털이 두 가닥 촉수처럼 돋아 있다.

"새들 배가 순무처럼 희네."

해금의 목소리가 아련해 꿈속에서 들려오는 것 같다.

"날개는 팥죽색이고……."

끝순이 침을 삼키는 소리를 들으며 나는 속으로 생각한다. 새의 날개는 팥죽색이 아니라고. 팥죽이 먹고 싶어서 팥죽색으로 보이는 것이라고.

"몇 마리야?"

나는 강물에 눈길을 두고 묻는다. 날아가는 새들만 보면 오줌소태가 난 것처럼 눈물이 찔끔찔끔 나서 보지 않으려고.

"하나, 둘, 서이, 너이……."

새들을 세는 요시에의 손에 들린 삿쿠サック*에서 풀처럼 끈적끈적한 것이 흘러내린다. 에이코 언니의 손에도, 내 손에도 들려 있는 이것이 나는 삿쿠가 아니라 냉이나 고들빼기, 민들레라고 생각하려 애쓴다. 그러나 삿쿠에는 이파리나 뿌리가 달리지 않았다. 끓는 물에 데쳐 된장이나 고추장, 간장에 무쳐 먹을 수 없다. 들기름에 볶아 먹을 수도. 죽을 쑤어 먹거나 쌀가루와 버무려 떡으로 쪄 먹을 수도 없다.

처음 삿쿠를 보고 나는 그것이 먹는 것인 줄 알았다. 쌀가루나 밀가루를 반죽해 찐 일본 떡인 줄.

나는 삿쿠를 씻다 말고 손가락을 넣어본다. 새끼손가락부터 차례로. 설마 싶었는데 다섯 개가 다 들어간다. 삿쿠는 고무로 만들어져 주머니처럼 늘어나지만 그 안에 동전이나 반지 같은 것을 넣어두는 용도의 물건이 아니다. 삿쿠는 늘어나다 어느 순간 찢어지거나 터져버린다. 물이 묻으면 미끌미끌하니 죽은 개구리를 만지는 느낌이지만 나는 날마다 강에 나와 삿쿠를 씻는다.

삿쿠를 강물에 담그고 가만가만 흔드는 에이코 언니의 얼굴에 내 눈길이 저절로 향한다. 그녀의 버들잎처럼 갸름한 입은 살포시 다물려 있다. 빤히 바라보는 내게 그녀는 곁눈 한 번 안 준다. 그래서인지 몰래 훔쳐보는 것 같은 기분이 들어 조마조마하면서도 야릇하

* 일제강점기 군용 콘돔.

다. 군더더기 살이라고는 없는 그녀의 얼굴은 봄볕 속에서도 냉기가 감돈다.

내 옆에서 샷쿠를 씻는 은실은 시무룩하니 아무 말이 없다. 그 애의 맨발 앞에는 금실 언니의 것까지 샷쿠가 수북이 쌓여 있다. 은실 옆에 그림자처럼 붙어 앉아 꾸벅꾸벅 조는 금실 언니는 앞을 보지 못한다. 은실과 금실, 두 자매는 작년 이맘때쯤 이곳에 왔다. 이곳에 고무 공장이 있는 줄 알고. 나물 같은 거 뜯으러 안 다니고 고무 공장에서 일해 돈 벌려고. 친자매라는 게 믿기지 않을 만큼 둘은 생김이 생판 다르다. 금실 언니는 갸름한 얼굴에 눈, 코, 입이 소꿉처럼 아기자기하다. 은실은 광대뼈가 도드라진 얼굴에 쌍꺼풀이 짙다. 모습만 보면 은실이 언니 같지만 금실 언니가 네 살이나 더 먹었다.

오늘은 며칠일까. 나는 날짜를 모른다. 해가 뜨면 낮이고, 지면 밤이라는 것만 안다. 달력이 있는 연순 언니나 해금에게 물으면 알려 줄 테지만 나는 오늘이 며칠인지 별로 궁금하지 않다. 오늘은 군인을 몇 명이나 받아야 하나, 그것만 궁금하다.

악순 언니가 강물에 대고 헛구역질을 한다. 꺽다리에 전라도 사투리를 쓰는 그녀는 자신의 나이를 잘 모른다. 스무 살이라고 했다, 스물한 살이라고 했다, 어느 날은 스물여섯 살은 먹었을 거라고 한다. 기차를 타고 안동다리*를 건넜을 때가 열네 살이었는지, 열다섯 살이었는지도 가물가물하다. 초경을 치르고 얼마 안 지나서라는 것만 기억한다.

요시에가 버짐이 만개해 매미 허물 같은 얼굴을 손으로 긁는다. 눈꼬리가 처진 눈을 찌그러뜨리고.

못 일어난 걸까. 점순 언니의 모습이 보이지 않는다. 그녀는 어제도 가장 늦게 강에 나와 삿쿠를 씻었다.

악순 언니가 강물을 약지에 묻혀 눈가로 가져간다. 그녀는 손이 아니라 손가락으로 세수를 한다. 손가락 끝에 강물을 묻혀 얼굴에 점을 찍듯. 그녀는 눈꼬리에 엉긴 눈곱만 겨우 떼어낸다. 그녀가 손가락 세수를 하는 것은 비누가 없어서가 아니다. 얼굴이 밉게 보이고 싶어서다. 얼굴을 밤낮 찡그리고 있는 탓에 팔자 주름이 깊이 패 심술 맞은 인상이지만 어쩌다 빙긋이 웃을 때면 순식간에 해맑은 얼굴로 변한다.

해금은 그새 삿쿠를 다 씻어놓고 머리를 감는다. 자맥질하는 오리처럼 엉덩이를 허공으로 쳐들고. 그 애의 오디색 머리카락이 강물 위에서 부채처럼 펼쳐지는 것을 바라보던 나는 물결로 손가락을 가져간다. 마저 편지를 쓰려고.

어머니, 아기는 심장이 벌써 생겼는지도 몰라요…….

* 압록강 철교. 북한 신의주와 중국 안동을 잇는 다리로, 일본이 대륙 진출을 위해 1911년 준공했다.

나는 편지를 쓰다 말고 강물에 어른어른 떠오른 내 얼굴을 물끄러미 바라본다. 강물이 아니라 내 얼굴이 흘러가는 것 같을 때까지.

낫처럼 휘어진 강물이 어디서 흘러오는지 나는 알지 못한다. 어디로 흘러가는지, 얼마나 멀리까지 흘러가는지도 모르면서 내 고향 마을까지 흘러갈 거라고 생각한다. 어머니가 고향 마을을 에둘러 흐르는 강물에 나물을 씻다, 혹은 저고리나 버선을 헹구다 내 편지를 받을 거라고.

악순 언니가 그러는데, 아기집 속에서 아기가 빚어질 때 심장이 가장 먼저 생긴대요.

지난겨울에 악순 언니는 사내아이를 낳았어요.

입김이 성에처럼 어는 추운 밤에요.

방금 세상에 태어난 아기 머리가 어른 머리처럼 까맸어요.

며칠 토벌을 나갔다 돌아온 군인 머리처럼요.

악순 언니는 탯줄을 무쇠 가위로 자르자마자 아기를 차가운 다다미 위에 엎어놓았어요.

아기 얼굴을 보지 않으려고요.

아기가 죽으라고요.

편지가 다른 곳으로 흘러가버리면 어쩌나, 모르는 사람에게 닿으면. 물결 위에 쓴 편지니까 물에 글자가 번지거나 지워지지는 않을 것이다.

강물에 편지를 쓸 때마다 어머니 이름을 써넣고 싶지만 어머니에게는 이름이 없다. 길에 나뒹구는 돌멩이나 흘러가버리는 구름에게 이름이 없듯.

외할아버지는 어째서 딸에게 이름을 지어주지 않았을까. 이름을 지을 줄 몰라 지어주지 않은 걸까. 아니면 여자라 이름이 없어도 되어서 지어주지 않은 걸까.

편지에 고향 집 주소를 써넣고 싶지만 나는 주소를 모른다. 마을 사람들은 내 고향 집을 고갯마루집이라고 불렀다. 어머니에게 이름이 없는 것처럼 고향 집은 주소가 없는 게 아닐까. 새 둥지에도 주소가 없으니까. 머리에 볏짚 모자를 쓰고 흙벽 옷을 입은 고향 집은 멀리서 보면 뒤집힌 제비 둥지 같다.

나는 벌을 받은 걸까. 잠자리의 날개를 찢어서.

작년 가을이었다. 606호* 주사를 맞아 하늘이 맷돌처럼 빙글빙글 돌았다. 시큼하고 쓴 냄새가 코로 넘어오며 콧속 살이 칼로 여미는 것처럼 쓰렸다. 가만히 제자리에 서 있는 것조차 힘들 만큼 어지럽고 속이 메스꺼웠다.

* 매독이나 스피로헤타병의 치료에 쓰는 살바르산.

나는 잠자리의 왼쪽 날개를 찢었다.

'고향 집에 돌아갈 수 있다.'

나는 오른쪽 날개도 찢었다.

'고향 집에 돌아갈 수 없다.'

잠자리의 날개가 두 개뿐이라는 걸 나는 새빨간 몸통만 남은 잠자리를 보고서야 깨달았다.

2

알전구 불빛 색깔은 호박죽색이다. 늙은 호박을 가마솥에 넣고 푹 삶아서 쑨. 알전구 유리는 얼마나 얄따란지, 그 안의 송충이처럼 생긴 게 경기하듯 떠는 것이 느껴질 정도다.

나는 놋숟가락처럼 무거운 눈꺼풀을 감았다 뜬다. 눈꺼풀을 한 번 감았다 떴을 뿐인데 수십 년이 훌쩍 흘러가버린 것 같다.

방 안 공기가 서늘해 손가락들이 곱아든다.

아직은 눈에 띌 만큼 배가 부르지 않지만 나는 끈이나 혁대로 허리를 질끈 동여매야 하는 몸뻬를 입지 않는다. 평퍼짐한 광목 원피스를 입는다. 긴소매에 아래가 평퍼짐한 녹두색 원피스는 수의처럼 단추도, 주머니도 달리지 않았다. 신물이 올라올 만큼 뜬내가 나지만 나는 다른 옷으로 갈아입지 않는다. 조금 전에 갈아입은 데다 뜬

내는 어차피 땀내와 구린내, 발 고린내와 뒤섞일 것이다. 날콩 냄새처럼 비리고 역겨운 그 어떤 냄새와.

올과 올 사이가 들뜨고 좀이 먹은 원피스는 처음부터 새것이 아니었다. 목 부분과 소맷부리가 늘어나 있었다. 그리고 처음부터 내몸에 맞지 않았다. 입을 때마다 쌀자루를 뒤집어쓰는 기분이 들 만큼 크지만 내가 가진 몇 개 안 되는 옷들 중 하나다.

안에 아무것도 입지 않아 원피스를 벗으면 나는 실오라기 한 올걸치지 않은 알몸이 된다. 나는 평소에 속옷을 거의 입지 않는다. 아래가 휑하고 허전한데도 내가 속옷을 입지 않는 이유는, 그것을 벗고 입는 데 들어가는 시간을 아끼기 위해서다.

밤껍질색 광목 몸뻬, 잣색 광목 블라우스, 익은 대추색 네마키ねまき*, 망초꽃 같은 목깃에 앞자락에 은색 자개단추가 다섯 개 달린 개나리색 인견 원피스…… 이 옷들이 다 어디서 왔는지 나는 모른다. 누가 입던 옷들인지도.

나는 거지처럼 누가 입다 버린 옷인지도 모르는 옷들을 입는다.

내 옷들 중 가장 멀쩡한 것은 인견 원피스다. 유일하게 단추가 달린 그 옷을 나는 잘 입지 않는다. 처음부터 내 옷이었던 듯 내 몸에 마침맞는 원피스를 내가 잘 입지 않는 것은 얼룩 때문이다. 명치 부분에 번진, 흡사 몽고반점 같은 얼룩은 빨 때마다 비누질을 해 문지

* 일본 잠옷.

르는데도 지지 않는다. 얼룩 때문에 나는 원피스가 죽은 여자애의 옷일 것만 같다. 얼룩이 피 얼룩일 것만.

내 고향에서는 사람이 죽으면 그가 생전에 입었던 옷을 태웠다. 혼이 황천길 가는 길에 입고 가라고. 내 짐작대로 인견 원피스가 죽은 여자애의 것이라면 어쩌다 내게까지 오게 되었을까. 나는 마당에 수북이 쌓여 있던 옷들 중 하나를 집어 들었을 뿐이다.

나는 힘없이 늘어뜨리고 있던 두 손을 배로 끌어당긴다.

생리가 없는데도 내 몸에 아기가 들어섰으리라고는 꿈에도 생각 못 했다. 606호 주사를 맞아 한두 달씩 생리가 끊기고는 했으니까. 달포에 한 번 군의관은 내 아래를 살핀다. 두 동강 난 탑의 반쪽처럼 생긴 나무 의자에 올라가 가랑이를 찢듯 벌리게 하고서. 대머리에 송곳처럼 찌르는 눈빛을 가진 군의관은 내 아래가 조금만 이상해도 팔뚝에 606호 주사를 놓는다. 피를 맑게 해준다는 그 주사는 오줌빛이 도는 주사약으로 팔뚝 안쪽에 놓는데 맞을 때 도끼로 찍는 것 같다. 처음 그 주사를 맞고 나는 너무 아파서 폴짝폴짝 뛰었다. 그것은 내가 세상에 태어나 처음 맞은 주사이기도 하다.

아무리 그래도 어떻게 까맣게 몰랐을까.

내 몸이 아기를 가질 수 있는 몸이라는 생각을 못 했다. 악순 언니가 아기 낳는 걸 보았으면서. 언니들이 아기가 들어설까봐 전전긍긍하는 걸 곁에서 지켜보았으면서.

붉은 소독약*을 탄 물로 아래를 수시로 씻고, 삿쿠를 쓰는데도 내 몸에는 아기가 들어섰다.

내 몸에 아기가 들어선 걸 나는 보름 전에야 알았다. 입덧을 했다. 진 밀가루 반죽을 소금물에 떠 넣어 끓인 수제비를 먹는데 구역질이 나고 속이 울렁거렸다.

아직은 아무도 내가 아기 가진 걸 모른다. 악순 언니도. 나는 아무에게도 내가 아기 가진 걸 말하지 않았다. 서로의 거웃에 붙은 사면발니**를 잡아줄 만큼 친한 해금에게도.

아기를 갖기에는 내가 너무 어려서 다들 의심을 못 한 걸까. 아니면 내 몸이 너무 작아서? 나는 열다섯 살이지만 열세 살인 요시에보다 작다.

배가 계속 불러오면 옷으로 감추어도 다들 알아차릴 것이다. 오늘 아침 오지상에게 군표를 가져다주는데 심장이 두방망이질을 쳐 진땀을 뺐다. 오지상은 늘 그렇듯 벽에 걸어놓은 일장기 아래 무릎을 꿇고 앉아 군표를 받았다.

편지에 쓴 대로 나는 아기가 죽어버리기를 바라지만 얼마나 빚어졌는지 궁금하다.

* 과망간산칼륨.
** 음모에 붙어 사는 이.

18

얼굴은 빚어졌을까?

영혼은?

영혼도 눈이나 심장처럼 아기집에서 빚어지는 걸까. 그게 아니라 나비나 새처럼 멀리서 날아드는 것이라면 고향 쪽에서 날아들었으면 싶다.

영혼이 날아들게 창문을 열어두어야 하나? 창문이 닫혀 있어서 다른 곳으로 날아가버리면 어쩌지. 나는 아기가 죽기를 바라지만 아기에게 깃들려고 날아온 영혼이 창유리에 막혀 다른 곳으로 가버릴까봐 애가 탄다.

가로세로 폭이 한 뼘 남짓인 창은 너무 높아 깨금발을 해야 겨우 손이 닿는다. 북향이라 하루 종일 해가 들지 않지만 없는 것보다 백 배 낫다.

창문 유리에는 지그재그로 금이 가 있다. 맞바로 하늘이 올려다보여 유리가 아니라 유리에 담긴 하늘에 금이 가 있는 것 같다.

아기집은 이 방보다 더 어두울 것이다. 내 몸 중 가장 비밀스럽고 은밀한 곳에 있으니까. 아기는 어째서 몸에서 가장 어두운 곳에서 빚어지는 걸까. 가장 깊은 곳이자 가장 슬픈 곳에서.

아기가 들어선 뒤로 나는 눈동자가 아니라 아기집이 내 몸에서 가장 슬픈 곳이라는 걸 알았다.

시그무레한 소독약 냄새가 맡아진다. 강물에 씻어 말린 삿쿠들에

뿌린 소독약 가루 냄새도.

창문 밑에는 둥글고 납작한 놋대야가 놓여 있다. 가장자리가 뭉텅 뜯겨 나가고 거무튀튀한 놋대야 속에는 소독약을 타 불그스름한 물이 반 넘게 들어 있다.

놋대야 앞에는 개킨 광목 수건 두 장이 나란히 놓여 있다.

불그스름한 물에 가려 보이지 않지만 놋대야 바닥에는 청회색 얼룩이 짓무른 수국처럼 번져 있다.

놋대야가 텅 비어 있을 때 나는 내 물건들을 그 안에 차곡차곡 집어넣는 놀이를 하고는 한다.

나는 옷들 먼저 놋대야 속에 챙겨 넣는다. 부피를 줄이려 옷들을 둘둘 말고 풀어지지 않게 검은 고무줄로 묶는다. 죽은 여자애의 옷들만 같아 꺼림칙해하면서도 버리지 못하는 것은 옷이 귀하기 때문이다. 내 어머니는 바느질로 옷을 지을 줄 알았지만 천이 없어서 자식들에게 옷을 지어주지 못했다.

꺼끌꺼끌한 광목 내의도 둘둘 말아 놋대야 속에 넣는다. 양 겨드랑이에 동전만 한 구멍이 뚫린 내의는 군인이 입다 버린 것이다. 우리는 군인들이 입다 버린 내의를 주워 입기도 한다. 너덜너덜해지면 걸레로 쓰거나 기워서 생리기저귀를 만들어 쓴다.

감자색 광목 버선 한 켤레와 다람쥐색 지카타비じかたび* 한 켤레. 안에 솜을 넣고 누빈 지카타비는 버선같이 생겼지만 신는 방법이 다르다. 가운데가 돼지 발처럼 갈라져 있어서 구멍 하나에는 엄지

발가락을, 다른 하나에는 나머지 발가락을 집어넣는다. 바닥에 고무가 대진 지카타비는 기운 자국투성이인 데다 다리미로 누른 듯 납작하게 눌려 언뜻 보면 말라 죽은 쥐 같다. 처음 그것을 신을 때 나는 발가락을 어떻게 넣어야 하는지 몰라 난감했다. 두 구멍에 발가락을 골고루 나누어 넣어야 되는 줄 알고, 엄지발가락만 넣어야 하는 구멍에 다른 발가락도 집어넣으려고 애를 썼다. 내 발보다 큰 지카타비를 나는 질질 끌고 다닌다.

감자색 광목 버선은 처음부터 내 것이었지만 나는 그것을 잘 신지 않는다. 닳아 구멍이 나면 안 되니까.

사루마타さるまた**라고 하는, 허리와 양 가랑이 부분에 고무줄을 넣은 광목 속옷 두 벌.

그리고 한고. 군인들이 가지고 다니는 밥그릇인 그것이 어디서 났는지 이상하게 전혀 기억나지 않는다. 나는 혹시나 내가 그것을 훔쳤을까봐 덜컥 겁이 나고는 한다. 철로 만들어 깨지지 않는 한고는 여러모로 쓸모가 있다. 주로 주전자로 쓰는데 건빵을 물에 불릴 때 용기로 사용하기도 한다.

모시 수건 한 장과 광목 수건 두 장. 해져 그물 같은 광목 수건은 내 방에 다녀간 군인이 떨어뜨리고 간 것이다.

* 버선처럼 생겼으며 엄지발가락과 다른 발가락 사이가 갈라져 있는 일본 신발.
** 일제강점기 다리속곳 대신 입기 시작한 팬티를 사루마타라고 불렀다.

대나무로 만든 참빗과 얼레빗. 살을 발라 먹은 갈치 토막처럼 생긴 참빗은 내가 가진 물건들 중 가장 요긴한 물건이다. 촘촘하게 박힌 빗살 사이가 바늘보다 좁아 그것으로 머리를 빗으면 머리카락에 붙어 있던 이가 빗살 사이에 걸려든다. 갱지에 대고 이를 털면 그 소리가 깨 터는 소리 같다. 반달 모양의 얼레빗은 참빗보다 빗살이 굵고 빗살 사이가 넓어 빗으로도, 머리에 꽂는 핀으로도 쓴다. 손잡이 부분에 배꽃처럼 작고 하얀 꽃이 여섯 점 그려져 있는 얼레빗은 내가 가진 물건들 중 가장 작고 앙증맞다.

그리고 흑돼지 털처럼 시커멓고 억센 솔이 뭉치로 붙어 있는 나무 칫솔, 천리향 향기처럼 그 향이 짙은 누에색 비누 반 토막.

군인들이 버린 게토루ゲートル*로 만든 생리기저귀와 무명베로 만든 생리기저귀, 네모난 가루분粉통.

반닫이장은 내 방에 있는 물건들 중 가장 값이 나가지만 내 것이 아니다. 그리고 그것은 놋대야에 담기에는 너무 크고 무겁다. 쑥색 담요도, 왕겨로 속을 채운 베개도 내 것이 아니다. 삿쿠 통도, 군표 통도.

내 물건들을 다 담기에 놋대야는 크지도 작지도 않다. 나는 혹시나 빼놓은 물건이 없는지 방 안을 찬찬히 살핀 뒤에야 놋대야를 보자기로 싼다. 거무추레한 광목 보자기도 내 물건들 중 하나다. 보자기 덕분에 놋대야는 그럴듯한 보따리로 변신한다.

---

* 각반. 일본 군인들이 무릎 아래 다리에 감던 천.

연순 언니가 점순 언니의 등을 어루만지며 어린애를 달래듯 말한다. 속정이 깊고 애살이 있는 연순 언니는 부모도, 고향도 다른 자매들을 살갑게 챙긴다. 작년 가을 내가 아래서 피가 계속 흘러 울고 있자 생리 피라며 안심시켜주었다. 군인들이 버리고 간 게토루로 만든 생리기저귀를 내게 나누어 주며 어떻게 쓰는지 알려주기도 했다.

초경이 시작된 걸 모르고 죽을병에 걸린 줄 알았다. 피가 멎지 않고 흘러서 광목 수건으로 아래를 틀어막았다.

마당에서 아기 울음소리와 소란스러운 말소리가 들리는가 싶더니 굴뚝에서 기어 나온 것 같은 중국 여자가 불쑥 나타난다. 우리의 눈길이 동시에 여자를 향한다. 여자가 자신의 품에 안겨 발버둥치는 아기를 문지방 앞에 던지듯 내려놓더니 악순 언니를 째려본다. 썩은 옥수수알 같은 이빨을 드러내고 성난 숨을 토한다.

"못 키우겠어!"

"못 키우겠다니, 그게 무슨 말이야?"

중국 여자를 쏘아보는 악순 언니의 가는 눈이 더 가늘어진다.

"어떻게 생겨먹은 애가 밤낮 울어."

"배가 고픈가 보지."

까무러치는 아기에게 악순 언니는 눈길조차 주지 않는다.

"나는 못 키우겠으니까 네가 키워!"

"키운다고 데려갈 때는 언제고 못 키우겠다는 거야."

"네가 낳았으니까 네가 키워."

"내가 낳았지만 네 아기야."

"밤낮도 없이 계속 울면 우물에 던져버릴지 몰라!"

중국 여자의 으름장에도 악순 언니는 눈썹 하나 꿈쩍 않는다.

"네 아기니까 죽이든 살리든 네 맘대로 해."

악순 언니는 지난겨울에 낳은 아기를 중국 여자에게 주었다. 낙원위안소에서 밥을 짓고 청소를 하던 여자는 마흔 살 넘도록 애를 못 낳아 자식이 없었다. 쌀눈 같은 눈발이 날리던 날 여자는 악순 언니가 낳은 아기를 품에 꼭 끌어안고 낙원위안소를 떠났다. 싸라기 같은 눈발이 날리는 들판 속으로 지워지듯, 지워지듯 걸어갔다. 가시철망 울타리 곳곳에는 꽝꽝 언 여자애들이 팔과 다리를 찢듯 벌리고 매달려 있었다. 달아나다 가시철망에 걸린 여자애들은 머리가 없었다. 얼굴도, 손도, 발도. 여자가 들판 지평선 너머로 사라지고 나서야 군인들이 나타났다.

"넌 천벌을 받을 거야, 자식을 버렸으니까. 짐승도 어린 자식새끼는 버리지 않지. 늙은 부모는 버려도 말이야."

여자는 도로 아기를 데리고 떠나며 악순 언니에게 저주를 퍼붓는다.

여자가 아기를 품에 끌어안고 걸어가는 들판에는 눈발 대신 싯누런 흙먼지가 날린다.

아래가 간지럽고 따갑다. 지난밤 내 몸에 다녀간 군인들이 내 아래에 사면발니를 나누어 주고 가서다. 우리는 이를 군인들과도 나누어 갖는데, 사면발니는 특별히 군인들하고만 나누어 갖는다.

사면발니 말고도 군인들이 우리에게 나누어 주는 것이 있는데 여남은 가지는 된다. 건빵, 밥풀과자, 흑사탕, 캐러멜, 말린 말고기, 담배, 술, 비누, 성냥, 치약…….

사면발니는 군인들이 우리에게 나누어 주는 것들 중 가장 쓸모가 없다. 그것은 먹을 수도, 얼굴이나 이를 닦는 데 쓸 수도 없다.

치약이 진즉에 떨어졌지만 내게 치약을 나누어 주는 군인이 없다. 비누도, 담배도.

군인들이 우리에게 나누어 주는 것들 대개는 군대에서 나오는 군수품이지만 사면발니는 아니다.

사면발니가 거웃을 타고 돌아다니는 것이 느껴진다. 사면발니는 참빗으로 훑을 수 없다. 대나무 핀셋이나 손가락으로 잡아야 한다.

나는 치마 밑으로 손을 집어넣고 아래를 긁는다. 사면발니가 손톱 틈새에 걸려들기를 바라지만 그럴 가능성은 희박하다.

나는 아래를 긁으며 구름을 바라본다.

허기는 구름을 청포묵으로 만든다. 채를 쳐 들기름에 무쳐 먹을 수도, 뭉텅뭉텅 썰어 양념 간장에 찍어 먹을 수도 없지만 고향에서 쑤어 먹는 그 청포묵이다.

애순 언니가 걸어오더니 내 옆에 쪼그리고 앉는다. 그녀는 맨발이다. 그녀의 눈썹으로 이가 기어가는 것이 내 눈에 들어온다. 그녀의 눈썹은 웬만한 남자 눈썹보다 짙다. 숱 많은 머리는 서리 맞은 듯 서캐가 잔뜩 꼈다.

나는 애순 언니의 눈썹으로 손을 뻗는다. 이를 잡아 양 엄지손톱으로 누른다. 이가 으깨지며 흐르는 피고름이 손톱에 묻어난다.

연순 언니가 걸어오더니 애순 언니 옆에 자리를 잡고 앉는다. 그녀도 맨발이다. 발가락을 오그리고 있는 내 발도.

우리가 들짐승처럼 맨발인 사연은 제각각이다. 우리가 집을 떠나 이곳에 오게 된 사연이 제각각이듯.

연순 언니가 맨발인 것은, 그녀가 가진 신발이 지카타비 한 짝뿐이기 때문이다. 그녀는 잃어버린 한 짝을 찾으려 하지 않는다. 애순 언니는 신발 신는 걸 깜박했을 것이다. 그녀는 옷 입는 것도 깜박하고는 하니까. 밥 먹은 것도 깜박하고는 부엌으로 뛰어 들어가 밥을 찾고는 하니까. 나는 어쩌다 보니 신발을 신지 않았다.

지카타비, 게다, 고무신. 우리가 신는 신 종류는 그렇게 세 가지다. 우리가 입는 옷들이 어디서 오는지 모르는 것처럼 우리가 신는 신발들 또한 어디서 오는지 나는 모른다. 오지상이 신발을 보따리로 가져와 마당에 부려놓으면 우리는 대충 발에 맞는 신발을 골라 신는다. 해금은 언제나 새 신발을 원하지만 새 신발은 없다. 발에

딱 맞는 신발도.

게다는 나무를 발 모양으로 깎아 만든 신발로, 통으로 속을 판 것과 속을 파는 대신 시옷 모양으로 끈을 달아 발가락을 끼우도록 만든 것이 있다. 끈을 달아놓은 게다는 지카타비와 신는 방법이 같다. 끈 하나에는 엄지발가락만 끼우고 나머지 발가락들은 다른 끈에 끼운다.

게다는 장마때 요긴하다. 찢어지거나 터질 염려가 없지만 게다를 신고 걸으려면 요령이 있어야 한다. 발목뼈에서 까딱까딱 소리가 나는 것 같은 착각이 들도록 걷는 게 요령인데 생각보다 쉽지 않다. 게다는 굽 높이와 모양이 다양한데 해금은 굽 높이가 한 뼘은 되는 게다를 가지고 있다. 그걸 신으면 해금의 키는 악순 언니만큼 커진다.

고무신은 검정 고무신과 흰 고무신 그리고 꽃고무신 그렇게 세 가지다. 고무신은 가볍고 발 모양에 맞게 늘어나는 데다 물기가 금방 말라 비 오는 날에도 신기 편하지만 바닥이 미끄럽고 잘 찢어진다. 고무신 옆구리가 찢어지면 우리는 바늘과 실로 기워 신는다. 앞코나 뒤축에 구멍이 나면 고무 조각을 덧대 기우기도 한다.

군인들이 몰려오면 우리의 신발들은 놀란 쥐 떼처럼 소용돌이친다. 연순 언니의 지카타비가 해금의 방문 앞까지 날아가고, 해금의 게다가 훌쩍 날아올라 내 방문을 친다.

고무신을 잃어버린 적 있는 악순 언니는 자신의 신발들에 특별한 표시를 해놓는다. 돼지 얼굴 같기도, 꽃잎 같기도 한 표시를. 나무 신발인 게다에는 불에 달군 철사 끝으로 그어서, 천 신발인 지카타 비에는 바늘과 실로 수를 놓듯 바늘땀을 떠 넣어서. 그녀가 잃어버린 고무신은 그냥 고무신이 아니다. 그녀는 그 고무신을 신고 중국에 왔다. 고무신을 잃어버리고 그녀는 발을 잃어버린 것처럼 불안해했다. 그녀는 자신을 빼고 우리 모두를 도둑으로 의심했다. 이 잡듯 방마다 뒤지고 다녔지만 고무신을 찾지 못했다. 나중에는 군인들을 의심했지만 그렇다 해도 찾을 길은 까마득했다. 간혹 우리에게 다녀가며 휴지나 담배를 집어 가는 군인들이 있다.

에이코 언니의 흰 고무신은 코가 뾰족하고 옆구리가 갸름하게 빠진 게 주인을 닮았다. 그녀는 맨발로 나다니지 않는다. 무명 버선이나 광목 양말을 신고 고무신을 신는다. 그녀의 고무신은 누렇게 색이 변하지도 찢어지지도 않았다.

해금은 중국에 올 때 신발 가게에서 사 신은 노란 구두를 자신의 방에 고이 모셔둔다. 요시에가 부러워하는 구두가 나는 부럽지 않다. 5원이나 주고 산 그 구두가 그 애를 고향 집에 데려다줄 수 없다는 것을 잘 알기 때문이다. 5원은 쌀 한 가마니값이다.

신발들은 덜 낡았든, 심하게 낡았든 우리에게 한결같은 교훈을 준다. 그것은 세상 그 어떤 신발도 우리를 집에 데려다줄 수 없다는 것이다.

애순 언니가 손으로 발가락 사이를 후벼 파며 긁는다. 악순 언니가 방에서 나오더니 문 앞에 웅크리고 앉아 담배를 피운다.

연순 언니가 여전히 허공에 떠 있는 청포묵에 눈길을 두고 중얼거리기 시작한다.

"전생에 내가 사냥꾼이었는데 새끼를 밴 고라니를 죽여서 그 벌로 가난한 집 딸로 태어난 거라고 했어……. 전생을 보는 점쟁이가……."

연순 언니는 자신이 이곳에 오게 된 사연이 전생에 저지른 죄 때문이라고 믿고 있다. 그녀의 전생 이야기는 그림 이야기로 이어진다.

"점쟁이가 그림을 보여주었는데, 여자가 혼자 밤길을 걸어가고 있었어. 그믐밤 불빛 한 점 없는 캄캄한 밤길을……. 점쟁이가 그랬어. 그 여자가 나라고……."

나는 연순 언니에게 아기 가진 걸 털어놓고 싶은 걸 꾹 참는다.

연순 언니가 몸을 일으킨다. 맨발을 터벅터벅 내디디며 자신의 방 쪽으로 걸어간다. 애순 언니가 따라 일어서더니 그림자처럼 연순 언니 뒤를 바짝 따라간다.

전생을 보는 할아버지 말대로 연순 언니가 전생에 지은 죄 때문에 이곳에 오게 된 거라면 나는 전생에 무슨 죄를 지어서 이곳에 오게 되었을까.

우리는 이곳에 오게 된 까닭을 스스로에게 이해시키려 애쓴다.

우리에게 아무도 그 이유를 설명해주지 않기 때문이다. 우리의 신인 오지상조차도. 남을 원망하거나 미워할 줄 모르는 해금은 자신이 어수룩해서 이곳에 왔다고 생각한다. 악순 언니는 부모 없는 고아 신세라서, 점순 언니는 자신의 팔자가 사나워서, 끝순은 일본이 전쟁에서 이겨야 하기 때문에, 요시에는 엄마 말을 안 들어서, 을숙 언니는 직업소개꾼에게 속아서. 애순 언니는 그냥 이곳이 어딘지 잊어버린다.

죄를 지어서 그 벌로, 혹은 사나운 팔자 때문이라고 생각하는 것보다 이곳이 어딘지 잊어버리는 게 나을까.

나는 이곳이 어딘지 잊어버리려고 애쓴다. 그런데 나는 이곳이 어딘지 모른다.

*

"아가야, 울지 마…… 울지 마……."

베니어합판 너머에서 들려오는 소리에 잠이 깬 나는 찢듯 눈을 뜬다.

"아가야, 엄마가 잘못했으니까 제발 울지 마……."

중국 여자에게서 아기를 되찾아 오기라도 한 걸까. 그러나 아기를 어르고 달래는 목소리만 들릴 뿐 아기 울음소리는 들리지 않는다.

"엄마가 두 손이 너덜너덜 걸레가 되도록 빌게, 사정할게…… 아가야, 울지 마, 울지 마……."

아기는 중국 여자가 데리고 있다. 악순 언니는 지금 혼잣말을 하는 것이다.

악순 언니는 혼자 말하고 혼자 화내고 혼자 울고는 한다. 남들 앞에서는 절대 울지 않는다. 우는 거 말고는 할 수 있는 게 없는데도 그녀가 울지 않는 것은 남들이 얕잡아볼까봐서다. 남들 앞에서 잘 웃지 않는 이유 또한.

낙원위안소에 온 첫날 나는 그녀가 혼자 중얼거리는 소리를 듣고 누구와 저렇게 말을 하나 했다. 억눌린 목소리로 귓속말을 하듯 비밀스럽게 중얼거리던 그녀는 울다, 웃다 나중에는 욕을 하며 화를 냈다.

아기에게 들릴 리 없는데도 그녀는 울먹울먹 간절한 목소리로 애원한다. 그녀가 누군가에게 저렇게 애처롭게 비는 소리를 나는 처음 듣는다. 군인들에게 빌 때 그녀의 목소리에는 억울함과 울분이 독처럼 배어 있다.

'제발 삿쿠를 껴'라고 말할 때의 제발과 '제발 울지 마'라고 말할 때의 제발은 같은 말 같지만 다른 말이다. 익모초와 쑥이 비슷하게 생겼지만 전혀 다른 식물인 것처럼.

"아가야, 네가 밤낮도 없이 빽빽 매미처럼 울어대면 모두가 고통스러워…… 너도, 나도, 중국인 엄마도…… 울어도 바뀌는 건 없어……

울어도 아무도 널 불쌍하게 생각하지 않으니까 울지 마……."

그녀는 아기에게는 울지 말라고 하면서 자신은 운다. 눈이 문드러지도록 울어도 아무도 자신을 가엾게 생각하지 않는다는 걸 잘 알면서.

한구* 골목이 떠오른다. 이곳으로 오기 전에 나는 한구라는 곳에 있었다. 일본군이 싱가포르를 점령했다는 소문을 들은 지 넉 달여가 지난 어느 날이었다.** 2, 3층 높이의 거무죽죽한 건물들이 양쪽으로 빽빽하게 들어찬 골목 끝으로 해가 지고 있었다. 허공에 가로질러 걸쳐놓은 장대마다 흰 천들이 길게 매달려 있었다. 만장 같은 흰 천들에는 붓글씨로 한자가 쓰여 있었다. 어느 건물에서인가 여자들이 중국 말로 요란하게 싸우는 소리가 들려오고 고깃국을 끓이는 기름진 냄새가 났다. 찌든 지린내도. 저승사자처럼 차려입은 중국 남자들과 일본 군인들이 골목에 넘쳐났다.

2층 회색 벽돌 건물이었다. 그 건물 철 대문이 열리고, 군복 차림의 남자가 일본 말을 하며 뛰어나왔다. 남자는 병아리들을 몰듯 여자애들을 철 대문 안으로 몰았다. 등 뒤에서 철문이 닫히는 순간 심장이 발바닥까지 쿵 내려앉았다. 다시는 열리지 않을 것 같아 나는

* 중국 하북성 한구漢口. 일본군 위안소가 있었다.
** 1942년 2월 15일 일본군은 싱가포르를 점령했다.

자신도 모르게 철문을 향해 홀쩍 고개를 돌렸다.

"너희들 지금부터 피를 닦아라."

깻잎색 기모노를 입고 머리를 파마한 여자가 우리에게 광목 쪼가리를 나누어 주며 말했다. 조선말이었지만 일본 말 억양이 붙어 일본 말처럼 들렸다.

"피요?"

봉숭아색 자미사 저고리를 입은, 키가 홀쭉한 여자애가 물었다.

"피 말이다."

그제야 콘크리트 바닥에 어루러기진 불그레한 얼룩들이 눈에 들어왔다. 얼룩은 기둥에도, 벽에도 있었다.

찬기가 감도는 콘크리트 바닥에 무릎을 꿇고 앉아, 물 적신 광목 쪼가리로 핏자국을 문지르며 도살장인가 보다 했다.

손바닥 지문에 묽은 핏물이 고여 들어 흘렀다. 고향 집을 떠나 그곳까지 오는 동안 톱날처럼 자란 손톱들 틈으로 핏물이 고였다.

손에 묻은 핏물을 까만 광목 치마에 문질러 훔치다 말고 고개를 갸웃거렸다.

왜 비단 짜라는 말을 안 할까? 비단 공장도 안 보여줄까?

피를 다 닦으면 공장을 보여주려나 했다. 그래서 꾀도 안 부리고 피를 닦았다.

여자애들이 피를 닦으며 소곤거렸다.

"피를 다 닦아야 저녁을 주려나?"

"광목 공장에는 내일 보내주려나?"

"고무 공장에 가는 거 아니었어?"

"나는 바늘 공장에 가는데."

"방이 스무 개는 되는 것 같아."

1층과 2층, 말발굽 모양의 복도를 따라 방들이 들어차 있었다.

도살장이 아니라 위안소라는 곳이었다. 검은 먹물로 '世界慰安所(세계위안소)'라고 쓴 흰 천이 철문 왼편 기둥에 드리워져 있었지만 나는 한자를 읽을 줄 몰랐다. 읽을 줄 알았어도 '위안소'의 뜻을 몰라 뭘 하는 곳인지 짐작조차 못 했을 것이다. 총알 만드는 공장에 가는 줄 알았던 여자애는 말했다. 총알 만드는 공장에 가는 줄 알았는데 군인 받는 공장에 왔다고. 그 애에게 위안소도 어쨌든 공장이었다.

중국에 와서야 나는 어머니가 내게 가르쳐주지 않은 말들이 있다는 걸 알았다. 삐(屄, 여자 성기)라는 말도 그중 하나였다.

나는 까막눈인 어머니에게 말을 배웠다. 고향의 하늘과 땅은 어머니의 말과 함께 있었다. 어머니가 돌나물을 뜯다 말고 고개를 들고는 굶주림에 찌든 입으로 '하늘이 흐려지네'라고 중얼거리던 말과 함께 하늘이 있었다. 어머니는 고향에 나는 거의 모든 나물과 꽃 이름을, 새 이름을 알고 있었다. 달래, 쑥, 냉이, 취, 칡, 산딸기, 오디, 미나리, 자두, 앵두, 부추, 복수초, 개나리, 제비꽃, 산수유, 까치, 제비, 뻐꾸기, 뜸부기, 찌르레기…….

나는 삐가 곤충이나 풀벌레 이름인 줄 알았다. 귀뚤귀뚤 우는 귀뚜라미처럼 삐삐 우는 삐라는 풀벌레인 줄. 날개가 달렸을까, 다리는 몇 개일까, 촉수는 얼마나 길까, 그 모습을 상상하기도 했다.

조센삐朝鮮屄도 곤충이나 풀벌레 이름인 줄 알았다.

일본 군인들은 세계위안소의 조선 여자애들을 조센삐라고 불렀다. 버러지 이름을 부르듯.

세계위안소 철문 오른편 기둥에는 '聖戰大勝の勇士大歡迎(성전대승의용사대환영)'이라고 쓴 흰 천이 길게 늘어져 있었는데 하늘 천 자도 배운 적 없는 나로서는 그 뜻을 알 수 없었다.

첫날 피를 닦으라고 시킨 여자는 세계위안소 주인이었다. 철문을 열고 뛰어나왔던 남자는 그 여자의 남동생이었다. 조선에서부터 그곳까지 우리를 데려간 남자는 주인 여자의 남편이었다.

피를 다 닦고 나자 주인 여자는 1층 큰 방에 여자애들을 모아놓고 번호를 매겼다. 1번, 2번, 3번……. 웃을 때 양 볼에 보조개가 패고 얼굴이 박꽃처럼 하얗던 여자애는 6번이 되었다.

"너는 23번 해라."

주인 여자가 그렇게 말하는 순간 나는 23번이 되었다.

군인들은 '23호'라고 쓴 나무패가 문패처럼 걸린 내 방에 들어올 때 삿쿠와 23번 번호가 적힌 군표를 손에 들고 왔다.

후유코…….

나는 어쩌다 후유코가 되었을까. 백 번을, 천 번을, 만 번을 생각했다. 내 이름은 후유코가 아니라 금자인데 왜 나를 후유코라고 부르는 걸까.

그래서 건빵을 가져다주고는 하던 군인에게 물었다. 그 군인은 내 몸에 다녀갈 때마다 후유코, 후유코 하고 불렀다.

"후유코가 누군가요?"

"아버지가 나를 전쟁터에 보냈지, 병들어 죽어가는 아버지가 나를……."

후유코가 아니지만 다들 나를 후유코라고 불러서 나는 후유코가 되었다. 세계위안소에서 잔심부름을 하던 중국 사내아이도 나를 후유코라고 불러서.

세계위안소 주인 여자는 자신이 데리고 있는 조선 여자애들에게 자신을 오카상(おかあさん, 어머니)이라고 부르게 했다. 나는 오카상이 후유코처럼 일본 여자 이름인 줄 알았다. 그곳에서 지낸 지 반년쯤 지나서야 나는 어머니를 일본 말로 오카상이라고 부른다는 걸 알았다.

들개 떼에게 고깃덩이를 던져주듯 내 몸을 군인들에게 던져주던 여자를 어머니라고 불렀다. 내 몸이 찢어지고 터져 피를 흘려도 차가운 눈길로 쳐다보던 여자를. 오카상의 뜻을 모르고.

오카상 다스케테쿠다사이(おかあさん たすけてください, 어머니 살려주세요).

그렇게 애원하던 내 입을 지우고 싶다. 혀를 뽑아 땅에 파묻고 싶다.

어머니가 말을 가르쳤듯 오카상도 말을 가르쳤다. 그녀가 가장 처음 가르친 말은 하이(はい, 네)였다.

"너희들 군인이 물으면 무조건 하이, 하이 해라."

오카상은 어째서 조선 여자애들에게 자신을 어머니라고 부르게 했을까. 자신이 낳지도 않았으면서, 가축보다 못하게 여기면서, 병이 들어 군인을 받지 못하면 방문에 빨간 천을 내걸고 밥도 주지 않으면서.

나를 떠나보낼 때 어머니는 울먹이면서 말했다. 몸뚱이 절반이 뚝 떨어져 나가는 것 같다고.

세계위안소에 있을 때 집에 편지를 부친 적이 있다. 23번 후유코가 되어 군인을 받은 지 다섯 달 만에 병에 걸렸다. 군의관으로부터 죽을지 모른다는 소리를 들었다. 내가 오카상에게 고향 집에 보내 달라고 조르자 빚을 갚기 전에는 안 된다고 했다. 내게 모르는 빚이 있다는 걸 그제야 알았다. 일본 군인들에게 예쁘게 보여야 된다며 오카상이 나누어 주는 기모노나 원피스가 빚인 줄 몰랐다. 화장품이, 광목 수건이, 휴지가, 담요가…… 창문도 없던 23번 방 벽에 걸린 거울이. 내가 집에 편지라도 부치고 싶다고 하자 오카상이 편지

를 써서 자기에게 주면 대신 부쳐주겠다고 했다. 내가 까막눈이라는 걸 알고 분선 언니가 대신 편지를 써주었다. 소학교를 4학년까지 다닌 분선 언니는 딸만 일곱인 집의 다섯째였다. 그녀는 어느 날 동네 구장이 집으로 찾아와 이 집은 아들이 없으니 딸이라도 데이신타이ていしんたい*를 보내야 한다고 해서 온 데가 세계위안소라고 했다. 일본 순사가 여자애들을 닥치는 대로 끌고 간다는 소문이 돌아 그녀의 언니들은 서둘러 시집을 가고, 동생들은 너무 어려서 열네 살 먹은 자신이 왔다고 했다.

분선 언니는 갱지에 내가 불러주는 대로 받아 적었다.

'어머니, 저는 비단 짜는 공장에 와 있어요. 밤낮으로 비단 짜는 기술을 열심히 익히고 있어요. 친구들을 사귀어서 외롭지 않아요. 돈이 모아지면 부쳐드릴 테니 제 걱정은 마세요. 또 편지할게요. 답장은 마세요.'

나는 중국에 도착해 찍은 내 얼굴 사진 한 장과 1엔을 편지에 함께 넣었다. 군인이 군표와 함께 던져주고 간 1엔은 쥐가 갉아먹은 것처럼 모서리가 찢겨 있었다. 병이 걸렸다는 말을, 죽을지도 모른다는 말을 편지에 쓰지 못했다.

나는 편지를 오카상에게 건네며 몇 번을 말했다.

---

* 정신대挺身隊. 일제강점기 일제가 전쟁 수행을 위해 동원한 근로 정신대와 여성 위안부.

"꼭 부쳐주세요."

"염려 말고 군인들 말이나 잘 들어라."

오카상은 내게 고향 집 주소를 묻지 않았다. 주소도 모르면서 그 여자는 어떻게 편지를 부쳤을까.

답장은 말라고 편지에 썼으면서 나는 어머니의 답장을 기다렸다.

분선 언니는 오카상 모르게, 친하게 지내던 헌병을 통해 고향 집 과 편지를 주고받았다. 어머니가 돌아가셨다는 전보를 받고 그녀가 고향 집에 다녀오게 해달라고 사정했지만 오카상은 '조선 것'을 어 떻게 믿느냐며 들어주지 않았다. 내가 세계위안소를 떠나올 즈음 그녀는 아버지가 돌아가셨다는 편지를 받았다. 그녀는 자신이 더러 운 짓을 하도 해서 부모님이 돌아가신 거라며 양잿물을 마셨다. 죽 지 않았지만 그녀는 혀가 마른 멸치처럼 쪼그라들었다.

*

살아서 돌아오라고 빌어주었어요.

이름도, 고향도 모르는 군인이 살아서 돌아오라고⋯⋯.

내게 빌어달라고 해서요.

군인들이 조센삐인 내게 원하는 것은 영혼이 아니다. 몸이다. 그 런데 지난밤 자신이 살아 돌아오기를 빌어달라고 한 군인은 내게 영혼을 원했다. 비는 것은 영혼만이 할 수 있으니까.

그 군인이 처음은 아니다.

군인들 대개는 내 몸을 원하지만 간혹 그것으로는 부족해 영혼까지 원하는 군인이 있다. 나는 영혼마저 군인들에게 내주고 싶지 않다.

몸은 강물에 씻을 수 있지만, 영혼은 씻을 수 없다. 영혼에는 비누질도 할 수 없다.

군인들은 몸에 다녀가는 값은 치르면서 영혼값은 치르지 않는다. 영혼에는 값이 없기 때문일까. 영혼은 값으로 매길 수 있는 게 아니라서. 소 돼지를 사고팔 때 영혼값도 쳐준다는 소리를 나는 듣지 못했다. 소 돼지의 영혼은 근으로 잴 수 없으니까, 먹을 수 없으니까 값을 쳐주지 않는 것이다. 돼지 피는 먹을 수 있지만 영혼은 먹을 수 없으니까.

영혼을 내주지 않으려 나는 일본 말을 하지 않는다. 일본 군인들이 일본 말로 물으면 나는 조선말로 대답한다. 일본 말로 대답하면 영혼을 내주는 것 같아서.

세계위안소 오카상은 여자애들에게 일본 말과 일본 노래를 가르쳤다. 인천에서 포목점을 하던 일본 장사꾼 집에서 식모살이를 오래 해 일본 글자를 읽고 쓸 줄 알던 후미코 언니를 시켜서.

"저것들 일본 말 좀 가르쳐라."

세계위안소에서 내가 두 번째로 배운 일본 말은 '이랏샤이마세

(いらっしゃいませ,.어서 오세요)'였다. 군인들은 내가 조선 여자애라는 걸 잘 알면서도 조선말을 하면 싫어한다. 조선말을 하면 욕인 줄 알고 때리는 군인도 있다.

하나, 둘, 셋, 넷, 다섯……
담배, 치약, 비누, 성냥, 흑사탕……
삿쿠를 껴야 해요.

나는 몹쓸 병이 들었어요.

나는 죽어가고 있어요.
나는 죽었어요.

후미코 언니는 일본 말을 잘해 일본 군인들에게 인기가 많았다. 9 번인 그녀의 방에는 군인들이 가장 길게 줄을 섰다.

세계위안소에서 배운 일본 말을 거의 하지 않아서 오지상은 내가 일본 말을 못하는 줄 안다.

어쩌다 나를 찾아오던 장교는 내가 조선말도, 일본 말도 하지 않으니까 벙어리인 줄 알았다. 늙어 콧수염이 희끗희끗하던 장교는 회한 서린 목소리로 말했다.

"벙어리군. 내 어머니도 벙어리였는데. 어머니는 내가 열 살 먹도록 나를 업고 다녔지. 외동아들인 내 발에 흙이 묻을까봐. 나는 내가 어머니에게 무거울 거라는 생각을 못 했어. 나는 어머니의 아들이니까."

장교가 다리에 총을 맞고 일본으로 돌아갔다는 소문을 들은 날, 나는 그를 등에 업고 들판에 서 있는 꿈을 꾸었다.

죄를 짓는 것 같았어요.
아기가 죽기를 바라면서, 군인이 살아서 돌아오라고 빌어주려니까……

내 몸속 아기는 죽기를 바라고 바라면서……

그래서 소리 내지 않고 몰래 빌었어요.
죽어가는 잉어처럼 입만 벙긋벙긋 벌려 빌었어요.
아기가 들을까봐서요.

삿쿠 씻을 생각도 않고 강물에 편지를 쓰는 내 옆에서 생리기저귀를 씻던 해금이 몸뻬 주머니에서 담뱃갑을 꺼낸다. 우리가 사쿠라라고 부르는 담뱃갑에서 담배를 한 개비 꺼내 입에 문다.

생리가 있어도 우리는 군인을 받는다. 누에 모양으로 뭉친 솜으로 아래를 틀어막고서. 아니면 소독약을 탄 물로 생리 피를 씻어가

64

며. 군인들은 다짜고짜 달려들어놓고 생리 피가 자신들의 몸이나 옷에 묻으면 화를 낸다. 생리가 있는 줄 모르고 군인을 받았다가 발길질을 당하기 일쑤다. 세계위안소에 있을 때 아래를 틀어막은 솜이 안으로 깊숙이 들어가 그걸 빼내느라 고생하기도 했다.

아래는 너무 자주 씻으면 쪼그라들고 메마른다. 하도 씻어 아래가 골무처럼 쪼그라들어도 군인들은 군복 바지를 엉덩이 아래까지 내리고 달려든다.

"뺨이 부었네? 군인한테 맞았어?"

나는 젖은 손을 뺨으로 가져간다.

"그러게, 내가 살살 어린애 달래듯 다루라고 했잖아. 요새는 내 방에 통 놀러 오지 않네."

서운해하는 투가 역력한 해금의 말을 나는 흘려듣는다.

내 몸에 아기가 들어선 걸 안 뒤로 나는 해금의 방에 놀러 가지 않는다. 내가 아기 가진 걸 그 애가 혹시나 눈치챌까봐서다. 낙원위안소에서 내가 아기 가진 걸 아는 사람은 없다. 나는 아직 아무에게도 말하지 않았다. 혹시나 오지상의 귀에 들어가면 안 되니까.

정월 초 금실 언니의 몸에 아기가 들어선 걸 알고 오지상은 그녀를 트럭에 싣고 중국인 마을에 다녀왔다. 날이 어둑해져서야 돌아온 그녀의 얼굴은 귀기가 감돌 만큼 핼쑥했다. 금실 언니가 다른 데로 팔려 간 줄 알고 종일 물 한 모금 못 마시고 속을 태운 은실은 그녀를 보고는 눈을 까뒤집으며 까무라쳤다.

다음 날 아침 금실 언니의 방에 들어갔다 나온 을숙 언니와 연순 언니가 수군거렸다.

"암만해도 아기집을 들어낸 거 같아."

"아기집을?"

"다시는 아기를 갖지 못하게. 아기가 들어서면 개값도 못 받으니까."

중국인 마을에 다녀온 지 닷새쯤 지나 그녀는 다시 군인을 받았다.

내가 아무리 감추려 애써도 배가 불러오기 시작하면 다들 알게 될 것이다.

내가 개값도 못 받는 건 괜찮다. 내 몸이 개값도 못 받는 건.

여자를 소나 돼지 같은 가축처럼 사고팔기도 한다는 걸 나는 중국에 와서야 알았다. 소나 돼지마다 값이 다르듯, 여자도 나이나 생김에 따라 값이 다르게 매겨진다는 걸. 군인들은 나이 어린 여자애를 좋아한다. 나이가 어릴수록 병이 없고 아카찬, 아카찬 부르며 데리고 놀 수 있으니까. 오지상은 나이가 가장 많다는 이유로 을숙 언니를 못마땅해한다. 조센삐인 우리 조선 여자애들이 아기를 가지면 개값도 못 받는 건, 군인들이 싫어하기 때문이다. 우리가 군인을 한 명이라도 더 받아야 오지상은 군표를 한 장이라도 더 챙길 수 있다. 군인들은 우리의 몸에 다녀갈 때 군표를 주고 간다. 화투짝의 4분의 1 크기인 군표는 군인들이 돈처럼 쓰는 종이로, 시든 은행잎 빛깔에 빳빳하다. 나는 삿쿠 통 옆에 군표를 받는 통을 나란히 놓아둔다. 간혹 술에 취해 실수로 삿쿠 통에 군표를 던져 넣는 군인이 있다. 군인들이 다 돌아가고 날이 밝으면 우리는 군표를 모아 오지상에게 가져다준다. 그는 군표 개수로 지난밤 우리 몸에 다녀간 군인이 몇 명인지 안다. 군표 개수가 적으면 그는 빚을 언제 갚을 거냐며 화를 낸다. 그가 한 장이라도 더 가지려고 하는 군표가 우리에게는 쓸모없는 종이 쪼가리에 지나지 않는다. 군표로는 옷도 사 입을 수 없고, 쌀도 살 수 없다. 거의 매일 아침 열대여섯 장의 군표를 그에게 가져다주지만 우리의 빚은 늘어난다. 삿쿠 통 속에 던지고 가 정액이 묻은 군표도 빠뜨리지 않고 챙겨 가져다주는데도.

"해금아, 강물이 어디로 흘러갈까?"

내가 날마다 편지를 쓰는 강 이름을 나는 모른다. 내 고향 마을에 흐르는 강 이름은 양강이었다.

"바다로 흘러가겠지. 시냇물은 강으로 흘러가고, 강은 바다로 흘러가니까."

그럼 내가 강물에 쓴 편지들도 바다로 흘러가버리려나. 어머니에게 닿지 못하고.

해금이 몸뻬 주머니에서 건빵을 꺼낸다. 손으로 건빵을 잘게 부수어 땅에 뿌린다. 건빵 부스러기를 쪼아 먹으려고 날아드는 참새들을 바라보는 해금의 눈가에 웃음이 번진다.

몸을 일으키던 악순 언니가 놋대야를 거칠게 내려놓으며 도로 주
저앉는다.

"아아, 미칠 것 같아."

주먹으로 자신의 가슴패기를 친다. 놀란 참새들이 흩어진다. 허
공에서 눈치를 살피던 참새들이 다시 날아와 건빵 부스러기를 마저
쪼아 먹는다.

나는 저 작은 걸 어떻게 먹었을까.

설마 저 작은 걸 먹어서 벌을 받은 걸까.

그 어느 해 겨울이었다. 집에 먹을 게 없어 참새를 잡아먹었다.
열 살 남짓이던 오빠가 싸리 광주리로 덫을 놓아 참새를 잡았다.

오빠가 모가지를 비틀자 참새가 검은 부리를 벌리며 분홍빛 발가
락들에 힘을 주었다. 참새의 발이 몸집에 비해 크다는 걸 죽어가는
참새를 보고 알았다. 죽은 참새의 깃털을 뽑는 오빠의 배에서 꼬르
륵 소리가 났다. 깃털이 쑥쑥 뽑혔다. 오빠는 나뭇가지를 모아 불을
피우고 참새를 구웠다. 내 손보다 작던 참새의 몸이 불길에 익으며
기름이 끓었다. 오빠가 참새의 배 쪽에 붙은 살점을 떼어 내게 주었
다. 콩알만 한 살점을 입에 넣고 오물오물 씹으며 나는 내내 훌쩍거
렸다. 배가 고파 참새 살점을 먹으면서도 참새가 불쌍해서. 참새고
기는 그해 겨울 내가 처음 먹은 고기였다. 항상 배가 고팠다. 그래
서 메뚜기를 잡아 불에 구워 먹고, 찔레꽃을 따 먹고, 칡뿌리를 캐
씹어 먹었다.

오빠는 읍내 목화 공장에 다니다 열네 살 되던 해 일본으로 떠났다. 젊은 남자들은 다 징병이나 징용에 끌려가고 마을에는 늙은 남자들뿐이었다. 내가 아저씨라고 부르던 먼 친척 오빠도 징용장을 받고 일본 탄광으로 갔다고 했다.

조선은 내가 태어나기 전부터 일본 세상이었다. 나는 조선 여자애이면서 일본 천황의 국민이었다. 마을 사람들은 조선 이름을 일본 이름으로 바꾸고 황국 신민의 맹세를 외웠다. 그것을 외워야만 식량배급을 받을 수 있었다. 오빠는 동생들 앞에서 황국 신민의 맹세를 외워 보이고는 했다. 대나무처럼 뻣뻣하게 서서 두 손을 배꼽 앞에 모으고.

"나는 대 일본제국의 신민이다. 나는 마음을 다해 천황폐하께 충의를 다한다. 나는 인고단련하여 훌륭하고 강한 국민이 된다."

어른들은 전쟁 중인 일본이 총탄을 만드는 데 쓰려고 놋과 쇠로 된 것은 전부, 요강까지 공출해 간다고 했다. 조상님 제사상에 올리는 놋 촛대까지. 송진도 연료로 쓰려고 공출해 가 마을 산에는 멀쩡한 소나무가 없었다.

오빠는 떠난 지 두 달이 지나서야 구깃구깃한 갱지에 꾹꾹 눌러쓴 편지 한 통과 소라 통조림 세 통, 흑설탕 한 봉지를 고향 집으로 보내왔다. 어머니는 편지를 들고 20리 너머 아버지를 찾아갔다. 까막눈인 아버지는 자신이 머슴을 사는 농가 주인 남자에게 편지를 가져갔다.

'무탈하게 잘 지내시는지요. 저는 무사히 일본에 도착했습니다. 해군에서 군속을 구한다고 해서 찾아가는 길에 편지를 부칩니다. 소라 통조림과 흑설탕은 연락선 식당에서 잔심부름을 해주고 얻었습니다. 해군 군속이 되어 배를 타게 되면 기별할 테니 제 걱정은 마십시오.'

아들 둘을 일본에 유학 보낸 주인 남자는 효자 아들을 두었다며 웃었다. 오빠는 해군 군속이 되어 배를 탔을까. 내가 고향 집을 떠날 때까지 오빠는 고향 집에 아무 소식도 전해오지 않았다. 나는 오빠를 닮은 군인이 방문을 열고 들어설 때마다 도둑질하다 들킨 사람처럼 놀란다. 군복 바지를 성급히 내리는 군인이 혹시나 내 오빠가 아닐까 싶어서.

지난겨울 연순 언니 방에는 조선인이지만 일본 군인이 된 남자가 찾아왔다. 마산이 고향인 그 남자를 그녀는 마산 오빠라고 부른다. 그는 연순 언니와 담배를 나누어 피우고 건빵을 나누어 먹으며 고향 이야기를 하다 돌아갔다. 아주 간혹 일본 군복을 입고 있지만 조선인일 것 같은 군인이 있다. 그들 대개는 엄마를 잃은 아이처럼 눈빛이 슬프고, 아무 말 없이 주저하며 내게 다녀간다.

그새 건빵 부스러기를 다 쪼아 먹은 참새들이 날아가버리고, 해금의 얼굴에 수심이 어린다.

개성관이라는 궁궐처럼 큰 요릿집에서 심부름을 하다, 소개꾼 여자를 따라 중국에 온 해금은 빚이 가장 많다. 중국으로 떠나오기 전날 소개꾼 여자가 양장점에 데려가 사 입힌 자두색 격자무늬 원피스, 챙이 토란잎처럼 넓던 흰 모자가 고스란히 빚이 될 줄은 꿈에도 몰랐다. 구둣방에서 사 신긴 노란 구두가 빚이 될 줄은. 신의주역에서 끊은 기차표가, 소개꾼 여자가 기차에서 사주었던 주먹밥이, 기차에서 내려 사 먹은 기름진 국수가. 위안소에 도착한 첫날 밤, 기차역에서 위안소까지 소개꾼 여자와 자신을 트럭으로 태워준 운전병에게 겁탈을 당하고 나서야 해금은 자신이 무서운 곳에 왔다는 걸 알았다. 모르고 왔으니 집에 보내달라고 보채는 해금에게 위안소 주인 할아버지는 자신은 모르는 일이라며 군인이나 받으라고 했다. 스무 날쯤 지나 소개꾼 여자가 불쑥 해금을 찾아왔다. 혹시나 도망치지나 않았는지 알아보려고. 집에 가고 싶다는 해금에게 그 여자는 얌전히 군인들 말 잘 듣고 있으면 데리러 오겠다고 했다.

에이코 언니가 비치적비치적 걸어오더니 평평한 바위 앞에 자리를 잡고 앉는다. 그녀는 손으로 강물을 떠 얼굴을 씻고, 씻는다. 얼굴이 곱상하고 얌전한 그녀는 담배도 안 피우고, 술도 안 마신다. 질질 눈물을 짜고 다니지도, 신세한탄을 늘어놓지도 않는다. 독고다이처럼 아무에게도 곁을 주지 않는다. 삼복더위에도 방문을 꼭 닫고 지내서 군인을 받지 않을 때 그녀가 방에서 혼자 뭘 하는지 알 수 없다. 지난겨울 중국인 마을에 목욕 갔을 때가 떠오른다. 때 밀

기운도 없어 늘어져 있던 그녀는 목욕탕에서 심부름하는 남자애를 불러 때를 밀었다. 예닐곱 살쯤 되어 보이는 남자애가 그녀의 등에 매달려 때를 미는 모습은 이상야릇하면서도 안쓰러웠다. 어린 아들이 죽어가는 엄마를 닦이는 것 같았다.

*

끝순은 땅에 편지를 쓴다. 녹슨 못을 연필 삼아, 손에 묻어나는 녹 가루를 옷에 문질러 닦아가며.

강물에 쓰는 편지는 쓰자마자 흘러가버리지만 땅에 쓰는 편지는 흘러가지 않고 한곳에 머물러 있다. 비석에 새긴 글처럼.

가시철망에 몸뻬를 널고 돌아서던 악순 언니가 끝순에게 묻는다.

"애면 땅에 무슨 문신을 그렇게 새기는 거야?"

악순 언니도 나처럼 글자를 읽고 쓸 줄 모른다. 하지만 그녀는 나보다 말을 잘한다. 그녀는 종이나 천에 쓴 것만 글자라고 생각한다. 다른 데다 쓰는 글자는 그녀에게 전부 문신이다. 그녀의 왼 팔뚝에 새겨진 글자가 문신인 것처럼.

끝순이 들은 척도 않자 악순 언니가 또 묻는다.

"땅이 아프다고 안 해?"

그 말이 끝순의 손가락을 움츠러들게 한다. 그 애는 더는 쓰지 못하고 못을 내려놓는다. 쓰다 만 편지 옆에.

끝순은 못으로 땅에 문신은 새겨도 못을 땅에 꽂아 넣지는 않는다.

하루가 지나서야 끝순은 쓰다 만 편지를 마저 쓴다. 어차피 집에 부치지 못 할 편지 끝에 그 애는 집 주소와 아버지 이름을 꼭 써넣는다.

경상북도 대구부 대명동 2구 새못안 1086
조봉구

"꿈에 아버지가 흰 도포를 입고 찾아와 나보고 그러더라."

"뭐라고?"

"화냥년!"

끝순의 얼굴이 깡통처럼 찌그러진다.

"뭐라고 쓴 거야?"

"아버지, 저는 열일곱 살이 되기 전에 죽을 거예요."

"열일곱 살?"

"우리 아버지가 그랬거든. 내가 열일곱 살이 되면 시집보낼 거라고."

끝순은 나보다 한 살 더 먹었지만 친구처럼 지낸다.

끝순이 땅에 쓰는 편지는 번번이 군인들의 발길에 짓밟혀 뭉개진다. 나는 그 애에게 강물에 편지를 쓰라고 알려주지 않는다. 그 애가 쓴 편지를 어머니가 받아 보고는 내가 부친 편지인 줄 알면 안 되니까. 열일곱 살이 되기 전에 죽을 거라는 편지가.

"후유코!"

경상도 억양의 굵고 쉰 목소리는 을숙 언니의 목소리다. 후유코가 누굴까. 오지상이 새로 데려온 여자애의 이름일까.

햇빛 속에 오그리고 앉아 머리카락을 뽑던 요시에가 나를 흘끔 쳐다본다.

"언니, 을숙 언니가 부르잖아요."

그제야 나는 후유코가 내 일본 이름이라는 걸 깨닫는다.

"아, 언니…… 왜요?"

"후유코, 벌써 귀가 먹은 거야?"

을숙 언니가 부르는 손짓을 한다. 그녀의 방 쪽으로 걸어가는 내 몸이 자꾸 오른쪽으로 기운다. 경상북도 칠곡이 고향으로, 시집까지 가 딸을 하나 낳은 그녀는 술만 마시면 딸이 보고 싶어서 운다.

"언니, 왜요?"

을숙 언니가 내 손을 덥석 잡더니 방으로 끌어당긴다. 담뱃진 냄새에 찌든 방은 동굴 속처럼 어둡다. 머리에 흰 끈을 동여매고 누워 있던 연순 언니가 나를 보고는 다정하게 웃는다.

을숙 언니가 나를 앉히더니 빨갛고 둥근 분통 뚜껑을 연다. 하얀 가루분이 묻은 분첩을 내 얼굴에 두드린다.

"화장을 하면 훨씬 예뻐 보일 텐데 후유코는 통 화장을 안 하더

라. 하긴 군인들에게 예쁘게 보여야 몸뚱이만 고달프지. 나는 일부
러 밉게 보이려고 세수도 안 하니까."

연순 언니가 몸을 일으킨다.

내 얼굴에 가루분을 바르고 바르며 을숙 언니는 집 나온 이야기
를 한다. 그녀는 다섯 살배기 딸을 시어머니에게 맡기고 집을 나왔
다. 보리쌀을 꾸러 친정에 다녀오겠다는 거짓말을 하고. 집에 먹을
거라고는 말린 옥수수 두 개뿐이어서.

"나흘인가 닷새를 걸어서 대구까지 갔지…… 걷다가 지치면 풀
숲에 들어가 잠들고. 대구역에서 상거지 꼴로 어슬렁거리고 있는
데, 이마에 사마귀 난 여자가 다가오더니 눈웃음을 치며 말을 걸어
오데. 돈 벌러 갈 데가 있는데 가지 않겠냐고. 내가 무슨 일을 하느
냐고 물으니까 군복 만드는 일이라지 뭐야. 군복 공장에서 일할 여
자들을 모집하는데 먹여주고 돈도 아주 많이 준다고. 내가 솔깃해
하니까 여자가 대구역 앞에 있는 직업소개소로 나를 데리고 가더
라고. 여자가 직업소개소에 있던 남자하고 일본 말을 몇 마디 주고
받더니, 먼저 와 있던 여자 둘하고 나를 근처 여관으로 데리고 가
더라. 여관방 문을 여니까 여자들이 소복이 앉아 있지 뭐야. 밥때가
되니까 여관 주인 여자가 팥밥을 한 솥 지어 내오더라. 팥밥을 보고
는 다들 눈이 휘둥그레져 한 숟가락이라도 더 퍼먹으려고 난리법석
인데 나는 눈물이 나서 못 먹겠더라. 배급받은 콩깻묵이나 먹고 있
을 딸하고 시어머니 생각이 나서. 팥밥을 싸 들고 집에 가 딸하고

시어머니 먹이고 싶어서. 내가 시어머니하고 사이가 좋았거든."

"언니, 남편 생각은 안 났어?"

연순 언니가 묻는다.

"남편? 맞다, 남편이 있었지. 나보다 열아홉 살이나 많았는데 굼벵이보다 게으른 한심한 남자였어. 우리 아버지는 어쩌자고 나를 다 늙은 영감에게 시집보냈을까 원망도 많이 했으니까……."

을숙 언니의 말을 듣던 연순 언니의 눈빛이 가물가물 흐려진다.

"언니, 우리 아버지는 내가 열두 살 되자마자 나를 진주에 있는 교장 선생 집에 식모로 보냈잖아…… 밤마다 집에 가고 싶어 울면서도 집에 보내달라는 소리가 안 나오더라. 우리 집에서는 굶는 게 예사였는데, 교장 선생 집에서는 세 끼를 다 먹고 간식도 먹었으니까. 그 집에서 식모로 일한 지 3년쯤 지났을까. 마당 우물가에서 시금치를 다듬고 있는데 교장 선생 부인이 나를 가만히 부르지 뭐야. 깨꽃보다 빨간 양단 한복을 곱게 차려입고 마루에 앉아서는 묻더라. '네가 올해 열다섯 살이지?' 내가 '열다섯 살 소띠인데요' 하니까 그러데. '너, 공장에 취직해 돈 벌지 않을래?' 내가 '공장요?' 하고 물으니까 그러더라. '언제까지 남의 집 식모살이나 할래? 공장에 취직해 기술도 배우고 하면 좋지 않겠니?' 내가 돈 벌러 중국에 있는 공장에 가게 되었다는 소식을 듣고 떠나기 전날 아버지가 찾아와 시장에서 산 새 고무신을 내 손에 쥐어주며 그러데. '먼 곳에 돈 벌러 가니 새 고무신 신고 가거라…….'"

연순 언니가 머리를 동여맨 흰 끈을 푼다. 담배를 피우며 더듬더듬 이야기를 이어간다.

"군인 셋에게 차례로 당하고 그 이튿날 강물에 새 고무신을 떠내려 보냈지. 피범벅인 속옷을 빨다 말고. 내가 새 고무신을 신어 못 올 데를 왔나 싶어서. 고무신 두 짝이 앞서거니 뒤서거니 몹시 천천히 떠내려가데……."

연순 언니가 잃어버린 지카타비 한 짝을 찾지 않는 이유를, 새 신발을 갖고 싶어 하지 않는 이유를 나는 그제야 알 것 같다.

"게이코, 몸뻬 빛깔이 좋네."

게이코는 해금의 일본 이름이다.

"기모노를 뜯어 만들었어요."

살구색 몸뻬는 눈부시도록 화사하다. 일본 군인들이 차는 가죽 허리띠를 두른 허리가 잘록하다.

"게이코는 나루세 병장의 여자야."

씁쓸하게 웃는 연순 언니는 까만 광목 몸뻬를 입었다.

몸뻬는 종류가 여러 가지다. 몸뻬라고 해서 다 같은 몸뻬가 아니다. 광목 몸뻬, 무명 몸뻬, 인견 몸뻬, 솜을 넣고 누비질을 해 누빈 몸뻬, 비단 몸뻬. 통 넓이도 길이도 조금씩 다르다.

"후유코, 얼마나 예뻐졌는지 볼래?"

내가 거울을 보지 않으려 눈을 내리뜨자 연순 언니가 내 엉덩이를 톡톡 두드린다.

"후유코는 순진하고 착해."

착하다는 말을 들을 때마다 나는 나 자신이 부끄럽고 싫어진다. 내가 얼마나 나쁜 애인지 연순 언니는 모른다. 아니면 알면서 모르는 척하는 걸까. 나는 그녀가 우리 중 누굴 나쁘게 말하는 걸 들은 적이 없다.

나는 착하지 않다. 나는 군인들이 어쩌다 던져주고 가는 건빵을 아무하고도 나누어 먹지 않는다. 혼자 먹는다. 대나무 바구니 속에 꽁보리주먹밥이 여남은 덩어리 담겨 있을 때 나는 조금이라도 커 보이는 꽁보리주먹밥을 차지하려고 눈동자를 기민하게 굴린다. 나는 평소에 행동이 굼뜬 편이지만 꽁보리주먹밥을 집어 들 때만큼은 쥐처럼 약빠르다.

낙원위안소에서 '착하다'는 말은 '어수룩하다'는 말과 그 뜻이 같다.

해금은 우리 중 가장 착하다. 그리고 착하다는 말이 어수룩하다는 말과 같다는 걸 그 애만 모른다. 자신과 요시에가 오십보백보라는 걸. 착하면 빚만 늘어난다. 요시에는 우리 중 가장 착해서 해금 다음으로 빚이 많다.

착한 여자애일수록 군인들에게 더 심하게 시달리고 병에도 쉽게 걸린다는 걸 나는 세계위안소에 있을 때 이미 알았다. 군인들은 얼굴이 예쁜 여자애만큼이나 착하고 고분고분한 여자애를 좋아한다.

악순 언니는 자신이 착하지 않다는 걸 알게 하려고 아무나 붙들고 싸운다. 싸울 일이 없으면 만들어서라도. 고무신을 잃어버린 뒤로 그녀는 자신의 비누가, 휴지가, 수건이 없어졌다며 한바탕 난리를 치고는 한다. 나도 도둑으로 몰린 적이 있다. 이곳에 온 지 얼마 안 되었을 때였다. 그녀는 치약이 없어졌다며 나를 도둑으로 몰았다. 그녀는 자신이 착하지 않다는 걸 스스로에게 일깨워주려고 자신이 낳은 아기도 버렸다.

우리의 할아버지이자 신인 오지상은 착하다는 말의 뜻을 다른 뜻으로 바꾸어놓았다. 그에게는 군표를 가장 많이 가져다주는 여자애가 가장 착하다. 그의 말을 잘 듣는 게, 아파도 아프다는 말을 하지 않는 게 착한 거다. 엄마는 내가 동생들을 잘 데리고 놀면 착하다고 했다. 그런데 오지상은 군인들을 잘 데리고 놀면 착하다고 한다. 그가 볼 때 나는 나쁜 애다. 나는 군표를 적게 가져다주는 데다, 군인들을 데리고 놀 줄 모른다.

우리는 군인들에게 조금이라도 덜 시달리려고, 맞아 죽지 않으려고, 라쿠엔(らくえん, 낙원)보다 더 먼 데로 팔려 가지 않으려고, 저마다 터득한 요령대로 애를 쓴다. 우리가 조센삐라는 사실을 잊으려고. 해금은 일본 군인의 애인이 되고, 을숙 언니는 성냥불을 가져다 대면 화르르 불길이 치솟는 독한 중국술을 마신다. 악순 언니는 욕쟁이 싸움닭이 되고, 점순 언니는 아편에 취해 산다. 그녀는 군인들과 아편을 피우기도 한다. 연순 언니는 입에 담배를 달고 살고, 끝순은 먹는 상상을 한다. 그 애의 입이 먹고 있는 것은 건빵이지만

그 애의 머리가 먹고 있는 것은 닭다리다. 그 애의 머릿속 이빨은 썩지도, 뿌리가 약해져 흔들리거나 빠지지도 않는다. 그 애는 머릿속 총알만큼 단단한 이빨로 닭다리의 뼈까지 씹어 먹는다. 애순 언니는 바보천치가 된다. 악순 언니가 별당 아씨라는 별명을 지어준 에이코 언니는 조센삐들을 멀리한다. 나쁜 친구들을 멀리하듯 요시에는 자신의 머리카락을 뽑고, 뽑는다.

나는 조센삐인 걸 잊어버리려 애쓴다. 그리고 그때마다 내가 잊어버리는 것은 나 자신이다.

결국 조센삐만 남고, 나는 어디로 가버리고 없다.

*

해금이 지난밤 자신의 방에 다녀간 장교 이야기를 한다.

"장교가 내 나이를 물어서 열다섯 살이라고 했더니 그러더라. 내가 자기 딸하고 동갑이라고. 딸 생각이 나는지 손으로 내 머리를 쓰다듬더라."

끝순은 지난밤 꿈에 집에 다녀왔다.

"엄마, 엄마 부르며 마당으로 뛰어 들어갔지. 고향 집이 내가 떠나던 날 그대로였어. 마당에 멍석이 깔려 있고, 엄마는 마루에서 양말 짜는 기계로 양말을 짜고 있었어. 엄마, 엄마 애타게 부르는 날 엄마가 못 알아보지 뭐야. 내 얼굴이 너무 늙어 있어서 못 알아보나 했어. 그래서 내가 인중에 난 점을 손가락으로 짚어 보이며 그랬지. 엄마, 나 끝순이에요, 엄마 딸 끝순이오. 엄마가 내 얼굴을 가만히 들여다보더니 그러지 뭐야. 우리 끝순이 얼굴에는 점이 없는데."

나도 집에 가는 꿈을 꾸고는 한다. 내가 그런 꿈을 꾸는 것은, 꿈에서라도 집에 가고 싶어 하는 간절한 바람 때문이다. 그런데 집은 번번이 어딘가로 가버리고 없다. 아니면 어머니와 동생들이 떠나버리고 빈집뿐이거나.

"나도 집에 가는 꿈을 꾸었는데……."

요시에가 히죽 웃으며 말한다.

"너희 엄마는 널 금방 알아보든?"

끝순이 묻는다.

"집에 엄마가 없었어요. 엄마가 너무 보고 싶어서 갔는데."

"관세음보살, 관세음보살……."

연순 언니가 관세음보살을 부른다. 그녀는 관세음보살을 입에 달고 산다. 교장 선생 부인이 입에 혀처럼 달고 살던. 그녀가 입속 여섯 개뿐인 이를 떨며 관세음보살 하고 중얼거릴 때마다 교장 선생 부인의 얼굴이 떠오르는데도.

"관세음보살이 누구예요?"

요시에가 머리카락을 뽑으며 묻는다.

"자비의 화신…… 어머니처럼 세상 모든 곳을 두루두루 살피고 인간을 고통에서 구해주시는 분이야."

"세상 모든 곳을 살피는 관세음보살이 라쿠엔은 쳐다보지도 않는대?"

악순 언니가 따지듯 묻고는 땅에 침을 뱉는다.

"윤회輪廻라고 인간은 생사를 거듭하며 돌고 돌지. 수레바퀴가 돌듯. 금생에서 고통받는 것은 전생에 지은 업보 때문이야."

"업보요?"

"몸으로, 마음으로, 입으로 짓는 착한 행실과 나쁜 행실을 업보라고 해."

연순 언니 말대로라면 그녀도, 나도 전생에 죄를 지어서 조센삐가 되었다. 열세 살인 요시에도. 연순 언니는 전생을 보는 점쟁이에게서 자신이 전생에 무슨 죄를 지었는지 들었지만, 나는 전생에 무슨 죄를 지었는지 모른다. 눈먼 조센삐인 금실 언니는 전생에 무슨 죄를 지어서 조센삐가 된 걸까.

연순 언니는 죄를 지을까봐 전전긍긍한다. 금생에 짓는 죄 때문에 내생도 고통스러울까봐. 살생을 가장 큰 죄라고 생각하는 그녀는 이나 벼룩, 빈대는 죽여도 거미는 죽이지 않는다. 미물인 거미를 죽이는 것도 살생으로, 업을 쌓는 일이기 때문이다. 그래서 거미들은 그녀의 방 허공에 맘 놓고 집을 짓는다.

"금생에 덕을 쌓으면 내생에 사람으로 태어나고, 나쁜 짓을 하면 짐승으로 태어나. 개나 소나 지렁이로."

"오지상은 지렁이로 태어나겠네."

악순 언니가 히쭉 웃는다.

"나는 다시 태어나면 사람이 아니라 금실 좋은 원앙새로 태어날래."

을숙 언니가 말한다.

"나는 부잣집 딸로 태어나 곱게 자라고 싶어. 곱게 시집가서는, 얼굴이 고운 아들딸 낳고 곱게 살다가, 곱게 늙어, 곱게 죽고 싶어."

중얼거리는 연순 언니의 눈빛이 흐려진다.

가시철망에 담요를 널던 에이코 언니가 우리 쪽으로 걸어온다. 우리의 입이 약속이라도 한 듯 다물린다. 그녀가 혹시나 우리가 하는 말을 엿듣고 오지상에게 일러바칠까봐.

악순 언니는 우리가 나누는 이야기를 에이코 언니가 귀담아듣고는 오지상에게 고자질한다고 생각한다. 그 대가로 치약이나 칫솔, 비누를 받는다고. 우리가 치약이 떨어져 소금으로 이를 닦을 때 그녀는 치약으로 이를 닦는다. 우리가 비누가 떨어져 강물로만 세수를 할 때 그녀는 비누질을 해 세수를 한다. 에이코 언니가 고자질쟁이는 아닐 거라고 하면서도 우리는 그녀가 듣는 데서는 오지상의 흉을 보지 않는다.

"오지상은 에이코만 예뻐해!"

에이코 언니는 악순 언니의 말을 무시하고 자신의 방으로 간다. 완고하게 닫힌 그녀의 방문은 군인들이 몰려와 억지로 열 때까지 열리지 않는다.

오지상의 괘종시계가 뎅— 하고 울린다. 우리는 지카타비나 맨발을 끌며 각자의 방으로 흩어진다. 놋대야 속 물에 소독약을 타고 다다미 위에 송장처럼 눕는다.

군인들보다 앞서 이와 벼룩, 빈대가 우리의 몸을 차지한다.

*

끝순은 땅에 쓰는 편지에 '아버지'가 아니라 '오토상(おとうさん, 아버지)'이라고 쓴다. '어머니'가 아니라 '오카상'이라고.

끝순은 자신이 오토상, 오카상이라고 썼다는 걸 깨닫지 못하고 계속 편지를 쓴다.

우리도 모르는 사이에 쌀은 고메(こめ)가 되고, 군인은 군진(ぐんじん)이, 하늘은 덴(てん)이, 땅은 도치(とち)가, 얼굴은 가오(かお)가 된다.

그리고 낙원은 라쿠엔이 된다.

악순 언니는 일본 말과 조선말을 마구 섞어서 쓴다.

"가오가 꼭 족제비처럼 생긴 늙은 장교가 새벽에 떡이 되도록 술을 처먹고 와서는 담요에 토하고 난리굿을 떨었지 뭐야. 마아, 구야시이(まあ くやしい, 아아 억울해)! 얼마나 부아가 나는지 내복을 벗겨 벤죠(べんじょ, 변소)에 갖다 버렸지. 해가 밝아서야 깨어나 자신의 발가벗은 몸을 보고는 나보고 내의를 어디에다 숨겼냐고, 당장 내놓으라고 윽박지르지 뭐야. 내가 시치미 뚝 떼고 그랬지. '와타시와 미마센데시타(私は見ませんでした, 나는 못 봤는데요).' 장교가 그러데. '오카시이나(おかしいな, 이상하네)'……."

세계위안소에서 나는 말을 거의 하지 않고 살았다. 거의 하루 종일 23번 방에 감금되다시피 갇혀 지낸 데다 어쩌다 조선말을 하다 오카상에게 들키면 뺨을 얻어맞았기 때문이었다. 우리는 오카상이 지켜보는 데서는 일본 말로 이야기했다. 나처럼 일본 말을 할 줄 모르는 여자애들은 스스로 벙어리가 되었다.

벙어리가 되지 않으려고 일본 말을 배웠지만 세계위안소를 떠날 때쯤 나는 벙어리나 마찬가지였다.

나는 하루 종일 한 마디도 하지 않을 때도 있다. 어쩌다 말을 많이 하는 날도 열 마디를 넘지 못한다.

내가 말을 하지 않아도 변하는 것은 없다. 우리의 낙원은 우리가 전부 꿀 먹은 벙어리가 되어도 잘만 돌아간다. 밤이 가면 낮이 오고, 오지상의 방 괘종시계가 한 차례 울리면 군인들이 몰려오기 시작한다.

내가 원래 말이 없던 애였는지, 말을 하지 않다 보니 말이 없는 애가 되어버린 것인지, 나 자신도 잘 모르겠다.

나는 자신이 어떤 애였는지도 모르겠다. 고향 집에 살 때 들로, 산으로 나물을 뜯으러 다니던 나를 떠올리면 낯설다. 이름도 모르고, 만난 적도 없는 여자애를 생각하는 것처럼 기분이 이상하다.

어머니는 내가 어떤 애였는지 알까.

고향 집에 살 때 나는 환한 생각들을 했다. 배꽃을 닮은, 나를 기분 좋게 하는 생각들…… 내가 착해지는 것 같은 기분이 들게 하는 생각들.

낙원에서 나는 검은 생각들만 한다.

말을 거의 하지 않아서인지 내가 어쩌다 말을 하면 곤죽처럼 뭉개진 말이 흘러나오거나 깨져 사금파리 같은 말이 튀어나온다.

어쩌다 하고 싶은 말이 생겨도 허기가 그것을 슬그머니 먹어치운다.

허기는 '시루팥떡이 먹고 싶다'는 말도 먹어치운다.

불쑥 말을 하고 싶을 때가 있다. 말이 너무 하고 싶어서 혀와 목젖이 간질간질할 때가. 그런데 그때마다 내 말을 들어줄 사람은 군인뿐이다. 군인들 대개는 내가 말하는 걸 싫어하지만 간혹 말을 시키는 군인들이 있다. 새장 속 앵무새에게 말을 시키듯.

"잇테(言って, 말해)!"

그래서 내가 말을 하면 군인들은 화를 냈다. 주먹으로 내 머리를 때리고, 욕을 했다. 내가 일본 말이 아니라 조선말을 해서다.

지난 사흘 내내 한 마디도 하지 않아서일까. 말이 너무나 하고 싶다. 혀가 꿈틀거리고, 꾹 다물린 입술이 어긋나며 벌어진다.

하지만 나는 혼자다. 내 옆에는 내 말을 들어줄 사람이 없다. 그리고 조금 있으면 군인들이 몰려올 것이다.

나는 누구에게 말이 하고 싶은 걸까.

아기에게 하고 싶은 걸까.

하지만 나는 아기에게 귀가 생겼는지, 아직 생기지 않았는지조차 모른다. 그리고 나는 아기가 죽기를 바란다.

말이 하고 싶어서 목이 부레옥잠 줄기처럼 부어오른다.

"아가야……."

말이 모래처럼 흘러나오는 입을 나는 얼른 손으로 틀어막는다.

*

나는 일본 말로 말을 하는 꿈을 꾼다.

꿈에 나는 해금보다 일본 말을 잘했다. 일본 여자인 오카상보다도. 고향 집을 떠날 때 나는 일본 말을 할 줄 몰랐다. 그런데 나는 꿈에서도 일본 말을 한다. 내가 무슨 말을 했는지는 기억나지 않는다. 일본 말이었다는 것만 기억난다.

나는 어머니를 그리며 '어머니'가 아니라 '오카상'이라고 중얼거릴까봐 겁이 난다. 강물에 쓰는 편지에 오카상 아이타이데스(お母さん 会いたいです, 어머니 보고 싶어요)라고 쓸까봐. 오카상은 어머니가 아니라 세계위안소 주인 여자다. 오지상이 할아버지가 아니라 낙원위안소 주인이듯.

내가 수다쟁이가 되어 일본 말로 말을 하는 꿈을 꾸는 동안 요시에는 머리카락을 뽑는다. 그 애의 엄지와 검지가 뽑을 머리카락을 고르는 동안 두 눈동자는 사시처럼 가운데로 쏠린다. 마침내 머리카락 한 가닥이 양 손가락에 잡혀 오면 그 애는 입을 뾰족이 내밀어 부리를 만든다.

머리카락을 뽑고 뽑아 요시에의 정수리에는 구멍이 생긴다. 구멍은 점점 커진다.

"요시에, 대머리가 되고 싶어!"

요시에가 머리카락을 뽑을 때마다 정색하고 잔소리를 퍼붓는 을숙 언니의 머리에서는 흰 머리카락이 난다.

4

어머니, 아기에게 눈동자가 생긴 것 같아요.

새벽에 마당에 나와 장교가 타고 온 말을 바라보는데, 내가 아니라 아기가 바라보는 것 같은 기분이 들었어요.

말의 머리가 달빛을 받아 은가루를 뿌린 듯 눈부시게 빛나고 있었어요.

*

어머니, 나는 아기에게 말하고 또 말해요.

아가야, 눈을 감아!

아가야, 제발 눈을 감아!

*

눈을 감으라고 간절히 애원하는데도 아기가 눈을 감지 않아 내가 눈을 감는다. 흥분해 불콰하게 달아오른 군인의 얼굴을 아기가 볼까봐.

군인의 발에 신긴 군화에 내 종아리가 쓸린다.

군인들은 군화를 신은 채 내 몸에 다녀가기도 한다. 번갯불에 콩 볶아 먹듯.

"눈을 떠. 눈을 감고 있으니까 죽은 여자 같잖아."

내가 눈을 더 꼭 감자 군인이 두 손으로 내 머리채를 움켜잡는다. 다다미 바닥에 내 머리를 짓찧는다.

"눈을 뜨란 말이야."

나는 눈을 치뜨고 군인의 얼굴을 쏘아본다.

"아아, 눈을 떠도 죽은 여자 같군."

아기에게 눈동자가 생겼으면 눈물도 흘리려나.

아기 눈동자는 얼마나 작을까.

그 작은 눈동자가 흘리는 눈물은 그럼 얼마나 작을까. 가랑비보다 작을까. 이슬비보다.

*

내 몸에서 아기가 자라고 있다는 사실이 믿기지 않는다. 강물에 아무리 씻어도 더러운 몸에, 버리고 싶도록 수치스러운 몸에 어떻게 아기가 들어섰을까.

한 손으로 다다미 바닥을 짚고 몸을 겨우 일으키던 나는 흠칫한다. 웬 여자애가 나를 빤히 쳐다보고 있다. 오지상이 새로 데려온 여자애일까. 낯이 익은 듯 낯선 여자애의 얼굴은 혼이 빠진 것도, 겁에 질린 것도 같다.

여자애의 동글동글한 눈에 양 볼이 불룩해 붕어처럼 생긴 얼굴은 누렇게 떴다. 물기 어린 눈동자 속에서 고요히 타오르는 눈빛이 슬프면서도 강렬하다. 부르터 톱밥이 묻은 듯 살갗이 푸슬푸슬 일어난 입은 꾹 다물려 있다. 이마에 호미로 찍은 자국 같은 깊은 주름이 패어 고통을 참고 있는 것 같기도 하다.

"너는 고향이 어디야?"

내 입이 벌어질 때 여자애의 입도 덩달아 벌어진다. 나는 조선 여자애를 만나면 고향부터 묻는다.

"고향 말이야."

여자애는 입만 벙긋벙긋 벌릴 뿐 고향이 어딘지 내게 말해주지 않는다.

"내 이름은 금자…… 네 이름은?"

여자애는 내게 이름도 알려주지 않는다.

"나는 열다섯 살…… 너는?"

여자애는 나이도 알려주지 않는다.

"나는 비단 짜는 공장에 가는 줄 알고 왔는데 너는 어디 가는 줄 알고 왔니?"

여자애의 입이 살포시 다물리더니 눈에서 눈물이 흐른다.

여자애의 볼을 타고 흐르는 눈물을 닦아주려 여자애의 얼굴로 뻗던 손을 나는 도로 거두어들인다. 벙어리처럼 아무 말도 못 하고 눈물만 흘리는 얼굴이 거울에 비친 내 얼굴이라는 걸 깨닫고.

내 방에는 방이 또 하나 있다. 거울 속 방이.

갈색 나무 테두리에 세로로 길쭉한 거울을 나는 세계위안소를 떠나올 때 챙겨 왔다.

내가 군인들에게 인기가 없는 데다 시름시름 자주 아프니까 오카상은 나를 낙원위안소 오지상에게 팔았다. 군인을 서른 명도 넘게 받고 실신해 있는 내게 그녀는 당장 짐을 싸라고 했다. 나는 거울을 벽에서 내려 광목 보자기로 둘둘 쌌다. 혹시나 나를 집에 보내주려는 게 아닐까 싶었다. 죽으려면 집에 가서 죽으라고. 위안소에서 여자애가 죽으면 번거롭고 군인들이 재수 없어 하니까. 어머니에게 거울이라도 가져다주고 싶었다. 세계위안소를 떠나 엉덩이에 멍이 들도록 내달린 트럭이 마침내 멈추고 나를 부린 곳은 집이 아니라 낙원위안소였다.

거울을 보지 않아 내 얼굴을 잊어버렸다. 아기에게 눈동자가 생긴 뒤로 나는 거울을 보지 않는다.

아기에게 내 얼굴을 보여주고 싶지 않다. 아기가 내 얼굴을 보고는 기억하면 안 되니까.

아기에게 눈동자가 생기기 전까지 나는 군인들이 돌아가고 나면 거울 앞으로 기어가 얼굴을 비추어 보았다. 거울 속 내 얼굴을 빤히 들여다보았다. 내 얼굴이 얼마나 늙었는지 보려고. 밤사이에 내 얼굴은 어머니 얼굴보다 늙어 있고는 했다. 죽은 할머니 얼굴보다.

아기에게 눈동자가 생겼으면 눈시울에 속눈썹도 돋아났을까.

아기의 속눈썹은 얼마나 가늘까, 얼마나 여릴까. 복숭아 솜털만큼 가늘고 여리겠지.

아기의 눈시울은 무슨 빛깔일까. 연한 분홍 빛깔이려나.

어머니가 날 좀 데리러 왔으면…….

어머니가 기차를 탈 줄 모른다는 걸 알면서 나는 어머니를 기다린다. 아버지는 머슴을 사느라 날 데리러 못 올 테니까.

우물물을 길러 간 내가 한참이 지나도 오지 않으면 어머니는 사색이 되어 우물로 달려왔다. 내가 두레박을 끌어올리다 그 줄에 말려들어 우물에 빠졌을까봐. 강에 다슬기를 잡으러 간 내가 날이 어둑해지도록 오지 않으면 어머니는 내 이름을 소리쳐 부르며 달려왔다. 내가 강 깊은 데까지 들었다 물살에 휩쓸려 떠내려갔을까봐.

어머니가 날 데리러 올 것만 같은 날이 있다. 그런 날이면 애가 탄다. 군인들이 몰려오기 전에 어머니가 날 데리러 와야 할 텐데 싶어서. 군인과 그 짓을 하고 있는 나를 어머니가 보면 안 되니까.

어머니를 만나면 말할 수 있을까. 중국에서 내가 무슨 일을 했는지. 비단 짜는 일이 아니라 일본 군인들을 데리고 자는 일을 했다고 하면 어머니가 놀라 까무러치겠지. 살아서 집에 돌아가더라도 어머니에게 절대 말하지 않을 것이다. 아무 말도 하지 않았는데 어머니가 눈치채면 어쩌지…… 흐리멍덩한 내 눈동자를 보고, 죽은 할머니보다 늙어버린 내 얼굴을 보고, 내 몸에 새겨진 문신을 보고 내가 중국에서 욕된 짓을 하다 왔다는 걸.

전쟁은 언제야 끝나려나. 전쟁이 끝나야 군인들은 고향으로 돌아갈 것이다. 그래야 우리도 고향으로 돌아갈 수 있다.

대동아전쟁*이 시작된 건 내가 열한 살 때다. 오빠가 전쟁 소식을 들려주었다. 그즈음 읍내 목화 공장에 다니던 오빠는 그곳에서 먹고 자며 열흘에 한 번 집에 다녀갔다. 마당으로 들어서며 흥분해 소리 지르던 오빠의 모습이 눈에 선하다.

"일본 해군이 오늘 새벽에 태평양에서 미국하고 전쟁을 시작했대요!"

* 1941년부터 1945년까지 일본과 연합군이 벌인 '태평양전쟁'.

요시에는 대동아전쟁이 뭔지 모른다. 일본이 전쟁 중이라는 것만 안다.

어머니가 날 좀 데리러 왔으면…… 주문을 아무리 외워도 어머니는 나를 데리러 오지 않는다. 꿈에서조차.

*

괘종시계가 열 번을 울고 에이코 언니가 방에서 나온다. 그녀는 오지상의 방으로 간다. 한참이 지나서야 오지상의 방에서 나오는 그녀의 손에는 네모나고 시끄무레한 비누가 들려 있다. 오지상은 에이코 언니를 데리고 잤다. 군인 애인이 생기기 전까지 그는 해금을 데리고 자기도 했다. 내 고향에서는 할아버지가 손녀를 데리고 자는 일이 없었다. 그것은 남세스럽고 흉악한 일이었다. 하지만 우리의 낙원에서는 할아버지가 손녀를 데리고 자도 아무도 손가락질하지 않는다. 손녀들을 한 명씩 돌아가며 데리고 자도.

악순 언니는 머리카락을 깎는다. 탯줄을 잘랐던 무쇠 가위로.

중국에 올 때, 또는 중국에 와서 우리는 머리카락이 잘렸다.

나는 세계위안소에서 머리카락이 잘렸다. 내 어머니가 함부로 자르지 않던 머리카락을, 또 다른 어머니인 오카상은 아무 망설임 없이 싹둑 잘랐다. 내가 세상에 태어나 열세 살 먹도록 기른 머리카락이 썩은 뿌리나 줄기인 듯. 길게 땋은 머리카락이 무쇠 가윗날에 떨어져 나가는 순간 나는 머리가 통째로 떨어져 나가는 것 같았다. 충격을 받은 나는 간혹 머리카락이 잘리는 꿈을 꾸고는 한다. 꿈이라는 걸 알고도 나는 잘린 머리카락 때문에 애를 태우거나 울다 깨어나고는 한다.

나는 영원히 고향 집에 돌아가지 못할지 모른다는 절망감에 사로잡혀 슬퍼하면서도 잘린 머리카락 때문에 어머니가 나를 못 알아보면 어쩌나 하고 걱정한다.

악순 언니의 손에 들린 무쇠 가위의 양날 끝이 햇빛을 받아 이물스럽게 빛난다. 그녀가 보따리 장사꾼에게서 산 무쇠 가위는 손잡이가 당나귀 귀 모양에, 두 날 길이가 한 뼘은 된다. 전체적으로 검은 빛깔에, 날 부분만 피라미 빛깔이다.

악순 언니는 사방으로 뻗친 머리카락을 손으로 한 움큼 잡는다. 무쇠 가위의 두 날을 한껏 벌리고 그 사이로 머리카락을 가져간다. 토끼가 질경이 잎을 갉아 먹는 소리 비슷한 소리와 함께 머리카락이 잘린다. 늙은 염소의 발목처럼 앙상한 목이 드러날 때까지 그녀는 머리카락을 자르고 자른다.

탯줄을 자른 무쇠 가위여서인지, 거무스레한 두 날에 잘려 흩어지는 머리카락들이 탯줄들 같다.

악순 언니는 수시로 머리카락을 자른다. 머리카락이 떨어져 나갈 때 머리카락과 함께 그것에 붙어 있는 석회와 이도 떨어져 나가기 때문이다.

악순 언니는 어느새 자신의 머리카락을 다 깎고 끝순의 머리카락을 깎아준다.

끝순은 목에 광목 보자기를 두르고 하늘에 둥둥 떠가는 구름을 바라본다. 머리를 악순 언니의 무쇠 가위에 내맡긴 채. 그 애의 눈에 구름은 쌀가루 반죽을 빚어 말린 뒤 기름에 튀겨 부풀린 강정으로 보인다.

"머리숱이 준 것 같네."

요시에처럼 머리카락을 잡아 뽑지 않는데도 끝순의 머리숱은 줄어든다.

"지난밤 꿈에 중국 여자하고 언니 아기가 나왔어요. 중국 여자가 언니 아기를……."

"귀 안 잘리고 싶으면 입 좀 다물어!"

머리카락을 깎고 난 끝순의 얼굴은 턱과 이마가 훤하게 드러나 더 둥글넓적해져 있다.

악순 언니가 내게 무쇠 가위를 들어 보이며 묻는다.

"후유코, 네 머리도 깎아줄까?"

내 몸에 아기가 들어선 걸 알기 전까지 나는 끝순처럼 광목 보자기를 목에 두르고 내 머리를 악순 언니에게 내맡기고는 했다.

나는 고개를 가로젓는다. 앞머리가 눈을 뒤덮고 찌르지만 나는 머리카락을 깎고 싶지 않다. 악순 언니의 손에 들린 무쇠 가위가 탯줄을 자른 무쇠 가위이기 때문에.

*

스님처럼 머리를 빡빡 깎은 군인이 목쉰 소리로 노래를 부르며 내 몸에 들어온다.

"이기고 오리라, 용감하게 맹세하고 나라를 떠났으니, 공을 세우지 않고 죽을 수 있으랴…… 진군나팔 소리 울릴 때마다, 눈앞에 떠오르는 깃발의 물결…… 이기고 오리라, 이기고 오리라."

술에 전 군인이 손가락으로 내 눈을 찌르는 시늉을 하며 겁을 준다.

"언젠가 네 더러운 구멍을 총으로 쏘고 말겠어."

군인의 얼굴은 낯익다. 사나흘 전에도 군인은 내 몸에 다녀가며 똑같이 말했다. 앵무새도 아니면서.

아래가 활활 타오른다. 불길은 배와 허벅지로 번진다. 불길에 휩싸여 몸부림치느라 어머니가 보고 싶다는 생각도 들지 않는다. 살고 싶다는 생각도, 죽고 싶다는 생각도.

구레나룻을 기른 군인에게 나는 묻는다.

"일본이 전쟁에서 이기고 있나요?"

"불쌍하군."

내가 알고 있는 일본 말 중 가장 싫은 말은 가와이소우다(かわい

そうだ, 불쌍하군)다. 군인들은 가와이소우다, 가와이소우다 하면서 내 몸에 들어온다.

욕을 안 해도, 때리지 않아도 일본 군복을 입고 있으면 무섭다. 토끼처럼 순한 얼굴이어도. 캐러멜이나 흑사탕을 먹으라고 던져주어도. 일본 군복만 봐도 무섭다. 소금물에 삭힌 깻잎처럼 누런 옷만 봐도.

무리 지어 들판을 걸어오는 군인들을 보면 그냥 내 몸을 갈기갈기 찢어 던져주고 싶다.

*

오줌보가 터질 것 같다. 깜박 든 잠에서 오줌 싸는 꿈을 꾼다. 들판에 허수아비처럼 서서.

겨우 기운을 차리고 마당에 나왔더니 금실 언니가 허공에 얼굴을 묻고 서 있다. 어둠이 걷힌 하늘은 청어빛이다. 인견으로 만든 살구색 속치마만 걸친 그녀는 깡말라 깃털 뽑힌 새 같다. 저 몸으로 어떻게 군인을 받았을까. 금실 언니의 몸에 다녀가는 군인들 중 몇이나 그녀의 눈이 멀었다는 걸 알까.

나는 변소에서 나와 금실 언니 곁으로 다가간다. 그녀가 지금처럼 한 곳을 가만히 응시하고 있을 때면 앞을 보지 못한다는 사실이 믿기지 않는다.

"언니……."

금실 언니가 소스라치며 내 쪽으로 얼굴을 돌린다.

"저예요, 후유코……."

"아, 후유코…… 너였니?"

"……?"

"……밤에 누가 흐느껴 우는 소리를 들었는데."

눈이 먼 대신 금실 언니는 귀가 밝다. 남들이 듣지 못하는 소리를 듣는다.

누굴까, 누가 울었을까. 그러나 생각해보면 누군가 울지 않고 지나가는 밤은 없다. 우리는 밤마다 돌아가면서 운다. 둘씩, 혹은 셋씩 짝을 지어 울기도 한다. 오지상은 우리가 우는 걸 싫어한다. 우리가 울면 군인들이 싫어하기 때문이다. 나도 우는 게 싫지만 울음은 터져 나온다. 입을 틀어막으면 코로, 눈으로, 귀로……. 몸에 난 크고 작은 구멍들을 찢어발기며. 땀구멍까지.

우는 것 말고는 할 수 있는 게 아무것도 없어서 운다는 걸, 오지상은 모른다. 군인들도.

"숨을 참아가며 한참을 울던데…… 나는 누가 우는 게 싫어."

그러고 보니 나는 금실 언니가 우는 걸 못 봤다. 그녀가 눈물 흘리는 것도.

"언니는 울고 싶을 때 없어요?"

"나는 눈물 흘리는 게 무서워."

"왜요?"

"눈물을 흘리다 눈동자가 눈물에 떠내려갈까봐……."

나는 금실 언니의 눈동자를 바라본다. 일곱 살 때 심하게 열병을 앓고 난 뒤로 멀었다는 그녀의 눈동자는 맑고 깨끗하다. 내 눈동자는 흐리고 더러운데. 추악한 걸 너무 많이 봐서. 끔찍한 걸 너무 많이 봐서.

입으로 삼킨 것은 토할 수 있는데, 눈으로 삼킨 것은 토할 수 없다. 눈도 입처럼 토할 수 있다면, 나는 내 몸에 다녀간 군인들의 얼굴을 토하고 싶다. 가장 처음 내 몸에 다녀간 군인의 얼굴을 가장 먼저. 처음 내 몸에 다녀간 군인의 얼굴은 기억나지 않지만 그 얼굴이 쓰고 있던 뿔테 안경은 기억난다. 그 얼굴을 토하다 안경이 부러지고 깨지면 어쩌지? 깨진 뿔테 안경 조각이 내 눈동자를 찌르면?

나는 얼마나 많은 얼굴을 토해야 할까. 너무 많은 얼굴을 토해야 해서 눈가가 짓무르고 눈동자가 터져버릴지 모른다.

빨랫감이 한가득 든 놋대야를 머리에 이고 강까지 걸어가는 내내 나는 도망치고 싶은 충동에 시달린다. 놋대야를 팽개치고 들판을 내달리고 싶지만 아래가 째지고 헐어 제대로 걷는 것조차 힘들다.

어제는 하루 종일 흐리고 스산하더니 오늘은 해가 났다. 버짐 핀 얼굴이 햇볕을 받아 스멀스멀 근지럽다.

낙원위안소에서 강까지는 2리쯤 되는데 뱀이 지나간 자국처럼 흐릿한 길이 나 있다. 길 양옆으로 가시철망 울타리가 둘러쳐져 있는 것도 아닌데 나는 길에서 한 치도 벗어나지 않는다. 오지상이 뒤에서 나를 지켜보고 있기라도 한 듯.

나무 한 그루 없는 들판 너머에는 일본 군부대들이 있다. 도망쳐도 얼마 못 가 군인들 눈에 띌 것이다. 군인들은 내가 조센삐인 걸 알고 잡아서 오지상에게 데려다줄 것이다. 내가 낙원위안소에서 달아날 엄두를 못 내는 것은 총과 칼을 찬 일본 군인이 곳곳에 불개미처럼 깔려 있기 때문이다. 중국인 마을까지는 트럭을 타고 한두 시간 남짓 달려가야 한다. 용케 중국인 마을로 숨어든다 해도 중국 말을 몰라 구걸조차 할 수 없다. 도망치다 붙잡히면 어떻게 되는지 나는 잘 알고 있다. 집 나간 가축을 찾으면 잔치를 벌이지만, 집 나간 조센삐를 찾으면 초상을 치른다.

내가 낙원위안소로 팔려 온 지 얼마 안 되어 여자 하나가 도망쳤다. 중국인 집에 숨어들어 찬장 속 음식을 훔쳐 먹던 여자는 그 집 주인의 신고로 일본 군인들에게 잡혀 왔다. 오지상은 여자의 두 손을 허리 뒤로 묶고 목에 동아줄을 감았다. 여자의 등을 발로 차 쓰러뜨리고 질질 마당을 끌고 다니며 도망쳤다 잡히면 어떻게 되는지 보여주었다. 여자의 얼굴이 땅에 쓸려 해어지고, 한쪽 귀가 터져 피가 흘렀지만 아무도 오지상을 말리고 나서지 못했다. 한쪽 귀가 먹은 여자는 얼마 후 다른 곳으로 팔려 갔다.

세계위안소에서는 더 도망칠 엄두를 못 냈다. 철문만 열고 나가면 숨을 곳 천지였지만 일본군에 점령당한 마을은 일본 군인과 순사들 세상이었다. 순사들은 세계위안소 조센삐들의 사진이 붙은 증명서를 가지고 있었다. 도망쳤다 잡히면 빚이 두 배로 늘었다. 빚이 2백 엔이던 도시코는 도망쳤다 잡히는 바람에 4백 엔으로 늘어났다.

철문이 열려 있어서 아무 생각 없이 밖으로 걸어 나간 적이 있다. 사진관 앞에 서 있는 검은 인력거를 바라보고 서 있는데 오카상의 남동생이 내 팔을 낚아채듯 잡았다. 우리가 오지(おじ, 삼촌)라고 부르던 그는 나를 발가벗기고 각목으로 때렸다. 이마가 찢어지며 피가 흘러 내 얼굴을 지웠다. 방 안에 떠다놓은 물이 얼 정도로 추운 겨울이었는데 오카상은 '도망쳤던 년'이라며 담요를 빼앗아가고 조개탄을 나누어 주지 않았다.

내 얼굴을 지운 피를 아직 덜 닦았다. 땀구멍 속에 스며든 피가 아직 그대로 있다. 강물에 얼굴을 오래 담그고 있어도 피는 씻기지 않는다.

찔끔 오줌이 지려질 때마다 배꼽까지 타들어가는 것 같다. 아래가 따갑고 간지럽다. 또 매독에 걸릴까봐 겁이 난다. 그럼 아기는 어떻게 되는 걸까.

나는 놋대야를 머리에서 내려 두 팔로 끌어안는다. 머리에 두른 검은 수건이 땅으로 툭 떨어진다. 수건을 집어 들려 허리를 구부리자 놋대야가 기울어지면서 그 안의 삿쿠 통이 내동댕이쳐진다. 비

틀거리던 나는 핑그르르 반 바퀴를 돌고 땅바닥에 철퍼덕 주저앉는
다. 흙먼지가 일어 나를 집어삼켰다 뱉는다.

　나는 흙먼지가 날아들어 따끔한 눈을 끔벅이며 정액 범벅인 샷쿠
들을 통 속에 주워 담는다.

*

　쌀가루를 반죽해 둥글납작하게 부친 부꾸미 같은 낮달이 우리가
타고 가는 트럭을 따라온다.

　부꾸미는 진달래 꽃잎으로 장식하면 꽃부꾸미가 된다. 보기 좋
은 떡이 먹기도 좋다고 기왕이면 꽃부꾸미였으면 싶지만 우리에게
는 부꾸미를 장식할 진달래 꽃잎이 없다. 고향에 가도 진달래 꽃잎
을 딸 수 없을 것이다. 고향 산에는 진달래꽃이 한창이겠지만 우리
가 갔을 때는 졌을 테니까. 우리는 우리의 고향이 낙원에서 얼마나
멀리 떨어져 있는지 모르지만 진달래꽃이 흐드러지게 피었다 질 만
큼 멀다는 것쯤은 알고 있다. 진달래꽃이 지면 철쭉이 피지만, 진달
래보다 빛깔이 짙고 질긴 철쭉꽃은 먹을 수 없다.

　오지상은 달포에 한 번 우리를 트럭 짐칸에 싣고 군의관에게 데
리고 간다. 군의관은 우리의 아래를 검사해 성병에 걸린 여자애를
가려내고 606호 주사를 놓는다. 들판 너머 군인들이 지키는 초소를
지나고, 전류가 흐르는 가시철망을 지나면 검은 막사가 있다. 그 안

에서 반백의 머리를 올빼미처럼 뒤로 넘긴 군의관이 우리 아래를 검사한다.

트럭은 들판을 달려가 보초병들이 지키는 초소를 지나 부대 안으로 들어간다.

대여섯씩 무리 지어 걸어 다니는 군인들이 눈에 들어온다. 위생 검사를 받으러 부대에 올 때마다 느끼는 것이지만 세상에 일본 군인들만 있는 것 같다. 하늘이 높고 맑아서인지 자유롭고 여유로운 분위기가 부대 안에 감돈다. 하지만 부대 어딘가 죽은 군인들이 거죽때기 같은 천을 덮고 누워 있을 것이다. 빛나는 피딱지를 몸 곳곳에 훈장처럼 붙이고.

자기들끼리 히히대며 빨래를 너는 군인들을 보고 애순 언니가 말한다.

"군인들도 빨래를 하네."

"군인들도 사람이니까."

연순 언니가 낮게 잠긴 목소리로 중얼거린다.

"우리만 사람이 아니야!"

악순 언니가 말한다.

"사람이 아니면 뭐예요?"

을숙 언니의 등에 얼굴을 묻고 있던 요시에가 묻는다.

"개나 돼지겠지."

끝순이 말한다.

"개나 돼지보다 못하지."

악순 언니가 말한다.

해금은 혹시나 나루세 병장이 있을까봐 군인들의 얼굴을 살핀다. 나루세 병장인 줄 알고 손을 흔들려는 순간 군인의 얼굴은 낯선 얼굴로 바뀐다.

밤이 되면 군인들은 전투나 토벌을 나갈 것이다. 죽거나 몸에 총알이 박혀 돌아올 것이다. 아니면 미쳐서 돌아오거나.

트럭은 초소를 세 개나 지나 막사 근처에 멈추어 선다. 우리는 트럭에서 내려 막사 앞에 줄을 선다.

우리는 서로 뒤에 서려고 눈치를 본다.

애순 언니가 가장 앞에 선다. 그녀도 위생 검사를 피할 수 없다. 을숙 언니, 요시에, 해금, 끝순, 악순 언니. 나는 악순 언니의 뒤에 가서 선다.

애순 언니가 막사 안으로 들어간다.

변소 갈 때 마음 다르고 나올 때 마음 다르다는 고향 속담을 우리는 다르게 바꾸어 기억한다. 막사에 갈 때 얼굴 다르고 나올 때 얼굴 다르다는 속담으로.

막사로 들어가기 전 우리의 얼굴에는 초조감이 감돈다. 이골이 날 만한데 차례를 기다릴 때마다 긴장되고 겁이 난다. 검사를 받고 막사에서 나오는 우리의 얼굴은 일그러져 있다. 수치심에, 또는 606호 주사를 맞아서, 또는 병에 걸렸다는 소리를 들어서.

검사대에 올라가 가랑이를 벌릴 때마다 죽고 싶다. 군의관이 내 아래를 얼마나 더럽게 생각하는지 나는 잘 안다. 그는 조센삐인 우리의 아래를 수챗구멍보다 구려 한다. 우리의 아래가 자기네 군인들 때문에 고약한 냄새를 풍기고, 피고름을 흘리는 거라는 걸 잘 알면서.

요시에가 막사로 들어가고 나는 무릎을 접으며 철퍼덕 주저앉는다. 흙을 손에 묻혀 치마 밑으로 가져간다. 흙 묻은 손으로 아래를 문지른다. 세계위안소에 있을 때 나이 든 언니들이 검사를 받으러 가는 길에 아래에 흙을 묻히는 걸 보았다. 아래가 병이 든 것처럼 보이려고. 세계위안소에 있을 때도 달포에 한 번 소학교에 차려진 검진소에서 검사를 받았다. 어느 날인가는 검사를 받으러 온 여자가 많아서 여자들을 알몸으로 세워놓고 아래를 검사하기도 했다. 나는 위생 검사가 군인을 받는 것만큼이나 싫다. 검사를 받기 위해 막사 앞에 줄을 서서 차례를 기다릴 때마다 도살장에 끌려온 심정이다. 창피해서 죽고 싶다. 양철 재질의 오리 주둥이처럼 생긴 게 쑥 들어올 때마다 아래가 갈기갈기 찢기는 것 같다.

마침내 내 차례가 돌아온다.

간호사는 늘 그렇듯 흰 원피스에 흰 앞치마를 두르고 검사대 옆을 지키고 서 있다. 군의관보다 몸집이 큰 간호사는 일본 여자다.

간호사를 볼 때마다 세계위안소에서 같이 있었던 여자애가 떠오른다. 6번이던 그 애는 일본에 가면 간호 기술을 배울 수 있다는 말을 철석같이 믿고 집을 떠나왔다. 그 애가 트럭에서 기차로, 배로 갈아타며 온 데는 일본이 아니라 중국이었다.

조선 여자애인 나는 일본 여자가 지켜보는 데서 검사대 위로 올라간다. 원피스를 골반 위까지 말아 올리고 두 다리를 벌린다. 나는 고개를 비스듬히 돌려 간호사를 바라본다.

군의관이 손가락으로 내 아래를 찌른다. 썩은 호박을 찌르듯.

간호사와 내 눈동자가 마주친다. 나는 간호사에게 눈빛으로 묻는다.

'네 눈에는 내가 뭐로 보여?'

'뭐로?'

간호사가 눈빛으로 되묻는다.

'내가 사람으로 보여?'

'네가 사람이었어?'

'나는 아기를 가졌어.'

'아기가 아니라 새끼겠지.'

'새끼?'

'짐승이 아기를 가졌다고 하는 소리는 못 들었어. 새끼를 뱄다고 하는 소리는 들었어도.'

군의관이 내 허벅지를 꼬집는다.

"쥐새끼 같은 년. 누굴 속이려고!"

군의관이 손가락을 내 아래에 집어넣는다.

"본때를 보여주지."

군의관의 성난 손가락이 내 아래를 사납게 휘젓는 동안 나는 어금니를 악물고 참는다.

"그만 내려가!"

군의관이 내 허벅지를 찰싹 때린다. 쫓기듯 막사 밖으로 나온 나는 확성기에서 흘러나오는 일본 말을 들으며 중얼거린다. 병신, 아기 가진 것도 모르네. 내가 아기 가진 걸 군의관이 알아차렸더라면 어떻게 했을까. 아기를 긁어냈을까. 다시는 아기가 들어서지 않게 아기집을 들어냈을까. 생각만으로도 몸서리가 쳐진다.

우리는 군부대를 나오는 길에 천을 덮고 누워 있는 군인들을 본다.

"많이도 죽었네……."

"죽은 군인들을 어떻게 할까?"

"땅에 묻어주겠지. 군인들을 묻을 땅은 얼마든지 있으니까."

"고향에 안 보내고?"

"날이 더워져서 고향에 닿기 전에 썩어 문드러질걸……."

막사로 되돌아가 군의관에게 소리 지르고 싶다.

더러운 건 내 아래가 아니라 네 손가락이야.

군의관의 내 아래를 휘젓던 손가락을 부러뜨리고 싶다. 썩은 나뭇가지를 부러뜨리듯 뚝 뚝.

언제부턴가 군인들이 욕을 하면 나도 따라서 욕을 한다. 일본 군인들은 일본 말로, 조센삐인 나는 조선말로.

군인들이 가장 자주 하는 욕은 '바카야로(ばかやろう, 바보 자식)'
다. '바카모노(ばかもの, 멍청이)'하고.

군인들은 조선말을 모르면서 욕은 귀신같이 알아듣는다. 자신들
은 함부로 욕을 하면서 조센삐인 우리가 욕하는 것은 봐주지 않는다.

고향을 떠나올 때만 해도 욕을 할 줄 몰랐다. 피를 보면 가슴이
떨렸는데 피를 봐도 아무 느낌이 없다. 피가 내 얼굴을 타고 흘러도
아무렇지 않다. 나뭇가지 같은 것에 얼굴이 긁히면 흉터가 질까봐
걱정했는데 어지간한 상처는 신경도 안 쓴다. 세계위안소에서 내
몸은 이미 상처투성이가 되었다.

군인이라면 이골이 났지만, 그래도 술 취한 군인을 보면 떨린다.
저 군인이 내게 무슨 짓을 할까 싶어 몸이 움츠러든다.

아무리 달래도, 아무리 빌어도 욕을 하고 때리는 군인들이 있다.
죽은 척을 해도, 죽어가도.

*

하늘에 떠 있는 구름은 구름이 아니다.

꽁보리주먹밥 한 덩이와 단무지 두 조각으로는 달래지지 않는 우
리의 허기는 구름을 떡으로 만들어버린다. 요시에의 허기는 술떡으
로, 내 허기는 백설기로.

백설기는 맹순 언니를 생각나게 한다. 그녀는 살아 있을까.

흙이라도 먹고 싶을 만큼 허기지지만 지금 내가 먹고 싶은 것은 백설기가 아니다. 설탕에 버무린 검정콩이 박힌 '맹순 언니의 백설기'다.

우리의 허기는 때때로 봄 날씨처럼 까탈스럽고 변덕스럽다. 팥죽도 감지덕지지만 기왕이면 찹쌀 새알심이 들어간 팥죽이 먹고 싶다거나, 텁텁한 밀가루가 아니라 곱게 빻은 멥쌀가루에 버무려 찐 쑥버무리가 먹고 싶은 식으로.

백설기라는 말을 까맣게 잊어버리지 않는 한, 나는 백설기를 떠올릴 때마다 '맹순 언니의 백설기'를 떠올릴 것이다. 백설기가 일본 말로는 뭘까. 우리가 고향에서 먹던 음식 이름을 대신할 일본 말을 나는 알지 못한다. 식혜, 시루떡, 송편, 토란국, 동지 팥죽, 수제비를.

5

"이타이(いたい, 아파)…… 이타이…… 아타마가 이타이(あたま がいたい, 머리가 아파)……."

해금이 일본 말로 앓는 소리는 들판에서 불어오는 바람에 실려 노래가 된다.

널빤지에 삿쿠를 널던 요시에가 입을 벙긋 벌리고 모기 소리처럼 작은 소리로 따라서 중얼거린다. 이타이, 이타이, 아타마가 이타이……. 땅에 편지를 쓰던 끝순도 목쉰 소리로 따라서 중얼거린다. 이타이, 이타이, 아타마가 이타이…….

우리는 앓을 때도 일본 말로 앓는다. 우리가 조선말을 쓰면 오지 상이 화를 내기 때문이다. 그리고 우리는 우리가 아프다는 걸 오지 상이 알라고 일본 말로 앓는다.

낮잠에 들었는지 오지상의 방문은 닫혀 있다. 우리는 우리의 신이 잠들어도 도망칠 생각을 못 한다. 들판 곳곳에 서 있는 초소를 지키는 군인들은 잠들지 않았을 테니까.

비루먹은 염소처럼 꾸벅꾸벅 졸던 나도 중얼거린다.

"이타이, 이타이, 아타마가 이타이……."

우리가 저마다 일본 말로 앓는 소리는 끝도, 시작도 없는 노래가 되어 들판을 떠돈다.

해금이 갑자기 주먹으로 자신의 머리를 때린다.

"머리에서 번개가 치는 것 같아…… 번개가 한 번 칠 때마다 머리가 두 쪽으로 쪼개지는 것같이 아파……."

머리가 아플 때 먹는 약은 없다. 1호, 2호, 3호, 4호, 5호, 6호, 그렇게 6호까지 맞아야 해서 606호라는 주사도 머리 아픈 걸 낫게 하지 못한다. 그 주사는 피가 맑아지게 하는 주사니까.

*

낙원위안소에는 규정이 있다. 세계위안소에도 규정이 있었다. 그곳의 규정이 이곳의 규정과 특별히 다른 점이 있다면 종이가 아니라 나무판에 새겨져 있었다는 것이다.

나는 규정이라는 말도 중국에 와서야 알았다. 내 고향에는 그런 말이 없었다.

오지상은 규정을 적은 종이를 방마다 붙여놓았다. 한자도, 일본 글자도 읽을 줄 모르지만 나는 규정을 알고 있다. 내가 외우고 있는 낙원위안소의 규정은 다섯 가지다.

첫째, 낙원위안소를 찾는 군인은 외출증이 있어야 한다.

둘째, 군인은 주인에게 요금을 지불하고 군표를 받는다.

셋째, 군인이 방에 머무는 시간이 30분을 넘어서는 안 된다.

넷째, 군인은 방에 들어가자마자 군표를 낸다.

다섯째, 군인은 방에서 술을 마시면 안 된다.

군인들 대개는 첫째와 둘째 규정은 잘 지키지만, 간혹 외출증 없이 나왔다가 헌병에게 끌려가는 군인이 더러 있다. 해금에게 달걀이나 튀긴 연근을 가져다주고는 하던 취사병은 외출증 없이 낙원위안소에 왔다가 감방에 갔다.

군인들은 세 번째 규정도 잘 지키는 편인데 우리를 불쌍하게 생각해서가 아니다. 방 밖에서 자신의 차례를 기다리는 군인이 한둘이 아니기 때문이다. 30분이 되기도 전에 군인들은 "하야하야(はやはや, 빨리빨리)"를 외치며 방문을 주먹으로 때리고, 발로 걷어찬다. '하야하야'는 '도쿠도쿠(とくとく, 빨리빨리)'나 '삿사토(さっさと, 빨리빨리)'가 되기도 한다. 세 말이 같은 말이라는 걸 요시에는 아직 모른다.

군인들은 다섯째 규정을 가장 잘 어긴다. 전투나 토벌에 나갔다 돌아오는 군인들 대개는 술을 가지고 온다. 수통이나, 도쿠리とくり라

고 부르는 아가리가 잘록한 병에 담아.

3월 10일 육군 기념일에 오지상은 우리를 마당에 모아놓고 말했다.

"너희는 천황폐하가 일본 군인들에게 내린 하사품이다."

천황은 어째서 일본 여자애들이 아니라 조선 여자애들을 하사품으로 내려주었을까. 낙원위안소에 일본 여자애는 없다. 세계위안소에도 일본 여자애는 없었다. 전쟁은 일본 군인들이 하는데.

오지상은 이렇게도 말했다.

"너희 한 명이 군인을 백 명씩 상대해야 한다."

군인을 백 명은커녕 열 명도, 단 한 명도 상대해보지 않은 오지상은 군인을 상대한다는 것이 무슨 뜻인지 모른다. 우리의 신은 때때로 자신도 이해하지 못하는 말을 우리에게 하고는 한다.

세계위안소는 번화하고 시끌벅적한 거리에 있었다. 군인들은 휴일에 영화를 보러 가기도 하고, 일본 기생들이 춤을 추고 노래를 부르는 살롱에 놀러 가기도 했다. 휴일마다 위안소를 찾는 군인도 있었지만, 어쩌다 찾아오는 군인도 있었다. 들판과 강뿐인 이곳의 군인들은 휴일에 낙원위안소 말고는 갈 데가 없다. 트럭을 타고 두 시간을 달려가야 하는 중국인 마을에는 살롱이나 극장이 없다.

을숙 언니는 콜레라 같은 무서운 전염병이 돌면 군인들이 우리를 괴롭히지 않을 거라고 말한다. 전에 위안소에 있을 때 마을에 콜레라가 돌아 군인들이 한 달 동안 외출이 금지된 적이 있었다며.

군인들은 중대中隊별로 요일을 정해 낙원위안소를 찾아온다. 일요일에는 1·2중대가, 월요일은 3·4중대가, 화요일은 5·6중대가, 수요일은 1·2중대의 수송부대가, 목요일은 야전 근무대가, 금요일은 연대 본부가, 토요일은 대대 본부가.

군인들은 계급에 따라 위안소를 찾아오는 시간이 다르다. 사병은 한 시부터 다섯 시까지, 하사관은 여섯 시부터 여덟 시까지, 아홉 시부터는 장교가 찾아온다.

해금의 애인인 나루세 병장은 3중대 소속이다. 그 애는 자신의 애인이 막대 하나에 별 세 개가 붙은 중위 계급장을 다는 게 소원이다. 사병이라 중위 계급장을 달 수 없다는 걸 모르고.

종이나 나무판에 쓰여 있지는 않지만 우리에게는 속담이 있다. 우리는 고향을 떠나올 때 고향 사람들의 입에서 입으로 떠돌던 속담을 보따리 속에 넣어 왔다.

싸움닭인 악순 언니는 오지상에게 군표를 주고 돌아설 때마다 중얼거린다.

"똥이 무서워서 피하나 더러워서 피하지."

그 순간 우리의 신은 똥이 된다. 그는 자신이 똥이 된 걸 모르고 한가롭게 괘종시계의 태엽을 감는다.

연순 언니는 교장 선생 부인을 떠올릴 때 '열 길 물속은 알아도 한 길 사람 속은 모른다'는 속담도 함께 떠올린다.

낙원위안소에서 '벼룩도 낯짝이 있다'는 속담은 우리 몸에 재차

달라붙는 군인들을 위해 있다.

'비는 데는 무쇠도 녹인다'는 속담은 낙원에서 무용지물이다. 아무리 빌어도 오지상이라는 무쇠는 녹지 않는다.

'모기 다리의 피만 하다'는 오늘 아침 우리의 손에 들린 꽁보리주먹밥에 딱 들어맞는 속담이다.

*

하늘이 누룩 덩어리 같더니 천둥 치는 소리가 들판을 뒤흔든다. 수십 개의 못을 한꺼번에 박는 것 같은 소리가 귀를 찌른다. 양철 지붕에 빗방울이 떨어지는 소리다.

에이코 언니가 가시철망에 걸쳐 널어놓은 옷가지들을 걷는다.

땅에 편지를 쓰던 끝순이 고개를 들어 하늘을 바라본다. 그 애는 원망스러운 눈길로 하늘을 흘겨보고 나서야 고개를 땅으로 끌어당긴다. 못을 더 꼭 움켜잡고 마저 편지를 쓴다. 그 애는 오늘따라 긴 편지를 쓴다.

조바가 부엌에서 나와 마당을 뛰어다닌다.

"비다, 비가 온다!"

조바가 기다리던 비가 우리는 달갑지 않다. 비가 내리면 고향 생각이 더 난다.

그리고 비가 와도 군인들은 온다. 들판이 진흙탕이 되어도. 도끼의 날 같은 번개가 머리 위에서 내리쳐도.

북어처럼 마른 군인보다 빗물에 흠씬 젖어 무른 짠지 같은 군인을 받는 게 더 힘들다. 군복이 젖으면 그만큼 무게가 더 나가는 데다, 코가 떨어져 나가는 것만 같은 지독한 악취를 풍긴다.

딸 생각에 을숙 언니는 술을 마신다. 술에 취하지 않고는 그리움과 죄책감을 견딜 수 없기 때문이다. 그녀는 자신의 상비약이자 비상식량인 중국술을 한고에 따라 한 모금씩 마신다. 취하려 마시는 술이지만 물처럼 마시기에는 중국술이 너무 독해서, 그리고 아껴 마시느라. 안주는 녹차 잎을 우려 연둣빛이 도는 물과 잎담배다. 그녀는 술이 한 모금 들어가자 살 것 같다. 한 모금이 더 들어가자 온몸이 노곤하게 풀어진다. 한 모금이 더 들어가자 목이 불붙은 심지처럼 타든다. 그녀는 연둣빛 물을 한 모금 마시고 잎담배를 피운다. 잘게 자른 담뱃잎을 신문지에 둘둘 말아 만든 담배는 공장에서 만든 담배보다 독하다. 한 모금만 빨아도 머리가 핑그르르 돈다. 술이 한 모금 더 들어가자 그녀의 눈이 토끼 눈으로 변하더니 입이 아니라 코에서 울음이 터져 나온다. 한 모금이 더 들어가자 술이 술을 먹는다.

을숙 언니의 한고 속 술이 바닥날 즈음 악순 언니와 군자 언니가 빗속에서 욕을 하며 싸운다.

땅딸막하지만 어깨가 벌어져 다부져 보이는 군자 언니는 닷새 전 오지상이 새로 데려온 여자다. 이곳에 온 첫날 그녀는 도쿠리에 든

술을 홀짝홀짝 마시며 군인처럼 말했다.

"세상 구경이나 실컷 하게 차라리 싱가포르 같은 데로 보내달라고 했더니 촌구석으로 보내버렸군. 너희 중 누가 대장인지 모르겠지만 날 건들 생각은 마. 나 박군자, 악밖에 남은 게 없는 인간이니까."

나는 방 안에서 담배를 피우며 그녀들의 싸움을 구경한다. 먼 산 구경하듯 눈빛을 흐리고. 내 예감은 빗나가지 않았다. 군자 언니가 우리 중 누군가와 싸운다면 악순 언니일 거라는.

비에 젖은 그녀들의 몸에서 김이 모락모락 오른다. 마치 영혼이 증발하듯.

일본 욕을 퍼붓는 악순 언니에게 군자 언니가 결정적인 한마디를 날린다.

"조센삐!"

악순 언니의 손이 군자 언니의 얼굴을 향해 들린다.

조센삐는 세상 그 어떤 욕보다 치욕스럽고 치명적이다. 조센삐인 우리에게는.

소리 내어 말할 때 입술이 얄팍해지는 그 욕이 우리에게만 할 수 있는 욕이라는 걸 잘 알고 있음에도.

서로의 머리채를 잡고 진 땅바닥을 나뒹구는데도 아무도 두 사람의 싸움에 끼어들지 않는다.

세계위안소에서도 그랬지만 낙원위안소에서 가장 슬픈 광경은 우리끼리 싸우는 풍경이다. 군인들에게 배운 일본 욕을 퍼부으면서.

우리는 그러나 우리의 싸움이 칼로 물 베기라는 걸 알고 있다. 우리는 고향 여자애들을 닮은 서로의 얼굴에 대고 저주를 퍼붓다가도, 같은 처지라는 사실을 깨닫는 순간 서로가 안쓰러워 싸울 의욕을 잃는다.

*

어머니, 새벽에 꾼 꿈에 어머니가 나를 찾아왔어요.
애순 언니가 내 방문을 덜컥 열더니 말했어요.
"후유코야, 후유코야. 어머니가 널 데리러 오셨어!"
어머니가 나를 찾아온 줄 알고 뛰어나갔는데 오카상이 서 있었어요.

손가락들에서 정액 냄새가 난다. 해금에게 빌린 비누로 씻어도 냄새가 가시지 않는다. 나는 비누가 없다. 해금에게는 비누를 가져다주는 군인들이 있지만 내게는 없기 때문이다. 오지상에게 달라고 하면 되지만 나는 그러지 않는다. 오지상이 주는 비누는 고스란히 빚으로 되돌아오기 때문이다. 나는 비누 없이 얼굴을 씻고 빨래를 한다.

에이코 언니는 양잿물에 자신의 옷들을 삶아 입는다. 조바에게 돈을 주면 양잿물을 구해다 준다. 에이코 언니는 뒷마당 소각장에서 불을 피우고 그것에 담요와 옷가지를 넣고 푹푹 삶는다. 세계위안소에 있을 때 오카상이 식모로 부리던 늙은 조선 여자가 있었는데, 조센삐들에게 돈을 받고 담요와 옷을 양잿물에 빨아주었다. 그 여자는 원피스 하나를 빨아주는 데 50전씩 받았다. 외상으로 빨아주기도 하던 그 여자는 돈을 얼른 갚지 않는 조센삐와 싸우고는 했다. 나는 양잿물이 무섭다. 양잿물 푼 물을 보면 그것을 마신 분선 언니가 생각나서다.

비위가 약한 에이코 언니는 조바가 만들어주는 음식들을 마지못해 먹는다. 굶어 죽지 않으려고. 그녀가 땀과 지린내에 찌든 군인들을 어떻게 참고 견디는지 모르겠다. 그녀가 손을 씻는 걸 보면 손가락들이 전부 닳아 없어질 때까지 씻을 것 같다. 얼굴을 씻을 때면 얼굴이 닳아 없어질 때까지.

어머니에게 편지를 쓰고 싶지만 겁이 난다. 편지에 내가 뭐라고 쓸지 뻔하니까. 그래도 편지가 쓰고 싶어 강물 위로 가져가던 걸레를 가슴으로 끌어당긴다.

애순 언니가 강물에 헹구던 원피스를 내던지고 벌떡 일어서서는 강물에 대고 소리 지른다.

"나쁜 놈아! 네 엄마에게 해달라고 해."

애순 언니는 오늘 새벽에도 내 방에 불쑥 들어와서는 혼잣말을 중얼거리다 비명을 지르며 뛰쳐나갔다.

"아휴 더러워, 씻고 오라고 했잖아! 똥통에 빠졌다 나왔나, 더러워 죽겠네…… 저리 가, 저리 가, 나쁜 놈아!"

애순 언니는 누굴 보고 저리 화를 내는 걸까. 그녀가 미쳐서 혼잣말을 중얼거릴 때면 나는 겁이 난다. 나도 언니처럼 미쳐서 발가벗고 들판을 헤매고 다닐까봐.

"갈매기가 울었어. 갈치야, 갈치야…… 갈치를 부르며 울었어."

애순 언니는 미치면 애기 같은 목소리로 앞뒤가 안 맞는 말을 쉴 새 없이 중얼거리지만 제정신이 돌아오면 입을 꾹 다물고 벙어리처럼 아무 말도 하지 않는다. 오지상이 묻는 말에도 대꾸를 하지 않아 머리를 쥐어박히고는 한다.

애순 언니가 머리를 긁으며 요시에를 쳐다보고 묻는다.

"아줌마, 우리 아버지 못 봤어요?"

"언니 아버지요?"

"어딜 가셨을까? 내가 물 길러 가기 전까지 집에 계셨는데…….
큰아버지 댁에 바둑 두러 가셨나?"

미치지 않는 게 이상하다. 나는 어떻게 미치지 않았을까. 어쩌면 나도 벌써 미친 게 아닐까. 나만 내가 미쳤다는 걸 모르는 게 아닐까.

미치는 게 나을지도 모른다. 미치면 지난밤 군인을 몇 명 받았는지 모를 테니까. 부끄러운 것도, 수치스러운 것도, 더러운 것도 모를 테니까.

부산이 고향인 애순 언니는 사진관에서 사진을 찾아 집으로 가는 길에 납치되어 중국에 왔다. 사진관에서 나와 사진을 품에 꼭 끌어 안고 길을 걸어가는데 누런 잠바를 입은 남자 둘이 양쪽에서 그녀 의 팔을 붙들더니 으슥한 골목으로 끌고 갔다. 그녀가 살려달라고 소리 질렀지만 도와주려고 뛰어오는 사람이 하나도 없었다. 골목 에서 그녀는 군용 트럭에 실렸다. 낙원위안소 그녀의 방에는 사진 관에서 찍은 사진이 걸려 있다. 남동생과 함께 찍은 사진으로, 사진 속 그녀는 흰 블라우스에 검은 주름치마를 입고 방긋 웃고 있다.

　　애순 언니가 미쳤는데도 오지상은 군인을 받게 한다. 그녀의 입 은 헛소리를 해도, 그녀의 아래는 헛소리를 하지 않으니까.

*

　　죽은 개구리를 넣지 않았는데 아래에서 개구리 썩는 냄새가 난 다.

　　죽은 쥐를 넣지 않았는데 아래에서 구더기가 끓는다.

　　감자를 넣지 않았는데 보라색 싹이 자라 아래를 찌른다.

　　보라색 싹이 덩굴 숲처럼 우거져 내 아래를 뒤덮어버렸으면…….

내 몸이 내 것이 아니라는 걸 몰랐다.

세계위안소 23호 방에 시체처럼 누워 2, 30분 간격으로 밀려드는 군인들을 받으며 몸이 내 게 아니라는 걸 알았다.

왼팔 팔뚝에 '冬子(동자)'라는 글자가 새겨지는 동안 내 몸이 내 것이 아니라는 걸 뼈저리게 깨달았다. 먹물 묻힌 바늘이 살갗을 찔러올 때마다 손가락 하나도 내 게 아니라는 걸.

미사오라는 헌병이었다.

무서워 떨고 있는 내게 그가 물었다.

"이름이 뭐지?"

내가 아무 말도 못 하고 떨기만 하자 그가 말했다.

"오늘 밤 내가 네 이름을 지어주지."

그는 일본 여자 이름을 몇 개 중얼거리더니 말했다.

"후유코(ふゆこ, 동자)가 좋겠군. 고바야시(こばやし, 小林) 후유코. 작은 숲속에서 겨울에 태어난 짐승의 새끼라는 뜻이지."

며칠 뒤 그는 바늘과 먹을 가지고 와 자신이 지어준 이름을 내 몸에 새겼다. 나를 홀딱 발가벗겨 알전구 아래에 무릎 꿇려 앉혀놓고.

바늘로 찌른 자리마다 푸르스름한 점이 찍히며 피가 맺혔다. 바늘로 살을 찌르고 찌르는데도 비명 한 번 맘껏 지르지 못했다. 목구멍으로 올라오는 신음을 삼키고 삼켰다.

한번 몸에 새긴 글자는 지울 수 없다는 걸 몰랐다. 모르고 글자를 지우려 문지르고 문질렀다. 살갗이 터지고 갈라져 피가 나도록.

冬子가 거머리처럼 징그러울 때가 있다. 팔뚝에 들러붙어 내 피를 빨아 먹는 것 같을 때가.

아버지가 지어준 내 이름은 금자다. 한여름에 태어난 나는 중국에 와, 짐승의 새끼가 되었다. 작은 숲속에서 겨울에 태어난.

몸이 내 것이 아닌데 나는 어째서 몸을 떠나지 못하는 걸까. 새장 속 새처럼 몸에 꼼짝없이 갇혀 있는 걸까. 몸이 죽어야 몸에서 놓여날 수 있으려나. 심장이 멎고 숨이 끊어져야. 하지만 몸이 죽으면 나는 있을 데가 없다. 숨을 데가 없다.

군인들이 들끓는 낙원위안소에서 내가 숨을 데라고는 몸뿐이다.

몸이 내 것이 아니면 누구 걸까. 일본 군인들 것일까. 피 한 방울 안 섞인 오지상의 것일까.

아래가 찢어져 피가 날 때 입을 악물고 견디는 건 나인데 왜 내 몸은 내 것이 아닌 걸까.

몸이 피를 흘릴 때 그 피를 닦아주는 건 나인데.

실오라기 한 올 걸치지 않은 내 몸이 떨고 있을 때 담요를 끌어당겨 덮어주는 건 나인데.

군인들이 돌아간 깊은 밤, 심장이 멎었나 싶어 가슴에 손을 대보는 건 나인데.

몸이 내 것이 아니라는 걸 알면서도 나는 씻고 또 씻는다. 방금 내 몸에 다녀간 군인의 침이, 땀이, 정액이 몸에 묻어 있는 걸 참을 수가 없어서.

*

몸이 내 것이 아니면, 몸에 들어선 아기도 내 아기가 아닌 게 아
닐까.
내 아기가 아니면 누구 아기일까.

*

어머니, 나는 아기에게 묻고 물어요.
아가야, 너는 누구의 아기니?

**후유코, 도시코, 모모코, 후미코, 야에, 미쓰코, 요시코, 히후미, 유키
코······.**

나는 강물에 편지를 쓰는 대신 일본 여자 이름들을 쓴다. 군인들
이 내게 지어준 이름들이다. 혹시나 아기가 그 여자들 중 하나의 아
기가 아닐까 싶어서.

6

어머니, 엿새 동안 산 속 군부대에 다녀왔어요.

해금, 끝순, 은실, 요시에, 악순 언니와 함께요.

달포에 한 번 산 속 군부대는 낙원위안소로 트럭을 보내와요. 그러면 오지상은 병이 없고 생리가 없는 여자애들을 골라 트럭 짐칸에 태워 보내요.

내 몸에서 아기가 자라고 있는 걸 까맣게 모르고 오지상이 말했어요.

"후유코, 너도 다녀와."

우리는 아침을 먹자마자 놋대야에 옷가지와 수건, 삿쿠, 소독약 등을 챙겨 트럭에 올랐어요.

총소리가 들리면 내려서 트럭 아래로 들어가 엎드려 있었어요. 반나절 쯤 달려갔을 때 군인들이 주먹밥을 나누어 주어서 그것을 먹었어요.

트럭이 군부대에 도착했을 때 노을이 지고 있었어요. 트럭에서 내리는 우리를 보고 군인들이 누런 먼지를 일으키며 들개들처럼 몰려들었어요.

"조센삐가 왔다!"

군인들은 잡아먹을 염소를 고르듯 여자애를 하나씩 골라 막사 안으로 데리고 들어갔어요.

나무로 짠 침대 위에 올라가 다리를 개구리처럼 벌리고 누워 군인을 받았어요. 군인들이 막사 밖에서 가위바위보를 하는 소리가 들렸어요. 서로 먼저 여자애의 몸에 들어가려고 해서 가위바위보를 해 순서를 정하려고요.

하나, 둘, 셋, 넷, 다섯…… 마흔, 마흔하나, 마흔둘…… 내 몸에 다녀가는 군인들의 숫자를 세다 까무러치고는 했어요.

날이 밝아올 때까지 군인을 받았어요. 막사 밖에서 밥을 먹으러 나오라고 하는 소리가 들려오는데 오므린 다리가 펴지지 않아 침대에서 내려갈 수가 없었어요. 굴러떨어지다시피 침대에서 내려갔어요.

군인들이 버린 삿쿠가 바닥에 어지럽게 널려 있었어요. 정액 묻은 삿쿠들이 내장이 터져 죽은 개구리들보다 징그러웠어요.

막사 밖으로 나갔더니 악순 언니가 동터오는 하늘 아래서 담배를 피우고 있었어요. 그녀의 헝클어진 머리카락에 흰 정액이 묻어 있었어요. 요시에가 휘어진 다리를 질질 끌며 막사에서 나왔어요.

군인들이 보리밥과 배추된장국, 단무지를 물동이처럼 생긴 대나무 통에 담아 가져다주었어요. 한고에 보리밥과 배추된장국을 덜어 먹었어요.

우리 중 나이가 가장 많은 악순 언니가 가장 먼저 배추된장국을 떴어요. 트럭을 타고 올 때 친자매처럼 꼭 붙어 있던 우리는 배추 건더기를 하나라도 더 뜨려고 서로 눈치를 보았어요. 서로 단무지를 한 조각이라도 더 먹으려고요.

내가 배추된장국을 뜨려고 보니 배추 건더기가 하나도 없었어요. 악순 언니의 입으로 들어가는 희멀건 배추 건더기를 보며 나는 속으로 생각했어요. 저 언니가 배추 건더기를 다 건져 갔어.

끝순이 보리밥을 젓가락으로 헤집으며 말했어요.

"꽁보리밥이네."

아침을 먹고 군인들과 개울에 다녀왔어요. 총을 든 군인이 앞에서 우리를 이끌었지만 하늘이 구름 한 점 없이 파래서 산에 나물을 뜨으러 가는 기분이었어요. 군부대를 벗어나 좁고 외진 길을 걸어가자 사탕수수밭이 나왔어요. 솥단지를 엎어놓은 것 같은 무덤들을 보고 해금이 말했어요.

"일본 군인들의 무덤이야."

군인들이 시켜서 우리는 일본 군인들의 무덤에 웃자란 풀을 뜯고, 향을 피우고, 합장을 했어요. 살아서 고향에 돌아가지 못하고 중국 땅에 묻힌 군인들이 불쌍하다며 해금은 눈물까지 흘렸어요. 나도 괜스레 눈물이 났어요. 죽더라도 고향에 돌아가 죽고 싶은 건 군인이나 우리나 마찬가지일 테니까요.

개울에서 군인들의 피 묻은 군복과 속옷, 담요, 게토루를 빨았어요. 피가 엉겨붙어 말린 말고기 같은 군복 바지에 비누질을 하며 생각했어요. 군복 바지가 흠씬 젖도록 피를 흘린 군인은 살았을까, 죽었을까. 살았어도 병신이 되었겠지.

한가롭게 담배를 피우며 우리가 빨래하는 걸 구경하던 군인이 고생한다며 마른오징어를 주었어요. 곰팡이 핀 마른오징어를 개울물에 씻어 먹었어요.

담배 하나를 악순 언니, 끝순, 나 이렇게 셋이서 나누어 피우자 구레나룻을 기른 군인이 자신이 가진 담배를 한 개비씩 나누어주었어요.

점심으로 꽁보리와 쌀을 반씩 섞어 지은 밥과 시금치된장국, 통조림을 먹고 다시 군인을 받았어요. 군인들이 끝도 없이 밀려들어 저녁은 밥풀과자로 때웠어요.

사흘째 되는 날 일본 군인들이 중국인 농가에서 빼앗은 돼지를 잡았어요. 돼지가 죽어가며 울부짖는 소리가 산천을 뒤흔들었어요. 군인들이 불에 구운 돼지고기를 우리에게도 조금 나누어 주었어요. 덜 익혀 핏물이 배어나는 돼지고기가 얼마나 고소하던지 씹다 입 안쪽을 깨물었어요. 요시에는 돼지고기를 먹고 밤새 설사를 하느라 군인을 받지 못했어요.

엿새째 되던 날 중국 무장공들의 기습이 있었어요. 막사 안에서 군인을 받고 있는데 총탄이 말벌 떼처럼 날아다니는 소리가 들렸어요.

군인이 내 몸에 사정을 하자마자 바지를 끌어올리며 막사 밖으로 뛰쳐나갔어요.

옷을 추스르고 막사 밖으로 나갔더니 군인들이 소리를 지르며 참호 속으로 뛰어들고 있었어요.

"후유코, 후유코!"

악순 언니가 내게 손을 흔들었어요.

내 눈앞에서 수류탄을 맞은 군인의 몸이 붕 떠올라 허공에서 산산조각이 났어요.

"후유코, 후유코!"

두 손으로 머리를 감싸고 달리다 굴러떨어진 참호 속에 군인들이 있었어요.

흙먼지를 뒤집어쓴 군인이 겁에 질린 눈으로 나를 바라보았어요. 침을 튀기며 무슨 말인가를 중얼거렸지만 일본 말이라 알아들을 수 없었어요. 군인이 참호 바닥에 나를 쓰러뜨리더니 바지 지퍼를 내리고 내 몸에 달라붙었어요. 총탄이 참호 속으로 날아드는데도 군인은 내 몸에 매달려 떨어지지 않았어요.

죽고 싶지 않다는 생각 말고는 아무 생각도 안 났어요. 죽고 싶지 않다는 생각 말고는······.

군인의 흩날리는 머리카락들 위로 총탄이 날아가는 순간 빌었어요. 총탄이 내 머리를 비껴가게 해달라고, 총탄이 내 머리가 아니라 군인의 머리에 박히게 해달라고.

빗발치던 총탄 소리가 한순간 잦아들고 절규와 비명이 들려왔어요.

군인들이 나를 버려두고 참호 밖으로 기어 나갔어요. 참호 바닥에 널브러져 있는 내 허벅지를 타고 정액과 피가 섞여 흘렀어요. 몇 번을 굴러

떨어지다 겨우 참호 밖으로 기어 나갔어요.

총탄을 맞고 죽어가는 군인들이 사방에 널려 있었어요. 비명을 지르며, 군가를 부르며, 욕을 하며, 엄마를 찾으며 죽어가는 군인들이 지난밤 줄을 지어 내 몸에 다녀간 군인들이라는 게 믿기지 않았어요. 서로 먼저 내 몸에 다녀가려고 애들처럼 시시덕거리며 가위바위보를 하던 군인들이라는 게.

총탄에 한쪽 귀가 떨어져 나간 군인이 소리 질렀어요.

"살려줘…… 제발 살려줘……."

군인의 혀와 입이 온전한 것이 신기했어요.

그 옆에서는 총탄이 꿰뚫고 지나가 허벅지에 연근만 한 구멍이 뚫린 군인이 신음하고 있었어요.

해금이 군인들 속에 주저앉아 울고 있었어요. 목과 다리에 총탄을 맞고 쓰러진 갈색 말이 땅바닥을 뒹굴며 울부짖었어요.

한쪽 팔이 어디로 날아가버리고 없는 군인이 엄마를 찾았어요.

"엄마, 엄마……."

죽어가는 군인이 아니라 내 배 속 아기가 부르는 소리 같았어요.

"엄마, 엄마……!"

"아가야……."

"엄마?"

"아아, 아가야……."

"엄마, 엄마!"

군인의 두 눈은 나를 보지 못하는 것 같았어요.

"*엄마! 아무 데도 가지 마……!*"

"*안 가…….*"

조선말이지만 군인이 알아듣는 것 같았어요.

"*엄마, 나 두고 가면 안 돼……!*"

"*……아무 데도 안 가.*"

"*엄마, 엄마……!*"

숨을 거두어 더는 엄마를 부르지 않는데도 군인 곁을 떠나지 못했어
요. 내가 가버릴까봐 끝까지 뜨고 있던 군인의 눈을 감겨주지 못했어요.
개울에서 곰팡이 핀 오징어를 우리에게 주며 환하게 웃던 군인이었어요.

죽어가는 군인들 속에서 은실이 울부짖는 소리가 들려왔어요.

"*집에 가고 싶어!*"

은실의 옆구리에서, 허벅지에서 피가 울컥울컥 토해지고 있었어요.

"*집에 데려다줘, 집에 데려다줘…….*"

고통스러워하는 은실의 손을 잡아주지 못했어요. 그 애의 손이 피투성
이여서 그 피가 내 손에 묻을까봐.

나는 화들짝 놀라 몸을 일으킨다. 뒷걸음질 쳐 강물에서 떨어진다.
편지는 그새 흘러가버리고 없다.

죽은 은실을 보는데 불쌍하다는 생각이 들지 않았다. 살아서 뭐
하나 싶으니까. 군인들에게 시달릴 일밖에 더 있나 싶으니까. 끔찍

하다는 생각밖에 들지 않았다.

죽고 싶어 하지 않았다. 일본 군인들도, 은실도.

나는 다시 강물 앞으로 가 무릎을 꿇고 앉는다.

어머니, 아기도 봤을까요.

눈동자가 생겼으면 아기도 죽어가는 군인들을 봤겠지요.

죽어가는 말을, 죽어가는 은실을……

나는 편지를 쓰다 말고 강물로 얼굴을 가져간다. 두 눈을 감고 얼굴을 강물 속으로 밀어 넣는다.

내 얼굴을 강물에 떠내려 보내고 싶다.

두 귀가 강물에 잠기자 아무 소리도 들리지 않는다. 한순간 나는 눈을 뜬다.

내 몸 안에 떠도는 소리들이 들려온다. 몸 밖으로 나가지 못하고 메아리처럼 떠도는 소리들이.

'엄마, 엄마…… 엄마, 아무 데도 가지 마…… 살려줘…… 집에 가고 싶어…… 집에 가고 싶어…… 집에…….'

*

목과 팔은 쇠꼬챙이처럼 마르는데 배는 불러온다. 입덧이 가라앉자 광포한 허기가 나를 괴롭힌다. 먹으면서도 배가 고프다. 내 입으로 들어가는 걸 아기가 고스란히 삼켜버리기 때문이다. 보리밥 한 알도, 단무지 한 조각도, 된장국 한 숟가락도, 물 한 방울도.

해금이 내 손바닥에 떨어뜨려준 흑설탕을 핥는 것은 내 혀가 아니라 아기의 혀다.

요시에의 손에 들린 밥풀과자를 흘끔거리는 눈동자는 내 눈동자가 아니라 아기의 눈동자다.

밭에서 갓 따온 상추에 보리밥을 싸 먹고 싶다. 된장 찍은 풋고추가 먹고 싶다.

제정신으로 돌아온 걸까. 삿쿠가 널린 베니어합판 앞에 쪼그리고 앉아 담배를 피우는 애순 언니는 세상을 다 산 것 같은 표정이다. 오늘 새벽 그녀는 방마다 돌아다니며 소리를 질렀다. 연락선이 올 거야, 우리를 태우러 연락선이 올 거야!

"은실아, 은실아……."

금실 언니가 은실을 부른다. 새끼 새가 어미 새를 부르는 소리처럼 절박해 애가 타지만 나는 묵묵히 빨래를 넌다.

은실이 있어야 금실 언니가 나중에라도 고향 집에 돌아갈 수 있을 텐데 걱정이다.

은실이 없으니 금실 언니 머리는 누가 빗겨주나, 삿쿠는 누가 씻어주고, 사면발니는 누가 잡아주나…….

산속 군부대에 다녀온 뒤로 나는 금실 언니의 얼굴을 잘 못 본다.

은실은 못 돌아왔는데 나는 돌아와서. 은실이 살아 돌아오지 못한 게 내 잘못 때문이 아닌데 죄책감에 시달린다. 은실이 죽은 게 내 탓만 같다. 나 대신 은실이 죽은 것만 같다.

"은실아……."

은실이 죽어 수수밭에 버려졌다는 걸 아무도 금실 언니에게 말해 주지 않은 걸까.

아니면 은실의 영혼이라도 부르는 걸까. 내 고향에서는 죽은 사람의 영혼을 부를 때 살아생전 부르던 이름을 부른다.

수수밭에 버려진 은실의 영혼은 지금 어디에 있을까. 수수밭을 헤매고 있을까. 아니면 고향을 찾아갔을까. 아니면 그날 함께 죽은 군인들의 영혼에 붙들려 시달리고 있을까.

고향에 돌아가지는 않았을 것 같다. 아무리 영혼이어도 은실이 금실 언니를 두고 혼자 고향에 돌아갔을 리 없다.

"은실아, 은실아……."

군자 언니의 방문이 벌컥 열린다.

"아아, 누구야? 시끄러워서 잠을 못 자겠군. 앵무새도 아니고 은실이 누군데 불러대는 거야?"

놀란 금실 언니가 바들바들 떤다.

"앞을 못 봐요……."

"뭐?"

군자 언니가 나를 째려본다. 광대가 튀어나오고 눈초리가 올라가 매섭고 험악한 인상이다. 불파마를 한 머리카락은 철사처럼 억세 보인다.

"눈이 멀어서 앞을 못 봐요."

내 말에 군자 언니의 얼굴이 일그러지며 비웃는 것 같은 표정이 떠오른다.

"라쿠엔에 앞 못 보는 봉사가 하나 있다더니 너였군. 앞도 못 보면서 천 리 타향 이 먼 데까지 어떻게 왔지? 눈이 먼 너나, 멀쩡한 나나 똑같이 팔려 가는 송아지처럼 끌려왔으니 할 말은 없군. 차라리 눈이 먼 게 나을지도 모르지. 아아, 못 볼 걸 하도 봐서 미칠 지경이야. 그렇다고 눈을 뽑아버릴 수도 없고."

나는 빨래를 마저 널고 금실 언니 곁으로 다가간다.

"언니……."

"은실아……!"

수심으로 그늘진 금실 언니의 얼굴에 생기가 감돈다.

금실 언니가 더듬더듬 내 손을 잡아온다. 은실의 손이 아니라는 걸 깨닫고는 놓아버릴 줄 알았는데 오히려 더 꼭 잡아온다.

당황한 나는 자신이 은실이 아니라고 솔직하게 말하지도, 금실 언니의 손을 야멸치게 뿌리치지도 못한다. 그녀의 손이 햇병아리처럼 작고 여려서. 열아홉 살이나 먹은 여자의 손이 아니라 어린 여자의 손 같다.

"을숙 언니가 글쎄 네가 고향에 돌아갔다고 하지 뭐야, 혼자 고향에 가버렸다고……."

그랬나, 은실이 고향에 돌아갔다고 거짓말을 했나. 죽었다고 차마 말할 수 없어서 그렇게 말한 걸 거다.

"은실아, 아픈 데는 없어?"

나는 아무 대답도 못 하고 금실 언니의 먼눈만 바라본다.

*

금실 언니가 나를 은실이라고 믿어서 나는 은실이 되고는 한다.

금실 언니가 그 작은 손으로 내 손을 잡아오며 은실아 하고 부를 때마다 은실의 영혼이 새처럼 내 손으로 날아드는 것 같다. 그녀의 손을 잡아주려면 손이 필요하니까, 내 손을 빌려 잡아주려고.

강으로 걸어가는 내내 금실 언니는 내 손을 꼭 잡고 놓지 않는다. 내 손이 새라도 되어 놓는 순간 날아가버릴까봐 겁이 나는 듯.

금실 언니의 파리한 손이 잡고 있는 것은 은실의 영혼이라고 나는 속으로 중얼거린다. 내 손이 아니라 내 손에 깃든.

혼자 걸어가던 길을 금실 언니와 함께 걸어가려니까 기분이 이상하다. 금실 언니도, 나도 아래가 부어 제대로 걷지 못한다. 계속 걸어가면 고향 집이 나올 것 같다. 햇살이 눈부시고 따뜻해 꿈속만 같다. 꿈이라면 언제까지나 깨어나고 싶지 않다. 내가 은실이 아니라는 걸 그녀가 당장이라도 알아차릴까 불안하다. 그러면 가마득한 꿈에서 깨어나야 하니까. 고향을 떠나온 뒤로 악몽만 꾸었다.

연순 언니는 벌써 삿쿠를 다 씻어놓고 한숨 돌리며 담배를 피운다. 그녀는 오늘도 얼굴을 씻지 않는다. 나는 은실이 그랬던 것처럼 금실 언니의 깡통 속 삿쿠를 다 씻고 나서 내 깡통 속 삿쿠를 씻는다.

지난밤 금실 언니는 나보다 군인을 세 명이나 더 받았다.

씻은 삿쿠들을 바위 위에 걸쳐놓고 강물에 편지를 쓰려는데 금실 언니의 목소리가 들려온다.

"은실아 기억나니? 외갓집에 다니러 가는 길에 내가 우니까 어머니가 그랬잖아."

그러나 나는 금실 언니의 어머니를 모른다. 나물을 뜯으러 가 돌아오지 않는 딸들을 기다리고 있을 금실 언니의 어머니를 생각하자 어머니가 보고 싶다. 금실 언니의 어머니는 꿈에서도 딸들을 기다리겠지. 딸들 중 하나가 죽어 수수밭에 버려진 걸 모르고.

"어머니가 뭐라고 했는데?"

나는 강물에 눈길을 주며 묻는다.

"너는 도라지꽃을 보고도 우는구나…… 내가 앞을 못 본다는 걸 깜박하고는. 내가 하도 우니까."

"그랬어?"

하지만 나는 금실 언니가 우는 걸 못 봤다.

"언니, 나 혼자 고향에 가버렸으면 서운했겠지……"

"너 혼자?"

"나 혼자······."

"너라도 고향에 돌아가면 다행이지······."

나는 혼자서는 절대로 고향에 돌아가지 않을 거라고 금실 언니에게 말하지 못한다. 은실이라면 말해주었을까.

금실 언니의 입이 가만히 다물린다. 졸음에 겨운 강아지처럼 눈을 감으며 무릎 새에 얼굴을 파묻는다.

어머니, 아기에게 입이 생긴 것 같아요.

입이 생겼으면 혀도 생겼겠지.

아기의 혀는 얼마나 작을까.

개나리 꽃잎만큼 작을까.

7

어머니, 아기 아빠가 누군지 궁금해하지 마세요.

어차피 아기는 죽을 거니까……

아기 아빠가 누군지는 나도 몰라요.

나도……

몸속 피가 마르는 것 같아 나는 편지를 더는 쓰지 못한다. 편지에
쓴 대로 나는 아기 아빠가 누군지 모른다. 내 몸에 다녀간 군인들
중 하나라는 것만 안다. 매일 아침 삿쿠를 씻으며 지난밤 내 몸에

다녀간 군인들의 숫자를 세지만 그동안 얼마나 많은 군인이 내 몸에 다녀갔는지는 모른다.

석 달 전쯤 전투에서 살아 돌아온 군인들이 아침부터 낙원위안소에 들이닥친 날, 내 몸에 다녀간 군인들 중 하나일까. 그날 나는 저녁도 굶고 군인들을 받았다. 그날, 내 몸에 다녀간 군인은 서른일곱 명이었다. 열네 번째 군인이 다녀갈 때 내 아래서 삿쿠 터지는 소리가 들렸다. 그 소리는 맹꽁이배가 터지는 소리보다 소름 끼쳤다.

탈진해 겨우 숨만 쉬는 내 귀를 물어뜯으며 야에라는 애인의 이름을 부르던 군인일까.

아니면 내게 유키코라는 이름을 지어준 군인일까. 내게 후유코라는 일본 이름이 이미 있는데도 군인들은 이름을 지어주고는 했다. 지난밤 다녀간 군인들 중 하나가 지어준 이름까지 합하면 나는 열 개가 넘는 일본 여자 이름을 가지고 있다.

술에 취해 내 얼굴을 자신의 사타구니에 처박고 마구 문지르던 군인일까. 뭉개진 내 얼굴에 오줌을 지리던……. 그 군인은 아닐 거다. 아기가 죽기를 바라지만 그 군인이 아기 아빠일지 모른다는 생각이 들자 피가 거꾸로 솟는 것 같다.

아니면 아카짱 아카짱(あかちゃん あかちゃん, 아가야 아가야) 부르며 뱀 같은 팔로 내 몸통을 휘감던 늙은 장교일까.

꿈속에서 내 몸에 다녀간 군인일지도 모른다. 얼굴에 번개 자국 같은 금이 가 있던. 군인의 턱에 맺힌 핏방울이 내 콧등으로, 눈썹으로 떨어졌다. 눈동자로…….

나는 꿈속에서도 군인을 받는다. 꿈속에서까지 군인을 받는 날이면 밥알을 씹는 것조차 힘에 부친다. 꿈속에서 내 몸에 다녀가는 군인들은 팔이나 다리 하나가 없거나 목과 얼굴이 피범벅이다. 피를 흘리며 죽어가면서도 군인들은 내 몸을 가지고 논다.

일본 군인들이 꿈속까지 찾아와 내 몸을 가지고 노는 것은 조센삐인 내가 그들에게는 천황이 내려준 하사품이기 때문이다. 밥풀과자나 비누, 치약, 담요 같은.

기운 나게 해주는 약이라며 오지상이 나누어 주는 알약을 먹었으면 아기가 들어서지 않았을까. 팥알처럼 생긴 검붉은 알약을 나는 먹지 않고 강물에 버렸다. 내가 알약을 먹으려고 하니까 을숙 언니가 야단을 했다. 수은이라 독해서 먹으면 입이 헌다고. 훈춘 성북가 금각위안소에 있을 때 오토상이 준 약을 먹고 입이 돌아간 여자가 있었다고. 수은이 뭔지 모르는 나는 알약을 입에 대보았다. 배릿한 쇠 맛이 나는 그것의 냄새를 맡는 것만으로도 코가 허는 것 같았다.

오늘은 얼마나 많은 군인을 받아야 할까.

비단 짜는 공장에 취직시켜준다고 해서 집을 떠나왔다.

집에 나 혼자 있는데 일본 순사들과 가깝게 지내며 구장 일을 보는 공 씨가 찾아왔다. 내 고향 마을에서 장물아비 공 씨라고 하면 모르는 사람이 없었다. 뒷짐을 지고 마당을 둘러보던 그가 내게 은

근히 물었다.

"네가 올해 몇 살이냐?"

"열세 살요."

"열세 살이면 어지간히 컸네. 너 혹시 비단 짜는 공장에 취직해 돈 벌 생각 없냐?"

만주에 비단 짜는 공장이 있는데 돈도 많이 주고, 세 끼 쌀밥도 주고, 좋은 구경도 시켜준다고 했다. 돈 벌어 부쳐주면 부모님하고 동생들이 굶지 않고 살 것 아니냐고. 보리를 베기 전이라 산에서 나물을 뜯어다 죽을 쑤어 먹던 즈음이었다.

"비단요? 어떻게 짜는지 모르는데요."

"누구는 배 속에서부터 비단 짜는 기술을 배우고 나온다냐? 눈으로 쓱 보면 대충 알지. 가마니 짜는 거나 매한가지겠지. 가마니 짜는 것보다 비단 짜는 게 백 배, 천 배 낫지 않겠냐? 비단 만지면 손도 고와질 테고."

공 씨가 눈을 자꾸만 끔벅끔벅하는 게 미덥지 않았다.

"정말로 돈 벌어 집에 부쳐줄 수 있어요?"

"아이구, 두말하면 잔소리다. 다달이 월급 나오니까 집에 돈 부쳐 줄 수 있다."

내가 아무 말도 않자 공 씨가 그랬다. 아랫마을 처녀들은 비단 짜는 공장에 취직하고 싶어도 못 한다고.

어스름이 내리고 나서야 어머니가 보리쌀을 반 되 얻어 집에 돌아왔다. 내가 만주 비단 짜는 공장에 취직해 돈을 벌겠다고 하니까 어머니가 그랬다.

"제갈 씨네 둘째 딸이 비단 짜는 공장에 돈 벌러 간다고 하더니 너도 가겠다고? 남의 집 일인 줄 알았더니 우리 집 일이었네…… 제갈 씨네 둘째 딸이 너보다 나이를 더 먹었지?"

"맹순 언니요? 두 살 더 먹었을걸요."

내가 돈 벌러 가겠다고 계속 조르자 어머니가 쪽진 머리를 긁었다.

"아직 애기가 만주 그 먼 데를 어떻게 가려고…… 더 키워 가지고 사지 멀쩡한 총각 있으면 시집보내려고 했는데."

집을 떠나기 전날 산나물을 한 소쿠리 뜯어다 놓고 할머니 무덤에 다녀왔다. 할머니 무덤은 계곡 옆 비탈진 곳에 비석도 없이 곡예를 하듯 매달려 있었다. 참새들이 내 발밑으로 날아들었다 날아갔다.

"할머니, 나 돈 벌러 만주 비단 짜는 공장에 다녀올게요."

계곡물이 불어나도 할머니 무덤이 떠내려가지 않게 해달라고 빌었다. 집에 왔더니 어머니가 광목을 얻어다 내 버선을 짓고 있었다.

떠나던 날 아침, 어머니가 내 머리를 땋아주며 말했다.

"배겨낼 수 있으려나 모르겠네……."

"시키는 대로 하면 되지."

어머니가 까만 광목 보자기를 마루에 펼쳐놓고 내 보따리를 싸고 있는데 공 씨가 나를 데리러 왔다. 검은 광목 치마 한 벌, 무명 솜저고리 한 벌, 낡은 버선 한 켤레, 새로 지은 광목 버선 한 켤레.

"치마저고리라도 한 벌 해 입혀 보낼걸 그랬다."

어머니가 보따리를 싸다 말고 울상을 지었다.

"아이고, 만주 공장에 가면 입을 옷도 다 알아서 준다."

공 씨가 눈을 끔벅였다.

나는 까만 치마에 흰 저고리를 입고 검정 고무신을 신었다. 보따리를 들고 마당을 나섰다.

"누나 몇 밤 자면 와?"

막둥이가 내 치맛자락을 붙잡고 늘어졌다.

"열 밤……."

"정말 열 밤만 자면 와?"

"누나가 돈 많이 벌어 와 새 고무신도 사주고 학교도 보내줄게."

돈 벌어 어머니에게 부쳐줄 생각을 하니까, 어서 돈이 벌고 싶어서 조바심이 났다.

"도착하면 꼭 편지해라."

글을 읽을 줄도, 쓸 줄도 모르면서 어머니는 내게 신신당부했다.

나보다 두 살 어린 순자가 탱자나무 울타리에 붙어 서서 탱자나무 가시를 뚝뚝 분질렀다.

날이 맑고 따뜻해 소풍 가는 것처럼 설렜다. 공 씨를 따라 10리 길을 걸어 읍내에 가니까 짐칸을 검은 천으로 두른 트럭이 기다리고 있었다. 군속처럼 보이는 남자 둘이 트럭 옆에서 담배를 피우고 있었다.

"굼벵이를 삶아 먹었나, 퍼뜩 타지 않고 뭘 꾸물거리냐."

공 씨가 닭장 안으로 닭을 몰듯 나를 트럭으로 몰았다. 내가 키가 작아 단박에 오르지 못하고 버둥거리자 남자들 중 하나가 나를 뒤에서 안더니 번쩍 들어 올려 트럭 짐칸으로 던졌다.

짐칸에 이미 타고 있던 여자애들이 나를 쳐다보았다. 나처럼 비단 짜는 공장에 취직하러 가는 여자애들인가 보다 했다.

"금자 아니니? 금자, 너도 가니?"

맹순 언니였다. 언니는 일본 여자애처럼 머리를 양 갈래로 땋고 검정 세일러복을 입고 있었다.

"언니도 간다면서요?"

"혼사 들어오는 데마다 아들 못 난 집 첩 자리지 뭐야. 전부 징용 끌려가 마을에 총각이 있어야 말이지. 첩 자리로는 죽어도 시집가기 싫다고 했더니 우리 아버지가 공장에 취직해 돈이나 벌라고 하더라. 아버지 말마따나 공장에 취직해 돈 버는 게 낫겠다 싶어서 비단 짜는 공장에 가겠다고 했지."

트럭에서 내리니까 대구역이었다. 공 씨가 보이지 않았다. 미덥지 않던 그가 막상 보이지 않으니까 불안했다.

남자들은 우리를 대구역 근처 여관 같은 곳으로 데리고 갔다. 여관 주인인 듯한 여자가 마당으로 들어서는 우리를 보고 그랬다.

"아이고야, 어디서 지지배를 많이도 주워 왔네."

여자가 나를 데려간 방 안에 여자애들이 버글버글했다.

나처럼 머리를 길게 땋은 여자애들이 수군거리는 소리가 들려왔다.

"너는 어디 공장에 넣어준대?"

"군복 만드는 공장."

"나는 고무 만드는 공장에 보내준다던데."

"나는 일본에 식모 살러 가요. 일본에서 식모를 살면 못 받아도 8 원은 받을 수 있다고 해서. 하마야 집에서는 2원밖에 안 주었거든."

"하마야가 누군데?"

"내가 식모로 있던 집 주인 남자. 나무 계단을 기름 묻힌 걸레로 닦고 있는데 하마야가 부르더니 일본에 식모 살러 갈 생각이 없냐고 묻데. 그 집 애가 넷이나 돼서 일이 많았어."

나는 맹순 언니 옆에 꼭 붙어 있었다.

맹순 언니가 보따리에서 백설기를 꺼내더니 반을 뚝 떼어 내게 주었다. 설탕에 버무린 검정콩이 백설기에 점점이 박혀 있었다. 검정콩에서 쉰 냄새가 났지만 배가 고파서 아무 말 않고 먹었다.

여자들과 뒤엉켜 이틀 밤을 잤다. 여자들이 도망가지 못하게 덩치 큰 남자들이 여관방 문 앞을 지키고 서 있었다.

대구역에서 기차를 탔다. 생전 처음 타보는 기차는 한참을 달려갔다. 사흘인가, 나흘인가를 하염없이……. 기차에서 내려 맹순 언니와 떨어졌다. 정신을 차리고 보니 그녀가 어디로 가버리고 없었다.

나는 내가 온 데가 만주인지 중국인지도 몰랐다.

일본 군인들이 어쩌다 돈을 던져주고 갈 때마다 애가 탄다. 찢어졌어도, 정액이 묻었어도, 곰팡이가 피었어도, 그 돈을 어머니에게 부쳐주고 싶어서.

왜 하필 비단 짜는 공장이라고 했을까. 바늘 공장, 성냥 공장, 고무 공장, 광목 공장, 군복 만드는 공장도 있는데.

어머니는 왜 날 보냈을까. 겨우 열세 살이던 나를, 가나다라도 못 배워 이름도 쓸 줄 모르는 나를, 아직 아이인 나를.

어머니가 원망스러울 때가 있다. 공 씨 말을 믿고 내가 가겠다고 고집을 피웠으면서.

낮에 내가 피를 닦았던 방에서였다.

오카상은 번호를 매긴 뒤 여자애들을 방에 들여보냈다. 방 하나에 여자애 하나씩. 나는 1층 다섯 번째 방이었다. '23'이라고 쓴 나무패가 방문 옆에 문패처럼 걸려 있었다. 벽장 앞에 시든 오동잎 같은 담요가 깔려 있고 베개가 두 개 나란히 놓여 있었다. 벽장 문짝에 번진, 미처 닦지 못한 피 얼룩을 들여다보고 있는데 종종걸음으로 걷는 발소리가 들려왔다.

방문이 열리고 오카상이 얼굴을 내밀더니 매서운 눈길로 나를 흘겨보았다.

"군진이 시키는 대로만 하면 된다."

군진이 사람 이름인 줄 알았다. 그래서 군진은 누굴까 했다. 비단 공장은 어디에 있냐고 묻고 싶었지만 오카상이 무서워서 입이 떨어지지 않았다.

오카상이 가고 나서 보따리를 끌어안고 꾸벅꾸벅 졸고 있는데 방문을 열고 일본 군복을 입은 남자가 불쑥 들어왔다.

"*어리구나, 어려.*"

징그럽게 느껴지는 그 말이 일본 말이라는 것만 알았다.

군인이 나를 덥석 끌어안더니 옷을 벗기려고 했다. 내가 몸부림치니까 주먹으로 얼굴을 후려쳤다.

"살려주세요."

잘못한 것도 없으면서 무릎을 꿇고 두 손을 비비며 빌었다.

군인이 탄식인지, 욕인지 알 수 없는 일본 말을 중얼거리며 내 저고리를 찢었다.

내가 일본 말을 할 줄 알아서 일본 말로 빌었으면 살려주었을까.

세계위안소 건물이 중국인이 하던 여관이었다는 걸 그곳을 떠나올 즈음에야 알았다. 그곳에 도착한 첫 날 내가 젖은 광목 쪼가리로 닦은 핏자국이 짐승이 아니라 사람의 핏자국이었다는 걸.

내 아버지도 아닌데 공 씨가 생각날 때가 있다. 눈을 끔벅끔벅하던 그의 얼굴이. 그를 만나면 물어보고 싶다. 열세 살인 내가 집을 떠나 가게 될 곳이 비단 짜는 공장이 아니라 일본 군인을 받는 데라는 걸 알고 있었는지. 공 씨에게는 딸이 넷이나 있다. 그중 하나는 나하고 동갑이다. 그 애들은 아무 데로도 가지 않았다. 내가 번쩍 들어 올려져 내던져진 트럭 짐칸에 그의 딸은 없었다. 하염없이 내달리던 기차에도. 정말로 비단 짜는 공장이었으면, 돈을 많이 벌 수 있는 데였으면, 쌀밥이 나오는 데였으면 그는 자신의 딸들도 보내지 않았을까. 세계위안소에도, 낙원위안소에도 구장이나 반장의 딸은 없었다. 일본 순사들과 친하게 지내는 집 딸들은. 열세 살이면 다 컸다던 공 씨의 말이 내 귀에서 떠나지 않는다. 나는 그 말이 얼마나 무서운 말인지 몰랐다. 칭찬인 줄로만 알았다.

*

요시에는 하늘을 보지 않는다. 멀뚱히 하늘을 바라보고 서 있다 오지상에게 머리를 얻어맞은 뒤로 걸을 때도 땅만 보고 걷는다.

요시에의 이마에는 고양이 발자국 같은 흉터가 있다. 회충을 죽이려고 뜸을 뜨다 데인 자국이다. 요시에가 열한 살 때 횟배가 나 길바닥에서 데굴데굴 구르니까 동네 푸줏간 아줌마가 뜸을 떠주었다. 머리하고 똥구멍에 뜸을 놨는데 살이 타들어가 흉터가 되었다.

요시에는 작년 4월에 죽었다.

땅만 쳐다보고 사는 요시에는, 요시에가 죽고 나서 얼떨결에 요시에가 되었다. 요시에가 죽고 보름쯤 지나 새로 데려온 여자애에게 오지상은 요시에라는 이름을 지어주었다.

"오늘부터 네 이름은 요시에다."

여자애는 요시에가 되어, 요시에가 군인을 받던 방에서 군인을 받았다. 요시에가 입던 옷을 입고, 쓰던 물건을 쓰며 진짜 요시에가 되어갔다.

여자애에게 요시에라는 이름을 지어주며 오지상은 그것이 얼마 전 죽은 여자애의 이름이라는 걸 알았을까.

요시에는 낙원위안소에서 가장 어리다. 오지상이 데려왔을 때 열두 살이었는데 해가 바뀌어 열세 살이 되었다. 아직 어린애인 그 애는 키가 계속 자란다. 작년에 오지상이 데려왔을 때만 해도 나보다 머리 하나는 작았는데 겨울을 나며 부쩍 자라 나보다 더 크다. 군인을 받는 동안에도 그 애의 뼈가 자라고 있다는 생각을 하면 기분이 이상하다. 나보다 키가 크지만 아직 어린애인 그 애는 밥을 먹다가도 엄마가 보고 싶어서 운다. 그 애를 볼 때마다 나는 어린애가 어떻게 군인들을 데리고 자나 싶다. 세계위안소에서 처음 군인을 데리고 잘 때 내 나이도 열세 살이었다는 걸 까맣게 잊고는.

나는 죽은 요시에가 보고 싶으면 살아 있는 요시에를 부른다. 아무것도 모르는 그 애는 그때마다 나를 쳐다보고 배시시 웃는다.

군인들은 열세 살 요시에의 몸에도 줄을 지어 다녀간다. 을숙 언니 말대로 그 애는 너무 어린 데다 순진해 요령을 부릴 줄 모른다. 빚을 빨리 갚고 싶으면 군인을 하나라도 더 받아야 한다는 오지상의 말을 곧이곧대로 믿고 군인을 하나라도 더 받으려고 애쓰지만 그 애의 빚은 늘어난다.

죽은 요시에와 나는 세계위안소에 함께 있었다. 세계위안소에 도착한 첫날 가장 열심히 피를 닦던 여자애가 요시에였다.

내가 낙원위안소로 팔려올 때 그 애도 함께 팔려 왔다. 둘 중 하나가 덤이었다면 그 애가 아니라 나일 것이다.

요시에는 덤인 내게 말했다.

"후유코, 우리 살아도 같이 살고 죽어도 같이 죽자."

요시에는 약속을 지키지 않았다. 낙원위안소로 팔려 온 지 석 달쯤 지나 혼자 소독약을 마시고 죽었다. 그 애는 어째서 내게 같이 마시자고 하지 않았을까. 같이 마시자고 했으면 나도 따라서 소독약을 마셨을까. 나는 죽는 게 무섭다. 그 애는 입버릇처럼 말하고는 했다. 고향에 돌아가도 반겨줄 어머니도 없고, 시집가기도 글렀으니 어서어서 늙어 몸뚱이가 짜부라졌으면 좋겠다고. 그 애는 양어머니가 직업소개소에 팔아넘기는 바람에 위안소에 오게 되었다. 양어머니는 요시에를 팔기 위해 열세 살이던 그 애의 나이를 열다섯 살이라고 속였다. 아무리 봐도 열두세 살로밖에 안 보이는 그 애의 몸값은 3백 원이었다.

죽기 며칠 전 요시에는 놋대야 속 물에 소독약을 타며 중얼거렸다.

"죽으면 끝이겠지. 원망스러운 사람도 없고, 무서운 사람도 없겠지. 배고픈 것도, 아픈 것도 모르겠지…… 총도, 칼도, 꽃도, 나비도 없겠지…… 죽으면 끝인데 악착같이 살아 있는 걸까. 내 나이 열네 살…… 꽃 같은 나이…… 꽃 같은 나이에 죽으려니까 억울해서 못 죽는 걸까…… 군인이 떠나며 내게 그러더군…… 사요나라(さようなら, 안녕)…… 사요나라……."

요시에가 마시고 죽은 소독약으로 나는 아래를 씻는다. 너무 독해 물에 희석시켜서. 군인이 내 몸에 다녀가자마자. 병에 걸리지 않으려고.

세계위안소에 있을 때 요시에는 군인의 성기를 깨물었다. 오카상은 요시에를 눈엣가시처럼 여겼다. 그 애는 인형처럼 예뻐 장교들에게 인기가 좋았지만 고분고분하지 않았다. 오카상은 요시에가 함경도내기라 말을 안 듣는다고 했다. 화가 난 군인은 소꼬리처럼 긴 칼로 요시에의 정수리를 내리쳤다. 정수리에 금이 가며 피가 흘러 요시에의 얼굴을 집어삼켰다. 칼집을 빼고 내리쳤으면 죽었을 거라고 그 애는 말하고는 했다.

요시에가 죽은 이튿날 나는 안개가 피어오르는 강물에 쓰고 썼다.

사요나라, 사요나라, 사요나라…….

*

을숙 언니는 치통 때문에 방 안을 데굴데굴 구른다. 애지중지 아껴 쓰는데도 우리의 이빨은 부식되고 벌어지고 금이 간다. 뿌리가 썩어 흔들린다.

어금니가 다 빠지고 앞니도 하나씩 빠지기 시작해 이가 여섯 개밖에 남지 않은 연순 언니는 이가 빠질까봐 밥알을 씹지 않고 삼킨다. 그녀의 볼은 쑥 들어가 바늘땀을 또박또박 떠 넣은 것 같은 주름이 졌다.

열다섯 살인 내 이빨은 담배에 찌들어 검누렇다.

나는 세계위안소에 있을 때부터 담배를 피웠다. 종종 나를 찾아오던 군인에게 담배를 배웠다. 얼굴이 족제비 같던 군인은 자신의 입에 물려 있던 담배를 내 입에 물려주었다. 내가 어지러워하자 군인은 낄낄거리며 좋아했다.

"담배 피우는 여자가 멋있어."

군인은 떠나며 담배가 세 개비 남은 담뱃갑을 던져주고 갔다.

나는 아랫입술이 부어오를 만큼 입안이 심하게 헌다. 입안이 화끈거리고 바늘로 찌르는 것처럼 쓰려 입을 다물지도, 벌리지도 못하고 누워 있는데 악순 언니가 혼자 중얼거리는 소리가 들려온다.

"오늘은 가마 타고 시집가던 날이 떠오르지 뭐야. 추석을 보름 남겨두고 시댁 될 집에서 가마를 보내왔어. 큰어머니가 나보고 그랬어. 그 집에 가서는 고삐 풀린 망아지마냥 천방지축으로 굴지 말고 착하고 순한 토끼가 되라고. 큰어머니는 나를 눈엣가시처럼 여겼어. 당신 자식들 입에 풀칠하기도 어려운데 군입이 굴러들어 왔으니 그럴 수밖에. 시집가던 날 아침에 웬일로 내 머리를 곱게 빗겨주며 나보고 그 집 귀신이 되어야 된다고 신신당부를 하더라고. 반나절은 갔을 거야. 꼬불꼬불 굽이진 산길을 가는지 가마가 춤을 추듯 출렁였어. 내가 신이 나서 웃으니까 앞에서 가마를 메고 가던 늙수그레한 남자가 그러더라. 시집가니까 좋은가 보네. 신랑 될 남자는 어디를 가고 늙은 시부모가 나를 맞았어. 신혼 방이라고 꾸민 방에 우두커니 앉아 있으니까 웬 남자가 불쑥 들어오지 뭐야. 아무 말도 없이 나를 쳐다봐서 나도 쳐다봤지. 호롱불 불빛에 비친 남자 얼굴이 괴상했어. 문둥이였어. 엄마야, 소리를 지르며 방에서 뛰쳐나갔지. 시집간 첫날 시어머니 옆에 꼭 붙어 잤어. 문둥이 남편이 나를 잡아먹을까봐. 시집간 지 1년이나 지났을까. 문둥이 남편이 집을 나가 돌아오지 않았어……."

언제까지 계속될 것 같은 악순 언니의 혼잣말이 갑자기 뚝 끊긴다. 잠이 든 걸까. 눈을 감고 잠을 청하려는데 그녀의 정색한 목소리가 들려온다.

"너는 알고 있지?"

그녀는 누구에게 묻는 걸까.

"너는 알고 있지?"

내게 묻는 걸까. 내가 다 듣고 있는 걸 그녀는 알고 있었나.

"……뭘요?"

떨려 나오는 내 목소리는 내 귀에 겨우 들릴 만큼 작다.

"우리가 어떻게 될지 너는 알고 있지?"

"……?"

"우리는 어떻게 될까?"

내게 묻는 게 아니다. 그녀는 누구에게 묻는 걸까.

"버려지겠지…… 일본이 전쟁에서 이기면 산 채로, 지면 죽은 채로……. 두 살 먹어서는 엄마에게 버려지고, 아홉 살 먹어서는 큰어머니에게 버려지고, 시집가서는 문둥이 남편에게 버려지고…… 가는 데마다 버려지다 보니 버리는 걸 배워서 나도 아기를 버렸어."

*

방문이 열리고 해골처럼 마른 군인이 들어온다. 군인은 눈을 까뒤집으며 내 발밑에 무너지듯 주저앉는다. 목을 제대로 가누지 못해 군인의 얼굴이 오뚝이처럼 흔들린다. 바위에 간 금 같은 입에서는 신음인지 탄식인지 알 수 없는 소리가 간헐적으로 토해진다.

군인은 손가락에 힘이 없어 군복 바지 지퍼조차 내리지 못한다. 군인의 코와 입뿐 아니라 몸에 난 구멍이란 구멍에서 썩은 내가 풍긴다. 나는 구역질이 나려는 것을 참으며 군복 바지 지퍼를 내려준다.

"내 이름은 후유코, 당신 이름은?"

나는 군인이 불쌍해 내 영혼을 내어주고 만다.

"아아, 몰라……"

자신의 이름마저 잊어버린 군인은 부러질 것 같은 손으로 내 몸을 악착같이 붙들고 늘어진다. 위안소까지는 어떻게 왔을까. 트럭 짐칸에 실려 왔을까. 눈도 잘 뜨지 못하면서 그 짓을 하려고 내 몸에 매달리는 군인이 물귀신 같다.

나는 군인이 내 몸 위에서 죽을까봐 겁이 난다.

"너도 불쌍하고, 나도 불쌍해…… 전쟁이 아니었으면 너도, 나도 고향을 떠나…… 이 먼 데까지 오지 않았겠지…… 너는 일본 군인…… 나는 조선 여자…… 일본이 전쟁에서 이겨야 하니까 나는 당신을 위로하지……"

늙은 여자처럼 한탄하던 나는 더는 참지 못하고 울음을 터뜨린다. 군인이 간질 발작하듯 사지를 격하게 떨더니 내 목덜미에 얼굴을 처박고 축 늘어진다.

죽은 걸까.

나는 너무 무서워서 심장이 터질 것 같다.

"죽지 마…… 제발 죽지 마…… 죽으려면 네 엄마 품에서 죽어……"

자신의 차례를 기다리다 안달이 난 군인들이 방문을 부술 듯 두

드리며 재촉한다.

"아직 멀었어?"

"빨리빨리!"

군인들이 군홧발로 방문을 걷어찬다. 방문이 열리더니 얼굴이 두꺼비처럼 우락부락하고 숨소리가 격한 군인이 들어온다. 그 군인은 내 몸 위에 늘어져 바들바들 떨고 있는 군인을 뒤에서 번쩍 들어 올려 마당으로 던진다.

*

군인들 손가락이 내 몸에 닿는 것조차 싫다. 손가락들에 톱날이 달려 있어 살짝 스치기만 해도 살이 베이는 것처럼 아리다.

군인과는 눈도 마주치고 싶지 않다. 눈이 마주치는 순간 온몸이 흠씬 두드려 맞은 것처럼 쑤신다.

군인들이 말하는 소리도 듣기 싫다. 군인들이 자기들끼리 일본 말로 떠드는 소리만 들려도 뼈 마디마디가 아프다.

*

아가야, 엄마 얼굴이 보이니?

구름처럼 흘러가는 엄마 얼굴이 보이니?

강물에 비친 내 얼굴은 흐르고 흘러 제자리로 돌아온다. 제자리
로 돌아오기 위해 그렇게 쉼 없이 흐르는 것 같다.
나는 흐르는 내 얼굴 위에 편지를 쓴다.

아가야, 엄마 얼굴을 잘 봐두렴……

그리고 잊어버리렴……

우글쭈글한 내 얼굴이 아기 눈에는 어떻게 보일까 궁금하다. 괴
상하고 기이해 보일까. 비참하고 끔찍해 보일까. 아니면 슬퍼 보일
까?
나는 웃으려 애쓴다. 입가에 힘이 들어가 내 얼굴은 더 괴상망측
하게 일그러진다.

**아가야 네가 세상에 태어났을 때, 엄마 얼굴은 멀리 흘러가버리고 없
을 거란다.**

그러니 아가야, 제발 태어나지 말렴.

8

어머니, 어머니도 아기가 죽기를 바라나요?

아기가……

*

어머니도 아기가 죽기를 바라나요?

*

배가 부쩍 불러오면서 군인을 받는 것이 힘들어진다. 군인이 내 몸에 달려들 때마다 아기가 잘못될까봐 겁이 난다. 아기가 죽기를 바라면서도.

배가 더 불러오면 군인을 받지 못할 것 같다. 하지만 악순 언니는 배가 무덤처럼 불러서도 군인을 받았다.

일장기 아래서 내가 가져다준 군표를 세던 오지상이 화를 낸다.

"오늘도 열다섯 장이야? 후유코, 이런 식이면 멀리 보내버릴 테니까 그런 줄 알아."

"……멀리요?"

"버마 같은 데로 말이야."

버마가 어딘지, 얼마나 먼 곳인지 나는 모른다. 중국 한구가 얼마나 먼 곳인지 몰랐던 것처럼. 한구에서 트럭을 타고 하루 종일 달려 도착한 이곳보다 더 먼 곳이면 얼마나 멀까. 여기서 더 멀리 가버리면 영영 고향에 돌아가지 못하는 게 아닐까. 죽어 영혼조차도.

"파도는 출렁출렁, 바람은 살랑살랑, 사랑하는 임이 떠나도 울지 마, 시모노세키에서 연락선이 올 거야…… 부산 제2부두에 연락선이 닿으면 일장기를 흔들어…… 아침부터 갈매기가 울었어…… 갈치야, 갈치야, 갈매기가 갈치를 부르며 울었어…… 우리 아버지 이름은 신만세…… 내 방에 군인이 죽어 있어…… 죽었는데도 아주 미남이야…… 갈치야, 갈치야…… 아침부터 갈매기가 갈치를 부르며 울었어…… 파도는 출렁출렁, 바람은 살랑살랑…… 잘 있어……

잘 가…… 시모노세키에서 연락선이 올 거야…… 사랑하는 임을 데려가려 연락선이 올 거야…… 연락선이 아주 커…… 내 고향 앞산보다 커…… 쌍고동이 부웅부웅 울고 연락선이 떠나도 울지 마……손수건을 흔들어…… 갈치야, 갈치야……".

아침부터 애순 언니는 방마다 돌아다니며 갈치를 부르고, 끝순은 땅에 편지를 쓴다.

녹슨 못으로 꾹꾹 눌러쓴 글자들이 오늘따라 슬퍼 보인다. 글자가 슬플 수도 있다는 걸 나는 강물에 편지를 쓰다가 알았다. 나는 종종 내가 강물에 쓴 글자들이 너무 슬퍼서 울 때가 있다. 글자를 읽을 줄 몰라 뭐라고 썼는지 알 수 없지만 글자들이 슬퍼 보이는 걸 보면 슬픈 편지일 것 같다.

"뭐라고 쓴 거야?"

"아버지, 저는 시집가기는 글렀으니까 집에 돌아가도 시집보낼 생각은 아예 하지 마세요…… 연순 언니가 그러더라. 군인을 하도 상대해 서른 살이 되기 전에 아래를 못 쓰게 될 거라고."

"끝순아…… 너는 아기 가진 적 없어?"

끝순도 나처럼 다른 위안소에 있다 낙원위안소로 팔려 왔다.

"아기?"

"아기……."

끝순이 고개를 들더니 눈빛을 흐리고 혼잣말을 하듯 가만가만 이야기한다.

"목단강* 지나 동안성**이라고 소련 국경이 내려다보이는 위안소에 있을 때 아기가 들어섰었어…… 강을 사이에 두고 소련 군대하고 일본 군대가 싸우는 곳이었어. 고주 부대, 다키다 부대, 곤도 부대 군인들이 위안소를 드나들었어. 거기서 지낸 지 1년 반쯤 되었을까. 수수밥을 먹다 말고 배가 아파 나뒹굴었어. 위안소에 밥해주는 할머니가 있었는데 내 배를 만져보더니 아기가 들었다고 했어. 그 소리를 듣고 위안소 주인이 육군 부대 병원으로 데리고 가서 아기를 떼어냈어…… 그러고는 안 생기더라."

오늘 아침 조바가 새카만 솥에 볶던 돼지고기는 우리의 밥상에 올라와 있지 않다. 지난밤 나는 변소에 가려고 나왔다 그가 쥐덫으로 잡은 쥐를 자루 속에 넣고 땅에 내리쳐 죽이는 걸 보았다. 뼈가 부러지는 소리가 나더니 누런 자루가 벌겋게 물들었다. 나와 눈이 마주치자 그는 격앙된 목소리로 말했다.

"너희가 내 마누라가 아니라서 다행이야, 내 딸이 아니라서."

우리조차 먹을 게 없는데 위안소에는 쥐가 들끓는다. 쥐들은 우리의 방에까지 들어와 건빵을 훔쳐 먹는다.

된장국을 떠 입으로 흘려 넣으며 나는 어죽을 떠올린다. 요시에

* 중국 흑룡강성 동남부에 위치.
** 1939년에 만주국 정부가 흑룡강성 동부에 설치한 성省.

는 가마솥에 갓 쪄 포슬포슬 풀어지는 햇감자를, 연순 언니는 고슬고슬한 팥 시루떡을, 끝순은 열무김치와 고추장에 비빈 보리밥을, 을숙 언니는 돼지 뼈를 곤 국물에 돼지 내장과 머리를 썰어 넣고 끓인 돼지국밥을.

어머니는 오빠가 강에서 피라미나 미꾸라지를 잡아 오면 가마솥에 넣고 푹 삶았다. 흐무러진 물고기들을 채반에 받치고 으깨 뼈를 걸렀다. 호박잎이나 부추를 듬뿍 썰어 넣고 된장과 고추장을 섞어 풀었다. 어죽이 끓어오르면 밀가루 반죽을 뚝뚝 떠 넣었다. 어머니가 어죽을 끓일 때마다 나는 한 주먹이던 물고기들이 한 솥 그득 불어나 있는 것이 신기했다.

구수하고 걸쭉한 어죽을 먹고 싶어 하는 건 내가 아니라 아기다. 구경조차 못 한 어죽을 아기가 먹고 싶어 하는 것이 신기하다.

내가 그랬던 것처럼 아기도 배 속에서부터 허기에 길들여질 것이다.

꽁보리주먹밥에 박힌 바구미를 골라내던 군자 언니가 에이코 언니를 째려본다.

"너도 평양 권번 출신이야?"

에이코 언니는 눈을 내리뜨고 묵묵히 된장국만 떠먹는다. 그녀가 자신에 대한 이야기를 전혀 하지 않아서, 어쩌다 조센삐가 되었는지는 소문만 무성하다. 그녀가 평양 권번 출신 기생이었다는 소문도, 양반집 딸이라는 소문도, 일본 말을 잘해 일본인 양녀였다는 소문도 있지만 어디까지나 소문들에 지나지 않는다.

"내가 전에 있던 위안소에도 채 맞은 평양 기생이 둘 있었지. 돈을 많이 벌 수 있는 데가 있다고 해서 두만강을 건너왔다고 하더군."

"아이고 지랄한다. 참말로 제 발로 찾아온 미친년이 있으면 나와 보라고 해라. 그런 년이 하나라도 있으면 내 손에 장을 지지지. 술 팔고 노래 부르는 데인 줄 알고 왔겠지. 우리 다 속아서 왔지. 공장에 취직시켜준다고 해서, 돈 많이 벌게 해준다고 해서."

흥분한 을숙 언니의 말을 무시하고 군자 언니가 에이코 언니를 다그친다.

"그래, 너는 어쩌다 위안부가 되었지?"

에이코 언니의 입이 꼭 다물린다.

"귀가 먹은 거야? 아니면 내 말을 무시하는 거야?"

화가 난 군자 언니가 윽박지르자 에이코 언니의 입이 마지못해 벌어진다.

"서울 사는 큰언니 집에 다니러 가다가······."

에이코 언니는 잠시 뜸을 들였다 더듬더듬 말을 이어 나간다.

"함흥역에서 서울 가는 기차를 탔는데······ 원산역에서 기차가 서더니 군인 둘이 다가오더라고요······ 아편이 있는지 조사하려고 나온 군인들인 줄 알았는데 나를 기차에서 강제로 끌어내리더니 다른 기차에 태우더라고요. 군인들이 잔뜩 타고 있는 칸으로 데리고 갔는데 구석에 여자들이 소복이 타고 있었어요. 기차가 달리기 시작해 내리지도 못하고 그대로…… 캄캄한 밤이 되어서야 기차가 서더니, 원산역에서 나를 옮겨 태운 군인들이 여자들을 기차에서 끌어내리더라고요. 군인을 붙들고 여기가 어디냐고 물었더니 하얼빈이라고……."

에이코 언니는 말끝을 흐리고 입을 다문다. 사발 속 두어 숟가락 남은 된장국을 마저 떠먹는다.

"꼼짝없이 잡혀 왔네…… 그나저나 어머니 얼굴이 어떻게 생겼더라…… 기억이 안 나네…… 아버지 얼굴은 까먹어도 어머니 얼굴은 안 까먹을 줄 알았는데……."

아편에 취해 밥상 모서리에 꼬꾸라져 있던 점순 언니가 주먹으로 자신의 머리를 때린다.

마당에서 총소리가 들린다. 오지상이 하늘에 대고 총을 쏘는 소리다. 오지상은 낙원위안소 양철 지붕 위를 맴도는 새만 보면 총을 들고 나와 하늘에 대고 쏜다. 새가 혹시라도 우리를 물고 갈까봐서다. 우리가 그에게는 닭이나 염소 같은 가축이나 마찬가지니까. 총알을 맞은 새가 빙그르르 원을 그리며 떨어지면 오지상은 들판으로 휘적휘적 걸어 나가 그것을 주워 온다. 날개가 찢겼거나 머리가 통째로 날아간 새를 우리에게 보여준다. 나는 오지상이 새를 쏘던 총으로 언젠가 내 머리나 가슴을 쏠 것 같다.

오지상이 내 이름을 잊어버렸으면 좋겠다. 내 얼굴을. 나라는 애가 낙원위안소에 있다는 걸. 이 세상에 있다는 걸.

*

　노란 줄 하나에 별 세 개가 박힌 계급장을 단 군인은, 내 아래가 찢겨 피가 흐르는데도 나를 놓아주지 않는다. 피가 허벅지를 타고 흘러 자신의 군복 바지에 스며드는데도.

　아기를 가진 몸이라는 걸 알면 군인들이 나를 내버려둘까. 하지만 군인을 받아야 군표를 받을 수 있다.

　"나는 아기를 가졌어요······."

　"어제 아버지가 전보로 동생의 전사 소식을 알려왔지."

　"나는 아기를 가졌어요······."

　"내 동생은 가미카제. 동생을 생각하며 가미카제 노래를 불렀지. 용감하게 이륙한다. 신죽新竹을 떠나, 금물결, 은물결 구름을 넘어······."

　노래를 부르는 군인의 눈에 눈물이 차오른다.

　나는 속으로 빈다. 저 군인의 눈에 고인 눈물이 내 얼굴로 떨어지지 않게 해달라고, 내 눈동자로 떨어지지 않게 해달라고.

　"내 동생 나이가 스물한 살."

　일본 말로 하면 알아들을까 싶어 나는 더듬더듬 일본 말로 말한다.

　"나는 아기를 가졌어요."

　"아기? 아아 상관없어. 내가 떠나올 때 히토미도 아기를 가졌지."

땀범벅인 군인이 허리춤에 찬 단도短刀가 자꾸 내 배를 찌른다.

"히토미는 누군가요?"

"내 아내……."

창자가 뒤틀리는 것 같더니 배가 뭉친다. 나는 비명을 지르며 손으로 군인의 가슴팍을 밀친다. 놀란 군인이 벌떡 일어선다.

"죽고 싶어!"

악순 언니가 우는 소리가 들려온다. 아기가 보고 싶어 우는 걸까. 아기가 너무 보고 싶어서. 아니면 군인에게 맞았나? 술을 마셨는지도 몰라. 그녀는 술만 마시면 운다.

악순 언니의 아기는 잘 자라고 있을까. 중국 여자가 우물 속에 던져 넣지는 않았겠지. 엄마가 조센삐인 것보다 피 한 방울 안 섞였어도 중국 여자인 게 나을까. 아기는 중국 말을 배우고, 중국 아이처럼 자라겠지. 중국 여자를 자신을 낳아준 엄마로 믿고.

엉덩이 아래까지 군복 바지를 끌어내리고 삿쿠를 끼우려 애쓰는 군인의 얼굴이 너무 앳돼서 나는 깜짝 놀란다. 아버지나 삼촌의 군복을 몰래 훔쳐 입고 길에 서 있다 전쟁터로 끌려온 것 같다. 셀 수 없이 많은 군인을 받았지만 너무 어려 얼굴이 아기 얼굴 같은 군인은 처음이다.

"아가야…… 너는 몇 살이니? 열세 살? 열네 살? 나는 열다섯

살…… 엄마 젖이나 더 먹고 오지 그랬니…… 아기를 어떻게 전쟁
터에 보냈을까. 아가야, 꼭 살아서 엄마가 기다리는 고향 집에 돌아
가렴, 꼭 살아서…….”

"조선말로 하면 욕인 줄 모를 줄 알아?"

군인이 내 뺨을 찰싹찰싹 갈긴다. 아직 아이라 손가락들이 자라
고 있는 손으로.

찢겨 미처 아물지 않은 아래가 또다시 찢긴다. 피딱지가 진 곳이
뜯겨 피고름이 흐르고, 멍 위에 멍이 진다.

피와 고름, 땀, 정액이 엉겨 붙어 징그럽고 끔찍한 냄새를 풍기는
데도 군인들은 내 몸에 들러붙는다.

죽어가는 새가 내 사타구니에 부리를 박고 있는 것 같다. 신음을
토하고 있는 것 같다. 나는 몸을 일으킨다. 다리를 벌리고 매스꺼운
냄새를 풍기는 사타구니를 내려다본다.

새다……. 까마귀가 내 사타구니에 부리를 박고 있다.

나는 까마귀의 축 늘어진 날개를 손으로 쓰다듬어본다. 죽었는지
까마귀는 아무 기척이 없다.

누굴까, 누가 내 사타구니에 죽은 까마귀를 가져다 놓았을까.

얼굴이 아기 얼굴 같던 군인이 가져다 놓았을까.

아니면 나는 악몽을 꾸고 있는 걸까.

＊

새벽빛이 번져오는 창 아래서 오지상에게 가져다줄 군표를 센다. 하나, 둘, 셋…… 열다섯 장이다. 어제도, 엊그제도 열다섯 장밖에 가져다주지 못했다. 혹시나 싶어 삿쿠 통 속을 살피지만 정액 범벅인 삿쿠들뿐이다.

나는 반닫이장 속에 처박아두었던 분통을 찾아 꺼낸다. 분가루가 조금 묻어 있는 분첩으로 이마와 볼을 두드린다. 거울을 보지 않아도 내 몰골이 어떨지 상상이 간다. 나는 핏기가 돌게 하려고 앞니로 입술을 깨문다. 메말라 갈라진 곳이 터지면서 피가 흐른다. 나는 피를 새끼손가락에 묻혀 입술에 바른다.

나는 간혹 피로 화장을 한다. 내가 군인을 하나라도 더 받기 위해 얼마나 애를 썼는지 오지상에게 보여주려고.

참빗을 찾아 머리를 빗고, 빨아서 말려둔 기모노로 갈아입는다. 세계위안소에 있을 때 오카상이 하도 닦달해 외상으로 산 중고 기모노다. 오카상은 중고 기모노를 한 보따리 구해 와 여자애들에게 팔고는 했다. 군인들에게 예쁘게 보여야 한다며. 군인들이 몰려올 시간이 되면 방마다 돌아다니며 화장을 하라고 잔소리를 늘어놓았다. 맨 얼굴로 있으면 군인 받을 준비도 않고 게으름을 부린다며 화를 냈다.

몸에서 썩는 냄새가 난다. 겨드랑이에서, 가랑이에서, 손가락들에서.

새벽 강물에 몸을 담그고 씻고 싶다. 몸이 깨끗해질 수만 있다면…… 그렇게나 많은 군인이 다녀갔는데 몸이 깨끗해질 수 있을까.

아직 어린 새이고 싶었는데, 아직 어린 여자애이고 싶었는데…….

*

군자 언니가 내 방 앞으로 지나가다 말고 멈추어 선다. 다다미에 돌아다니는 벼룩을 잡고 있던 내게 대뜸 묻는다.

"너, 이름이 뭐지?"

군자 언니는 회색 기모노를 입고 머리를 올려 묶어 일본 여자 같다.

"이름 말이야."

갑자기 아무 이름도 떠오르지 않는다. 아버지가 지어준 이름도, 내 팔뚝에 새겨진 일본 이름도. 군인들이 강아지에게 이름을 지어주듯 재미로, 장난으로 지어준 일본 여자 이름들 중 하나도 떠오르지 않는다.

"후유코요……."

나는 겨우 기억해낸 이름을 중얼거린다.

"후유코? 내가 전에 있던 위안소에도 후유코가 있었지. 내가 떠나올 즈음 매독에 걸려 배꼽까지 곪아 들어갔는데 죽었는지 살았는지 모르겠군."

비웃음인지 자조인지 알 수 없는 표정이 그녀 얼굴에 떠오른다.

"너, 설마 애를 낳을 생각이야?"

그녀가 눈초리를 치켜세우고 내 얼굴을 쏘아본다.

"네 배 속에 든 애 말이야."

순간 목구멍이 실핏줄처럼 쪼그라든다. 내가 아기 가진 걸 어떻게 알았을까. 눈치 빠른 악순 언니도 모르는데.

"꿀 먹은 벙어리라도 된 거야?"

"……어떻게 알았어요?"

"나는 임신을 네 번이나 했지. 열여섯 살에 낳은 아기는 낳은 지 하루 만에 군인이 데려가고, 둘은 약을 먹고 떨어뜨렸지, 하나는 낳자마자……."

"내가 아기 가진 걸 어떻게 알았어요?"

"네 번째 애가 들어섰을 때 단골로 나를 찾아오던 가네야마에게 내가 그랬지. '당신 애를 가졌다.' 돌격대원이었는데 성질이 불같아서 내가 조선말만 해도 주먹으로 내 얼굴을 때렸어. 술만 취하면 죽이겠다고 칼을 빼들고 달려들었지. 내 오른팔을 부러뜨려 죽다 살아나기도 했지. 내가 나 좀 제발 조선에 보내달라고, 조선으로만 보내주면 혼자 애를 낳고 살겠다고 조르자 가네야마가 그러더군. '나는 모르는 일이야, 네가 몸뚱이를 준 군인이 한둘이야, 죽이든 살리든 네가 알아서 해. 조센삐가 내 애를 가졌다고 하면 우리 어머니가 통곡을 하시겠군.' 장도長刀를 빼들고 나를 죽이는 시늉을 하더니 그 짓을 하려고 내 몸에 달라붙더군. 그 짓을 해야 사는 놈들이니까. 애가 태어날 즈음 토벌을 나가서 돌아오지 않았어. 쥐새끼처럼 약삭빨라서 총탄이 소나기처럼 퍼부어도 살 줄 알았는데 말이야. '가네야마, 내가 언젠가 네 머리부터 발끝까지 씹어 먹겠다!' 저주를 퍼붓고는 했는데 막상 죽었다는 소식을 들으니까 기분이 이상하더군. 안된 생각이 드는 게. 가네야마를 불쌍해하며 울고 있는 나는 더 불쌍하고…… 약을 먹고 떼어버리고 싶은 걸 참았지. 정말로 가네야마의 애인지 궁금했어. 가네야마는 죽고 없는데 말이야. 가네야마의 애가 틀림없다고 나도 장담할 수 없었거든. 가네야마의 애인지 아닌지 낳기 전에는 알 도리가 없었지. 하루에 스무 명이 넘는 군인을 받았으니까. 가네야마의 애가 맞으면, 그를 한 군데라도 닮았을 거라고 생각했지. 가네야마 그 인간…… 생긴 게 평범하지는 않았어. 곱슬머리에다 눈이 매 발톱처럼 날카로웠지. 이마는 절벽처럼 튀어나오고…….'

말을 흐리는 그녀의 눈동자가 흔들린다.

"아무리 멍청해도 달이 차면 찰수록 떼는 게 곤란하다는 것 정도는 알고 있겠지. 내게 도와달라는 소리는 하지 마. 나는 약을 먹고 떼는 것도, 낳자마자 죽이는 것도 혼자 했으니까."

물기가 마른 삿쿠들을 거두어 소독약 가루를 뿌리고 있는데 해금이 다가와 귓속말로 묻는다.

"아까 군자 언니하고 무슨 얘기를 그렇게 오래 했어? 널 혼내는 것 같던데."

"그런 거 아니야……."

"요시에는 군자 언니한테 뺨까지 맞았다는걸."

"뺨을?"

"아버지가 보고 싶다고 우니까 시끄럽다며 양 뺨을 찰싹찰싹 번갈아 때리더래. 나는 그 언니 얼굴을 똑바로 못 보겠어. 얼굴이 너무 무섭게 생겨서."

"해금아, 군자 언니 말이야. 태어날 때부터 그렇게 무서운 얼굴이었을까."

"그러게, 태어날 때부터 그런 얼굴은 아니었겠지…… 얼굴이 무섭게 생긴 아기는 못 봤으니까."

해금의 말대로 군자 언니의 얼굴이 태어났을 때부터 무서운 얼굴이었을 것 같지 않다. 그녀 자신도 모르는 사이에 그렇게 무서운 얼굴이 되었을 것 같다.

세계위안소를 떠나던 날 아침, 거울을 보고 나는 무척 놀랐다. 거울 속 내 얼굴이 너무 무섭게 생겨서.

"해금아, 내 얼굴도 무섭니?"

"웃으면 순해 보이는데 시무룩하니 입을 다물고 있으면 무서워."

생각해보니 나는 거의 웃지 않는다. 내 얼굴은 나도 모르는 사이에 웃는 걸 잊어버렸다.

약을 먹고 떼는 것도, 낳자마자 죽이는 것도 혼자 했다던 군자 언니의 말이 머릿속에서 떠나지 않는다. 달이 차면 찰수록 떼는 게 곤란하다던 말도. 일본 말도 아닌데 곤란하다는 게 무슨 뜻인지 잘 모르겠다.

거울 앞에 앉아 열심히 얼굴을 꾸미던 군자 언니가 나를 매섭게 째려본다.

"뭐야? 혼자 알아서 하라고 했잖아."

"그게 아니라…… 비밀로 해달라고……."

"너 정말 바보로군! 너 같은 멍청한 년들 때문에 조선 년들은 어쩔 수 없다는 욕을 듣는 거야. 내가 고작 고자질이나 하는 인간으로밖에 안 보여?"

화를 내는데도 내가 가지 않고 버티고 서 있자 그녀는 나를 무시하고 얼굴에 분을 바른다.

"언니는 고향이 어디예요?"

"고향? 고향은 알아서 뭐 하려고. 만신창이 몸으로 고향에 돌아가면 부모 형제가 얼씨구나 반길 것 같아? 고향 따위는 잊어. 살아서 조선에 돌아가더라도 고향에는 절대 가지 마. 내 고향 마을에 여자가 하나 있었지. 도축장에서 일하는 남자가 데려온 여자였어. 호리호리하고 얼굴이 곱상한 여자였는데 마을 여자들이 그 여자만 보면 화냥년이라고 손가락질을 했지. 술집에서 술을 따르고 노래를 부르던 여자라더군. 남자는 술만 마시면 여자를 개 패듯 팼어. 한번은 여자가 살려달라며 우리 집 방에 뛰어 들어왔어. 동짓날이라 어머니가 이웃집에서 얻어온 팥으로 쑨 죽을 먹고 있다가 놀라서 대접을 엎었지. 사시나무 떨듯 떠는 그 여자의 산발한 머리에서 피가 흐르고 있었어. 그 여자와 내 눈이 한순간 마주쳤지. 그렇게 겁먹은 눈은 처음이었어. 남자가 뛰어 들어오더니 그 여자를 끌어냈어. 도살장으로 끌려가는 송아지처럼 울부짖던 그 여자 모습이 잊히지 않아…… 날이 풀리고 복수초가 올라올 즈음 그 여자가 마을에서 홀연히 사라졌지. 마을 여자들은 그 여자가 다시 술집으로 흘러들었을 거라고 했어. 그리고 한 달쯤 흘렀을까. 산에 나무하러 갔다가 그 여자를 보았어. 아버지는 금광에 미쳐 돌아다니고 어머니는 하루 종일 자갈을 주우러 다녀서 집에 나무할 사람이 맏딸인 나밖에 없었거든. 그날따라 산속 깊이 들어가보고 싶더군. 진달래가 소복이 핀 골짜기를 지나 얼마나 더 깊이 걸어 들어갔을까. 상수리나무에 목을 매달고 죽은 그 여자를 보았지. 하얀 소복을 입고 있어서 왜가리나 기러기 같은 새 같았어. 소복 치마 아래로 드러난 그 여자 다리가 새 다리처럼 가늘었어. 바람이 불어 소복 치마가 날릴 때마다 그 여자가 나무를 박차고 하늘로 날아오를 것 같았어. 산에서 그 여자를 보았다는 말을 아무에게도 하지 않았어……"

군자 언니는 거울 속 자신을 노려보며 계속 말한다.

"내가 살아서 고향에 돌아간다면 아버지를 만나고 싶어서일 거야. 아버지께 꼭 물어볼 말이 있거든. 내 나이 열다섯 살 때 아버지가 나를 대전으로 데리고 나갔지. 그날 어머니는 마침 외가에 초상이 나 다니러 가고 집에 없었어. 대전역 근처에 있는 다방으로 데리고 들어가더니 늙수그레하고 금테 안경을 낀 일본 남자에게 나를 소개시켜주더군. 남자가 아버지에게 돈 뭉치를 건네는 걸 보고, 아버지가 방금 나를 저 남자에게 팔아먹었다는 걸 알았지. 헤어지기 전에 아버지가 남자에게서 받은 돈을 조금 떼어 내 손에 쥐어주며 그러더군. 옷이나 한 벌 사 입어라. 대전역 앞에서 그렇게 아버지하고 헤어지고 남자를 따라 여관에 갔더니 열대여섯 살쯤 먹어 보이는 여자가 열 명쯤 있더군. 열차를 타고 도착한 데가 만주 술집이었어. 다른 여자들은 창을 뽑거나 장구를 치고 춤을 추는데 나는 할 줄 아는 게 없어서 꽹과리만 두들겼어. 1년쯤 지나 술집 주인 여자가 나를 위안소에 팔아넘겼지. 가끔 미치게 궁금할 때가 있단 말이야. 아버지가 날 얼마에 팔았을까. 우리 아버지 이름이 길상옥……지옥에서라도 아버지를 만나면 물어볼 거야. 나를 얼마에 팔아먹었는지.”

*

어머니, 애순 언니도 아기를 낳았었대요.

여덟 달 만에 낳았는데 몸 반쪽이 까맣게 썩어 죽어 있었대요.

어머니, 애순 언니는 아기를 낳고 미쳤는지 몰라요.
썩은 아기를, 죽은 아기를 낳고…….

9

어머니, 훈춘* 위안소에 나처럼 아기를 가진 조선 여자애가 있었대요.

진주가 고향인 그 여자애는 아기를 낳지 못하고 죽었대요.

아기를 배 속에 품은 채로요.

나는 편지를 쓰다 말고 악순 언니를 바라본다. 쥐색 몸뻬를 무릎 위까지 걷어 올리고 삿쿠를 씻는 그녀에게 조심스레 묻는다.

"언니, 아기가 보고 싶지 않아요?"

"아기?"

"언니 아기요……."

---

* 중국 훈춘琿春. 러시아 인접 지역으로 일본군 위안소가 있었다.

"내 아기?"

"네, 언니 아기……."

"내게 아기가 있었어?"

"중국 여자가 키우겠다고 데려갔잖아요."

"맞다, 내가 아기를 낳았지! 내가 아기를 낳은 걸 까맣게 잊고 있었네."

악순 언니가 목젖이 보이도록 입을 벌리고 자지러지듯 웃는다. 귀가 따갑도록 새된 웃음은 울먹임으로, 흐느낌으로 바뀐다.

"벌을 받겠지. 자식을 버렸으니까. 다 큰 자식도 아니고 젖먹이를 버렸으니까……."

*

나는 내 몸이 징그럽다. 배 속에 아기를 품고 군인을 받는 내 몸이 징그럽다 못해 무섭다.

몸을 땅에 묻어버릴까. 하지만 중국 어디에도 조센삐가 묻힐 땅은 없다.

몸을 불태워버릴까.

나는 몸을 불태우려 성냥을 긋는다. 그러나 성냥은 내 손가락 하나도, 손톱 하나도 태우지 못하고 꺼져든다.

몸이 없으면 고향에는 어떻게 돌아가지. 전쟁이 끝나고 기차 탈

돈이 없으면 걸어서라도 고향에 돌아가야 하는데, 몸이 없어 발도 없으면.

눈이 없으면 눈물은 어떻게 흘리지.

손이 없으면 금실 언니 손은 어떻게 잡아주지.

손가락이 없으면 편지는 어떻게 쓰나.

나는 몸을 어쩌지 못해 미칠 것 같다.

몸을 갈기갈기 찢고 싶다.

그러나 몸을 찢을 수 없어 입고 있는 원피스를 찢는다. 낡고 해어진 광목 원피스가 찢기는 소리가 살갗 찢기는 소리 같다.

나는 갈기갈기 찢겨 너덜거리는 원피스를 입고 다다미 위에 누워 웃음도, 울음도 아닌 괴상한 소리를 토한다.

방문을 부수듯 열고 들어선 군인이 나를 내려다보며 의미심장한 목소리로 중얼거린다.

"아아, 돌아버렸군!"

몸을 땅에 파묻지도, 불태우지도, 찢어버리지도 못해 나는 어쩔 수 없이 군인을 받는다.

나는 군인들에게 아기 가졌다는 말을 더는 하지 않는다.

내 몸에 다녀가는 군인들 숫자를 더는 세지 않는다.

술 취한 군인에게 삿쿠를 끼라는 소리도 더는 하지 않는다.

눈썹이 짙고 눈두덩이 움푹 꺼진 군인의 얼굴이 낯익다.

군인이 무릎으로 내 가랑이를 벌리며 묻는다.

"왜 그렇게 무서운 눈으로 나를 쳐다보는 거야."

아기가 어쩌면 군인의 아기일 수 있다는 생각이 불현듯 든다.

"나는 당신 아기를 가졌어요."

"조선말이라 알아들을 수가 없잖아."

"나는 당신 아기를 가졌어요."

"일본 말을 할 줄 모르는 거야?"

"나는 당신 아기를 가졌어요."

군인이 발딱 몸을 일으킨다. 아이의 손도 어른의 손도 아닌 어정쩡한 손으로 내 뺨을 갈긴다. 군인의 쪼그라든 성기에 썩은 부레 같은 삿쿠가 매달려 있다.

"거짓말을 하는 인간은 단단히 혼이 나야 해."

군인이 내게서 돌아서려다 말고 군화 신은 발로 내 옆구리를 걸어찬다. 너무 아파 비명조차 나오지 않는다.

"우리 어머니는 자식들이 거짓말을 하면 발가벗겨 집 밖으로 내쫓았지."

지난겨울 악순 언니가 낳은 아기는 일본 군인의 아기였다. 정월 초 금실 언니의 몸에 들어섰던 아기도, 훈춘 위안소에 있는 여자애가 가졌다는 아기도, 군자 언니의 몸에 들어섰던 아기들도, 애순 언니가 여덟 달 만에 낳은 죽은 아기도, 그리고 내 몸에서 자라고 있는 아기도. 일본 군인들은 그런데 자신들의 아기가 아니라고 한다.

나는 애순 언니가 낳았다던, 배 속에서부터 몸 반쪽이 까맣게 썩어 죽어 있었다던 아기를 안고 군부대를 찾아가는 상상을 한다. 들판을 지나고, 군부대 초소와 가시철망을 지나…… 노란 군복을 입은 군인들이 몰려든다. 가장 처음 눈이 마주친 군인에게 나는 말한다.

네 아기야!

낳은 지 하루 만에 군인이 데려갔다는 군자 언니의 아기는 어떻게 되었을까. 위안소에서는 도무지 키울 수 없으니까 자신이 키우려고 데려간 건 아닐 거다. 그럼 그 군인은 어쩌려고 아기를 데려갔을까.

*

가시철망에 매달린 여자애들이 바람에 철썩철썩 소리를 내며 뒤척인다. 들판에서 불어오는 바람은 습기를 머금어 후덥지근하다.

다시 태어나면 여자로 태어나고 싶지 않다. 남자로도 태어나고 싶지 않다. 남자로 태어나면 군인이 되어야 하니까, 총과 칼을 들고 전쟁을 해야 하니까, 사람을 죽여야 하니까.

사람으로 태어나고 싶지 않다.

구름이나 새, 나무로 태어나고 싶다.

사람으로 태어나느니 차라리 돌멩이로 태어나고 싶다.

악순 언니가 '쥐색네마키여자애'를 걷다 말고 가시철망 앞에 쭈그리고 앉는다. 아기를 낳은 뒤로 그녀는 며칠씩 얼굴도 씻지 않고 머리도 감지 않는다.

"중국 여자가 내 아기를 우물에 던지는 꿈을 꾸었지 뭐야."

"아기를요?"

"내 아기를……. 엊그제가 백일이었는데 두 돌은 지난 애처럼 크더라고. 빽빽 울지도 않고. 꿈이니까 그렇겠지. 그 여자가 정말로 내아기를 우물에 던져 넣지는 않았겠지? 나쁜 여자는 아니니까."

"아기를 도로 데려오고 싶어요?"

"데려와도 키울 수 없는걸. 나는 내 아기 이름도 몰라. 중국 여자가 중국 이름을 주었겠지. 머슴애라 천만다행이야. 아기가 나올 때 나는 딱 한 가지만 빌고 빌었어. 계집애가 아니라 머슴애가 나오라고…… 어둠 속에서 눈을 감고 아기 손가락을 세보았지. 하나, 둘, 셋…… 열 개였어. 열 개인 게 당연한데 신기했어. 왜 하나가 모자라지 않지? 하나가 모자라거나 하나가 더 있을 줄 알았거든. 손가락을 다시 셌지. 하나, 둘, 셋…… 틀림없이 열 개였어. 아기 얼굴을 더듬어보았어. 눈 코 입이 제대로 달렸는지 보려고. 옳은 아기를 못낳을 줄 알았는데 사지가 온전한 아기를 낳다니…… 배 속에 있을 때 떼려고 별짓을 다 해서 병신을 낳을 줄 알았거든. 언청이나 꼽추를…… 아기가 멀쩡해서 무서웠어. 있을 게 다 있어서 오싹 소름이 끼쳤어."

*

어머니, 악순 언니는 병신을 낳을 줄 알았대요.

병신을……

병신을 낳을 줄 알았다던 악순 언니의 말이 떠나지 않는다.

*

어머니, 아기에게 손가락이 생겼을까요?

*

어머니, 나는 여전히 아기가 죽어버리기를 바라요.
손가락이 생겼어도.
손가락 열 개가 다 생겼어도.

＊

어머니, 어제는 태어나지도 않은 아기의 손가락을 세는 꿈을 꾸었어요.

아기 손가락을 가만가만 세는 내 목소리가 꿈속에서 들려왔어요.

하나, 둘, 셋, 넷, 다섯, 여섯, 일곱, 여덟, 아홉…….

열…… 열하나…….

＊

배가 너무 고프다. 겨울밤 땅에 묻은 항아리에서 꺼내 먹던 동치미 무가 먹고 싶다. 가마솥에 찐 고구마에 무청김치를 얹어 먹고 싶다. 꿈속에서라도 배불리 먹고 싶다. 군인들이 가고 나면 나는 날이 밝기만을 기다린다. 어서 날이 밝아 아침을 먹었으면. 우리의 아침이 건더기 하나 없는 왜된장국에 꽁보리주먹밥이거나 수제비일 거라는 걸 알면서도. 먹어도 배가 고프다는 걸.

어머니 얼굴을 떠올리고 싶은데 세계위안소 오카상의 얼굴이 떠오른다. 어머니 얼굴은 안개에 가린 듯 가물가물한데 오카상의 얼굴은 칼 끝으로 새긴 듯 또렷하다.

아기가 내 몸에 들어서기 전까지 나는 집에 가는 내 모습을 그려

보고는 했다. 한 손에는 비단 옷감 들고, 다른 한 손에는 돼지고기 한 덩어리를 들고. 비단 옷감 대신 일본 돈 뭉치가 들려 있기도 했다. 돼지고기는 소고기로, 굴비로. 나는 단발머리에 접시꽃 같은 모자를 쓰고, 살구색 원피스에 노란 구두를 신었다.

나는 눈을 감고 두 손을 가슴 위에 모은다. 내 품에는 아기가 안겨 있다. 두 손을 아기를 안는 데 써버려서 나는 비단 옷감도, 돼지고기도 들 수 없다.

*

연순 언니가 입을 벌리는 순간 이가 수제비 국물 속으로 퐁당 빠진다. 그녀의 맞은편에서 수제비를 떠먹던 내 눈길과 요시에의 눈길이 거의 동시에 연순 언니의 얼굴 아래 사발로 향한다.

"가만히 있는데 이가 빠지네."

연순 언니는 숟가락으로 수제비 국물을 휘젓는다. 이를 숟가락으로 건져 올린다.

"한 번 빠진 이는 끼워 넣을 수 없어."

그녀는 깨진 자갈 조각 같은 이를 사발 옆에 놓고 숟가락으로 수제비를 떠 입으로 가져간다. 물컹한 수제비를 씹지 않고 꿀꺽 삼킨다.

이가 하나 빠져 연순 언니의 입속 남은 이는 이제 다섯 개다. 그 다섯 개마저도 뿌리가 삭고 금이 가 언제 빠질지 모른다.

가만히 있는데 을숙 언니는 머리카락이 세고, 가만히 있는데 애순 언니는 정신이 나간다. 그리고 가만히 있는데 요시에의 이마에는 밭고랑 같은 주름이 진다. 주름은 한 개에서 두 개로, 세 개로, 네 개로 늘어난다. 그리고 가만히 있는데 점순 언니의 키는 점점 줄어든다. 내가 처음 봤을 때만 해도 나보다 한 뼘은 크던 그녀의 키는 줄어들어 내 키만 하다.

연순 언니는 수제비를 먹다 빠진 이를 양철 지붕으로 던진다. 지나가던 새가 물어 가라고.

가만히 있는데 이가 빠진 날 밤, 관세음보살이 연순 언니의 꿈에 다녀간다. 관음전에 모셔진 관세음보살의 모습이 아니라 비단 한복을 곱게 차려입은 교장 선생 부인의 모습으로.

꿈에서 깨어난 그녀는 입을 벌린다. 관세음보살을 부르려고. 그런데 목이 잠겨 목소리가 나오지 않는다.

관…… 세…… 음…….

그녀의 입은 관세음보살을 끝까지 부르지 못하고 다물린다.

*

해금이 자두색 격자무늬 원피스에 노란 구두를 신고 마당에 나와 서 있다. 머리에는 챙 넓은 흰 모자를 쓰고. 물분을 바른 목과 얼굴이 귀귀하게 느껴질 만큼 하얗다.

가시철망 울타리에 매달려 있던 '녹두색몸빼여자애'가 날아오르더니 들판에 떨어져 나뒹군다. '막걸리색광목원피스여자애'도 날아오르려 애를 쓰지만 철사 가시들이 악착같이 붙들고 놓아주지 않는다.

"나루세 병장을 기다리는 거야."

끝순의 말에 나는 고개를 가로젓는다. 오늘 그 애가 기다리는 사람은 나루세 병장이 아니다. 소개꾼 여자다. 이름도 모르는 그 여자는 개성관이라는 요릿집에서 심부름하던 해금을 중국에 데려다 놓았다. 오늘 아침 해금은 강물에 삿쿠를 씻으며 내게 말했다. 지난밤 꿈에 그 여자가 자신을 데리러 왔다고. 돈 많은 일본 여자처럼 차려 입고 머리는 불파마를 하고. 해금에게 얌전히 군인들 말 잘 듣고 있으면 데리러 오겠다던 그 여자는 가버리고 나서 다시 오지 않았다.

나는 해금에게 물었다.

"그 여자가 데리러 오면 따라갈 거야?"

"응······."

해금이 고개를 끄덕였다.

"그 여자가 너를 또 팔아먹으면 어쩌려고?"

"노래 부르는 데라고 했어. 노래 부르는 데라고······. 신의주역에서 기차를 기다리며 내가 그 여자에게 물었어. '내가 가는 데가 정말로 노래 부르는 데예요?' 그 여자가 그랬어. '노래 부르는 데가 아니면 뭐 하는 데겠냐?' 기차에 타자마자 내가 다시 물었어. '정말 노래 부르는 데예요?' 그 여자가 나를 쳐다보고는 그랬어. '노래 부르는 데라고 하지 않았냐.' 기차에서 내려서 내가 또다시 물었어. '정말 노래만 부르는 데예요?' 그 여자가 짜증을 냈어. '어떻게 노래만 부르겠냐. 노래 부르다 술도 가끔 따라주고 하겠지.' 내가 술 따라주는 데면 싫다고 하니까 그 여자가 팔짝팔짝 뛰면서 그랬어. '이제 와서 그러면 나보고 어쩌라는 거냐!' 그 여자와 내가 타고 온 기차는 그새 떠나고 없었어."

자신의 방문 앞에 쪼그리고 앉아 담배를 피우던 악순 언니가 중얼거린다.

"아무리 생각해도 미즈키가 훔쳐 간 것 같아."

"뭘요?"

요시에가 묻는다.

"내 고무신."

"미즈키가 누군데요?"

"사팔뜨기 미즈키…… 나이가 열일곱. 고향이 유성이라고 했는데…… 온천 나오는 데 말이야. 감자를 캐고 있는데 쑥색 포장을 두른 트럭이 와서 섰다고 했어. 누런 옷을 입고 머리가 시커먼 남자들이 내리더니 미즈키의 양팔과 양다리를 잡고 트럭으로 던졌다고 했어…… 나를 네짱, 네짱 부르며 잘도 따랐는데. 미즈키는 오지를 따라 싱가포르로 갔어. 죽더라도 세상 구경이나 실컷 하고 죽겠다고."

"오지가 누군데요?"

"오지상 처남."

애순 언니는 머리를 연순 언니에게 맡기고 노래를 부른다. 해금이 노래를 부르지 않으니까.

"와타시와 우타가 데키나이(私は歌ができない, 나는 노래 못해)…… 와타시와 우타오 시라나이(私は歌を知らない, 나는 노래 몰라)…… 우타오 나제 시나케레바나라나이(歌をなぜしなければならない, 노래를 왜 해야만 해)?"

연순 언니는 장단을 넣는다. 애순 언니의 머리에서 잡은 이를 양 엄지손톱으로 눌러 터뜨려 그 소리로.

*

점순 언니의 방문을 열자 쥐 썩는 냄새보다 지독한 냄새가 코를 찌른다. 놀란 바퀴벌레들이 숨을 데를 찾아 재빠르게 흩어진다.

머리카락과 먼지가 눈송이처럼 엉켜 굴러다니고, 찌그러진 깡통 속에서는 삿쿠가 썩어가고 있다.

철쭉꽃색 기모노를 걸친 점순 언니는 고개를 외로 꺾고 다다미 위에 쓰러져 있다. 나는 망설이다 방 안으로 들어간다. 깡통을 방 밖에 내놓고, 지린내에 찌든 담요를 둘둘 말아 구석으로 치운다.

休務(휴무) 나무패를 내걸지 않아도 점순 언니의 방문 앞에는 군인들이 줄을 서지 않는다. 군인을 받지 못하는 점순 언니에게 오지상은 아편을 주지 않는다. 아편을 달라고 매달리는 그녀에게 날아드는 것은 가혹한 매질과 욕설이다. 그가 목에 핏대를 세우고 휘두르는 가죽 혁대를 맞으면서도 그녀는 아편을 달라고 조른다. 피멍든 몸으로 지렁이처럼 땅을 기어 다니면서도.

"언니……."

나는 점순 언니를 일으켜 세운다. 그녀 몸에서 기모노를 벗기자 벼룩이 후드득 떨어진다.

점순 언니 몸을 바라보는 것만으로도 악몽을 꾸는 것 같다. 그녀의 몸이 풍기는 냄새를 맡는 것만으로도. 아편에 찌든 그녀의 몸은 전체적으로 흑빛이다. 얼마나 말랐는지 손가락으로 하나하나 짚어가며 뼈의 개수를 셀 수 있을 것 같다.

8남매의 맏딸인 점순 언니는 공부가 하고 싶었다. 어머니가 시장에서 술국집을 해 어려서부터 집안일을 도맡아 하고 동생들 똥기저귀를 빨러 다녔다. 열한 살 때 어머니가 쌀 한 말을 팔아 그녀를 소학교에 보내주었다. 학교에 다닌 지 사흘째 되는 날 아버지가 학교에 찾아와 그녀를 교실 밖으로 끌어냈다. 계집애가 머리에 든 게 많으면 간이 배 밖으로 나와 남자를 우습게 안다며 책을 아궁이에 넣고 불태웠다. 어머니가 하는 술국집 일을 도와주며 지내고 있는데 종종 술국을 먹으러 오는 아저씨가 그녀에게 말을 걸어왔다. 공부도 시켜주고 돈도 벌 수 있는 데가 있는데 가고 싶으면 잠깐 자신을 따라오라고 했다. 공부가 하고 싶어 따라간 그녀는 그길로 군용 트럭에 실렸다. 조치원에서 기차에 태워져 만주 목단강역까지 실려갔다. 인천 여자애 하나, 서울 여자애 둘, 김천 여자애 하나와 함께였다. 목단강역 근처 마을 미용실에서 그녀는 여자애들과 함께 머리카락이 잘렸다. 1940년 8월이었다. 그녀의 나이 열다섯 살이었다. 목단강 여관에서 이틀을 묵고 다시 기차를 타고 가다 영안역에서 내렸다. 그곳까지 여자애들을 데려간 남자들이 일본 말로 자기들끼리 하던 말을 유심히 듣던 인천 여자애가 그녀의 귀에 대고 말했다.

"일본군이 사이공을 점령했대."

점순 언니의 몸은 어쩌다 악몽이 되었을까. 겨우 스무 살인데.

나는 주저하며 물에 적신 광목 수건을 언니의 몸으로 가져간다. 그녀가 눈을 까뒤집듯 뜨고 아슴아슴한 눈빛으로 나를 바라본다.

"가만 보자, 이게 누구야? 후유코 아니냐? 진즉에 조진 신세…… 그냥 죽게 내버려둘 것이지 뭣 한다고 씻기느라 애를 쓰고 그러냐?"

내게 안겨 오는 점순 언니를 떠밀어버리고 싶은 걸 겨우 참고 그녀의 어깨와 팔을 닦이는 내 눈에 문신이 들어온다.

점순 언니의 팔뚝에도 시퍼런 문신이 새겨져 있다. 그녀의 일본 이름일까. 내 팔뚝에 새겨진 한자는 두 개인데 그녀의 팔뚝에 새겨진 한자는 네 개다.

살을 도려내지 않는 한 몸에서 없앨 수 없다는 걸 잘 알면서 나는 광목 수건으로 그녀의 팔뚝에 새겨진 문신을 문지른다.

"문신은 언제 새겼어요?"

"'천진' 위안소에 있을 때…… 오타구로 소위가…… 내가 자기 거라고…… 평생 데리고 살 것도 아니면서 문신을 새기데……."

"언니…… 고향에 가고 싶지 않아요?"

"고향……?"

"고향이 전라도 무안이라고 하지 않았어요?"

"나는 하여간 고향 가기는 글렀으니까…… 고향이 어딘지도 잊어버렸으니까…… 고향에 보내준다고 해도 못 가니까…… 병신 돼서 고향 가면 누가 퍽이나 반겨줄까…… 실 푸는 공장에 돈 벌러 간다고 해놓고…… 돈 벌어 부쳐주겠다고 해놓고 돈 한 푼 없이 귀신 꼴로 나타나면…… 나는 고향이 아니라 그냥 먼 데로 갈 거니까…… 먼 데로……."

"먼 데 어디요?"

"먼 데…… 그냥 아주 먼 데로 보내달라고 오지상한테 빌어봐야지…… 어차피 군인도 못 받으니까…… 나는 글렀지만 너는 어떻게든 살아서 고향에 돌아가라…… 너는 어떻게든 살아서……."

---

* 중국 천진天津. 일본군 위안소가 있었다.

＊

   점순 언니의 몸을 닦인 수건을 빨아 바위에 걸쳐놓고 나서야 나는 강물로 검지를 가져간다.

   강물에 비친 내 얼굴 위에 편지를 쓴다. 어머니의 얼굴보다 늙은 얼굴 위에.

   어머니에게가 아니라 점순 언니에게.

   점순 언니, 미안해.

   언니 몸이 지독한 악몽 같았어. 소름 끼치게 끔찍해서 손가락을 닦이다 말고 언니 손을 슬그머니 놓아버렸어.

   악몽에서 빨리 깨고 싶어서 언니를 밀쳐냈어.

   언니 입에서 나는 냄새를 참기가 힘들었어.

   언니 몸이 저주스럽고 원망스러웠어. 언니가 언니 몸을 그렇게 만든 게 아니라는 걸 알면서도, 언니가 밉고 싫었어.

   언니도 조센삐, 나도 조센삐……

   내 몸도 언니 몸처럼 악몽이 되면 어쩌나 싶었어.

   고향 가기는 글렀으니 그냥 죽게 내버려두라고 하면서도 언니는 자꾸만 내게 안겨 왔어.

   손가락들이라도 마저 닦아줄걸, 얼굴이라도 말끔히 닦아줄걸……

196

*

　지난밤 군인들에게 받은 군표를 들고 오지상에게 갔더니 요시에가 오지상의 방문 앞에 서 있다. 곤충의 허물 같은 누런 원피스를 걸치고. 아무것도 신지 않은 발은 쭉정이 같다. 오지상이 군표 개수를 세는 동안 눈을 땅에 두고 서 있던 요시에가 묻는다.

　"……제 빚이 얼마예요?"

　"네 빚이 얼만지 알려주지. 아, 3백 엔이군."

　"3백 엔요?"

　"장부에 3백 엔이라고 써 있군."

　"요전에 물어봤을 때는 2백 엔이라고 하지 않았어요?"

　"먹여주고 재워준 건 생각 안 해?"

　요시에는 2백 엔이 얼마나 많은 돈인 줄 모른다. 3백 엔이 얼마나 많은 돈인 줄도. 하지만 2백 엔보다 3백 엔이 많다는 것은 안다.

　요시에는 2백 엔이던 빚이 3백 엔으로 늘어나고 나서야 낙원위안소에서는 모든 게 빚으로 돌아온다는 걸 깨닫는다. 바구미가 점점이 박힌 꽁보리주먹밥도, 소금으로만 간을 한 수제비도, 벌레 먹은 배춧잎 같은 원피스도 빚이라는 걸. 휴지도, 수건도, 삿쿠도, 아래가 메말랐을 때 바르라며 나누어 주던 달팽이색 연고도.

　군인을 아무리 받아도 빚이 줄어들기는커녕 늘어나자 요시에는 웃지도, 노래를 부르지도 않는다. 눈가가 짓무르도록 눈물을 질질 짜고 다닌다.

요시에가 삿쿠를 씻다 말고 강물에 떠내려 보낸다. 깡통을 들더니 뒤집어 그 안의 삿쿠들을 전부 강물에 쏟아버린다. 삿쿠가 없으면 군인들이 자신을 괴롭히지 않을 줄 알고.

군인들은 삿쿠 없이 요시에의 몸에 다녀간다. 열세 살인 요시에의 몸에 들기 전 군인들은 묻는다.

"병이 있는 건 아니겠지?"

일본 말을 배우지 못한 요시에는 무슨 말인지 모른다. 군인에게 맞을까봐 해금에게 배운 일본 말을 중얼거린다.

"아리가토(ありがとう, 고맙습니다)."

군인들은 그러나 그 말을 알아듣지 못한다. 그 애가 중얼거리는 아리가토는 아리가토가 아닌 다른 말이 된다. 전라도 억양과 울먹임이 그 말에 섞여들어 일본 말도, 조선말도, 중국 말도 아닌 이상한 말이. 일본 말이지만 일본 군인들이 알아들을 수 없는 말이.

군인들은 떠나며 요시에에게 겁을 준다.

"병이 옮기라도 하면 죽을 줄 알아!"

"아리가토, 아리가토……."

군인들이 이름을 물어도, 나이를 물어도, 고향을 물어도 요시에는 같은 말로 대꾸한다. 아리가토, 아리가토, 아리가토…….

*

　내 고향에서는 초상이 나거나 큰 잔치가 있으면 키우던 가축을 잡아 마을 사람들과 나누어 먹었다. 오지상이 자신의 생일에도 가축인 우리를 잡아먹지 않는 것은 군인 때문이다.

　군인들은 우리를 산 채로 먹고 싶어 한다. 겁에 질려 애원하는 눈동자를, 팔딱팔딱 뛰는 심장을, 절벽 같은 허공을 긁는 손가락을, 비명을 참느라 뒤틀린 입을, 뒤척이는 혀를.

　우리가 살아 있는 것이 군인들 때문이라는 걸 나는 오늘 아침에야 깨달았다.

　해금의 손에 들린 담배를 보고 악순 언니가 말한다.

　"그거 내 담배 아니야?"

　"군인이 주고 간 거예요."

　"내 담배를 누가 가져갔을까?"

　악순 언니는 토벌에서 돌아오자마자 씻지도 않고 낙원위안소로 달려온 군인을 도둑으로 본다.

　"도로보(どろぼう, 도둑놈아)!"

　그 말에 꼭지가 돈 군인이 악순 언니를 방에서 질질 끌어낸다. 그녀의 방 앞에 줄을 서 있던 군인들이 우 함성을 지르며 흩어진다. 마당에는 백 명이 넘는 군인이 깔려 있다. 제비꽃색 노을이 번져오는 하늘이 낮아 군인들은 납작하니 눌려 보인다.

군인은 그녀를 가시철망 앞까지 끌고 간다. 하늘을 한 번 째려보고는 그녀를 때리기 시작한다.

악순 언니의 얼굴이 찢겨 피가 흐른다. 군인이 엿가락인 듯 그녀의 다리를 뒤트는데도 말리고 나서는 군인이 없다.

군인은 분이 풀릴 때까지 악순 언니를 때리고 나서는 다시 방으로 끌고 간다. 그 짓을 하려고.

다음 날 해가 중천에 떠서야 악순 언니가 방에서 걸어 나온다. 멍투성이인 그녀의 얼굴은 썩은 감자 같다.

그녀는 한쪽 다리를 절룩이며 끝순에게 다가간다. 땅에 편지를 쓰고 있던 끝순이 고개를 쳐든다.

악순 언니가 맨발로 편지 끝자락을 밟고 서서 중얼거린다. 밤새 곡을 한 듯 잔뜩 쉬어 거칠게 갈라지는 목소리로.

"아기가 없어졌어."

"아기요?"

침과 섞여 곤죽이 된 건빵이 끝순의 혀와 입천장에 달라붙어 있다.

"내 아기. 누가 내 아기를 훔쳐 갔지 뭐야."

"나는 안 훔쳐 갔어요."

끝순이 악순 언니의 시커먼 발가락을 노려보며 퉁명스럽게 대꾸한다.

"그럼 누가 내 아기를 훔쳐 갔을까."

혼잣말을 중얼거리던 악순 언니가 변소에 가려는 나를 불러 세우고 묻는다.

"네가 내 아기 훔쳐 갔어?"

내가 고개를 흔들자 그녀가 말한다.

"어떤 년인지, 놈인지 아기까지 훔쳐 가네!"

그녀는 방마다 돌아다니며 아기를 찾는다. 애순 언니의 방문을 덜컥 열고 묻는다.

"네가 내 아기 훔쳐 갔어?"

"아기?"

"내 아기 말이야. 네가 내 아기 훔쳐 갔어?"

"내 아기를 훔쳐 갔어?"

"네 아기 말고 내 아기."

"군인들, 군인들이 데려갔어."

"군인들?"

"군인들이 아기하고 우리를 화물선에 태웠어. 아주 큰 화물선이었어. 짐이 가득 실려 있었어. 화물선 안에 계단이 있었어. 계단을 내려갔어……."

애순 언니는 중국에 올 때 화물선을 타고 왔다. 백 명이 조금 못 되는 여자애들과 함께.

"계단을 계속 내려갔어……."

*

어머니, 병든 아기를 낳을까봐 두려워요.

병신인 아기를 낳을까봐……

죽은 아기를 낳을까봐…….

기분이 이상하다. 박새처럼 작고 여린 새가 내 몸속에 들어와 떨고 있는 것 같다. 살구색 부리가 내 심장을 콕콕 쪼는 것 같다.

아기 손가락이 찌르는 걸까? 자신이 죽지 않았다는 걸, 살아 있다는 걸 내게 알리려고.

내 아기…….

나는 벌떡 몸을 일으킨다. 강물로부터 뒷걸음질 친다.

10

　방문을 꼭 닫고 다다미 위에 가만히 누워 있으면 어떤 소리가 들린다. 가을 풀벌레 울음처럼 가냘프고 애틋한 소리가. 손가락으로 양쪽 귀를 틀어막아도 들려오는 걸 보면 내 몸속에서 떠도는 소리가 분명하다.

　혹시 아기가 내게 말을 걸고 있는 걸까.

　살고 싶다고, 살고 싶다고…….

　아기가 살고 싶어 할지도 모른다는 생각을 못 했다.

　아기가 살고 싶어 하는 거라면 아기에게 벌써 영혼이 생긴 걸까. 영혼이 생겼으니까 살고 싶어 하는 게 아닐까.

　아기는 아직 세상에 태어나지도 않았으면서 살고 싶어 할까. 태

어나도 반겨줄 사람 하나 없는데, 아빠가 누군지도 모르는데, 태어
나자마자 버려질지도 모르는데.

아기는 죽기를 바라면서, 나는 살고 싶어 한다.
총탄이 날아다니는 참호 속에서 군인을 받으면서도 나는 살고 싶
어 했다. 허벅지를 타고 흐르는 정액을 흙으로 훔치면서 빌었다. 살
고 싶다고, 살고 싶다고…….
내가 빌 때 아기도 함께 빌었을까. 살고 싶다고, 살고 싶다고……
아기가 함께 빌어주어서 나는 살았던 게 아닐까.
열 달이 차도 아기가 태어나지 않기를, 전쟁이 끝나고 고향 집에
돌아갈 때까지 태어나지 말기를…….
나는 일본 군인들이 무섭고 징글징글하지만 일본이 전쟁에서 이
기기를 바란다. 일본이 지면 오지상이 우리를 총으로 쏴 죽일 테니
까. 하늘을 날아가는 새보다 가시철망 울타리 안에 갇힌 가축을 쏘
는 게 더 쉬울 테니까.
일본이 전쟁에서 이기려면 나는 '가라다토 고코로오 쓰쿠시테
(体と心を尽くして, 몸과 마음을 다해서)' 일본 군인들에게 봉사해
야 한다. 세계위안소 오카상이 조선 여자애들의 귀에 딱지가 앉도
록 말한 것처럼.

*

　꿈에 관세음보살이 교장 선생 부인의 모습으로 다녀간 뒤로 연순 언니는 관세음보살을 찾지 않는다. 대신에 지장보살을 찾는다.

　이가 다섯 개뿐인 입으로 지장보살을 부르는 연순 언니에게 요시 에가 묻는다. 손가락으로 머리카락을 잡아 뽑으며.

　"지장보살이 누구예요?"

　"지장보살은 지옥에 살아……."

　연순 언니의 입술이 들썩일 때마다 거무스레한 잇몸에 드문드 문 박힌 이들도 덩달아 들썩인다. 그녀가 말을 하거나 음식을 먹을 때 나는 그녀의 입에서 눈을 떼지 못한다. 이가 빠질까봐 조마조마 해서다. 그녀의 이는 가만히 있는데도 빠지니까. 그리고 한 번 빠진 이는 다시 끼울 수 없으니까.

　"지장보살은 스스로 지옥에 들어갔어. 전생에 지은 업보 때문에 아비지옥에서 고통받는 중생들을 구원하려고…… 지장보살이 부 처님께 그랬대. 자신은 지옥에서 고통받는 중생들이 전부 성불할 때까지 성불하지 않겠다고. 깨달아 부처가 되는 걸 성불이라고 하 지……."

　연순 언니의 입이 다물리는 동시에 악순 언니가 대뜸 묻는다.

　"그럼 지장보살은 라쿠엔에도 있겠네."

　"라쿠엔에요?"

요시에가 눈을 동그랗게 뜬다.

"라쿠엔이야말로 지옥 중에 지옥이니까."

"연순아, 지장보살은 지옥이 어떤 데인 줄 알고 갔을까?"

내내 아무 말이 없던 금실 언니가 묻는다.

"지장보살은 알고 갔을 거야."

연순 언니는 눈을 감고 지장보살을 세 번 연달아 부른다. 눈을 뜨고 부를 때보다 눈을 감고 부를 때 그녀의 목소리는 더 간곡하게 들린다.

우리는 위안소라는 지옥이 어떤 데인 줄 모르고 왔다. 비단 짜는 공장, 바늘 공장, 센닌바리 공장, 고무 공장인 줄 알았다. 지옥에 와서야 우리가 온 데가 지옥이라는 걸 알았다.

"4월 초파일에 교장선생 부인을 따라 절에 갔다가 「지옥도」를 보았어……. 절 벽에 「지옥도」가 그려져 있었어…… 물이 펄펄 끓는 가마솥 안에 사람들이 들어가 고통스러워 하고 있었어. 가마솥 아래서는 양귀비꽃 같은 불길이 타오르고. 그 옆에서는 산적처럼 생긴 남자가 알몸인 남자의 가슴패기를 긴 창으로 찌르고…… 절 뒷산에서 까마귀 우는 소리가 들려왔어. 연등들이 눈에 들어왔어. 자손들이 죽은 조상님들의 극락왕생을 빌며 매단 흰 연등들이 바람에 흔들리고 있었어……."

"나는 세상 모든 데가 지옥이야. 큰아버지 집도, 민며느리로 들어간 집도 지옥이었어. 가장 지독한 지옥은 낙원이고."

"지장보살은 어떻게 생겼어요?"

요시에가 묻는다.

"왜, 군복이라도 입고 있을까봐?"

악순 언니가 말한다.

나는 '깻잎색기모노여자애'가 두 팔을 벌리고 매달려 있는 가시철망 울타리 너머 들판에 눈길을 주고 생각한다. 라쿠엔이라는 지옥에는 지장보살이 없다고. 그 사실을 연순 언니만 모르고 있다고.

"조선이 독립할 수 있을까?"

연순 언니의 갑작스러운 질문에 우리는 당혹스러워한다. 독립이라는 말이 민망할 정도로 낯설어서. 교장 선생 집에서 식모를 살 때 그녀는 교장 선생이 자신의 부인에게 하는 이야기를 들었다. 일본에서 대학교를 나온 교장 선생은 말했다.

"조선 독립은 글렀어. 을사늑약이 체결된 게 내가 열 살 때니까 벌써 30년이야."

*

중천에 뜬 해는 달걀흰자색이다.

양철 지붕이 햇빛을 받아 은가루를 뿌린 듯 반짝반짝 빛난다. 우리의 할아버지이자 신인 오지상은 총을 머리맡에 두고 낮잠에 들었다.

악순 언니가 방에서 나와 노루 꼬리만 한 그림자를 끌며 변소로 간다. 해금은 끝순의 음모에 붙은 사면발니를 잡아주고 있다. 대나무를 깎아 만든 집게로 사면발니를 잡아 뽑으며 해금이 말한다.

"어제 내 방에 다녀간 군인이 나보고 결혼하자고 하더라. 고향 가고시마에 정혼녀가 있는데 사랑하지 않는대."

"그 군인이 너는 사랑한대?"

끝순이 묻는다.

"그 군인이 그랬어. 사랑하지 않는 여자와는 결혼하고 싶지 않고. 나를 사랑하니까 결혼하자고 했겠지."

"군인이 사랑한다고 하는 말은 거짓말이야. 군인들은 사랑한다면서 우리를 때리지. 아아 후미코 아이시테루요(ああ ふみこ あいしてるよ, 아아 후미코 사랑해)…… 입으로는 사랑한다고 말하면서 주먹으로는 나를 때리던 군인이 있었어."

군인들의 입과 주먹은 따로 놀기도 한다. 입과 주먹은 같이 놀 때보다 따로 놀 때 더 무섭다는 걸 우리는 아는데 군인들은 모른다.

"후미코, 아이시테루요!"

해금이 군인 목소리를 흉내 내 말한다.

후미코는 끝순의 일본 이름 중 하나다. 그 애도 나처럼 일본 이름을 열 개는 가지고 있다.

아이시테루요. 나는 그 말이 욕인 줄 알았다. 욕이 아니라는 걸 알고 나서는 더 욕 같다.

연순 언니는 물기가 마른 삿쿠에 소독약 가루를 뿌리며 지장보살을 부르고 부른다. 라쿠엔이라는 지옥에는 지장보살이 살지 않는다는 걸 그녀는 아직도 모른다.

들판 너머 군부대 안에서 뭔가를 태우는지 광목 실타래 같은 연기가 피어오른다. 연기가 잦아들고 새 떼가 낙원위안소 쪽으로 날아온다.

나는 두 팔을 허공으로 쳐들고 새들을 향해 흔든다. 나를 물어 가라고. 새들만이 나를 고향 집에 데려다줄 수 있을 것 같다.

새들의 배는 배추속대처럼 연노랗다. 날개는 푹 찐 고구마색이고.

맨 앞에서 나는 새를 중심으로 새들이 양 갈래로 갈라지며 저고리 깃 모양을 만든다.

내가 아기 가진 걸 새들도 아는 걸까. 새들은 나를 거들떠보지도 않고 양철 지붕 위를 유유히 가로질러 날아간다.

*

나는 보슬비를 맞으며, 안개가 자욱이 깔린 강물에 두 통의 편지를 띄워 보낸다.

어머니, 아기도 살고 싶어 할까요?

어머니, 나는 여전히 아기가 죽어버리기를 바라요.

아기가 살고 싶어 해도…….

*

어머니, 나는 아기에게 묻고 물어요.

아가야, 살고 싶어?

11

어머니, 내가 죽어버리면 아기도 따라서 죽을까요.
내가 죽어버리면…….

*

나는 죽었는데 아기는 살아 있으면 어쩌지.

내 심장은 멎었는데 아기의 심장은 뛰고 있으면, 내 몸은 싸늘히
식었는데 아기의 몸은 식지 않으면.

죽은 엄마의 몸속에서 아기는 얼마나 버틸 수 있을까.

죽고 싶다가도 죽고 싶지 않다. 막상 죽음이 내게 손을 내밀면 나
는 안간힘을 다해 그 손을 매몰차게 뿌리친다.

내가 죽고 싶어 하지 않는 것은, 연순 언니처럼 죽더라도 고향에 돌아가 죽고 싶어서가 아니다. 죽어서라도 부모 옆에 묻히고 싶어서가.

끔찍한 죽음을 너무 많이 보아서일까. 나는 죽는 게 무섭다.

죽은 요시에의 말대로 죽으면 다 끝일까.

나는 어쩐지 죽어도 끝이 아닐 것 같다. 고통이 끝나지 않을 것 같다.

어머니는 사람이 죽으면 영혼이 몸을 떠나 우물보다 깊은 구천으로 간다고 믿었다. 내 영혼은 내가 죽어도 몸을 떠나지 못할 것 같다. 몸이 너무 가여워서 몸과 함께 썩을 것 같다.

죽고 싶지 않다…….

자신은 죽고 싶어 하지 않아 하면서 배 속 아기는 죽기를 바라는 내가 밉다.

미워서, 나는 주먹으로 내 머리를 때린다.

왜소하고 눈썹이 짙은 군인이 내 몸에 들어오려다 만다. 내 몸에 아기가 들어선 걸 용케 알고는. 기껏 내린 군복 바지 지퍼를 도로 끌어올리며 단단하게 부풀어 오른 성기를 억지로 집어넣는다. 집어 든 삿쿠를 깡통 속에 도로 떨어뜨리고 구석으로 가 두 무릎을 접고 앉는다. 알전구에 눈길을 두고 군복 바지 주머니에서 담배를 꺼내 입으로 가져가며 묻는다.

"너는 어쩌다 이런 곳에 왔지?"

술에 취했거나 광기에 휩싸인 목소리가 아니다. 겁에 질린 목소리도. 가슴이 먹먹해질 만큼 우울하고 나직한 목소리다.

내가 아무 대꾸도 않자 군인은 말없이 담배를 피운다.

"일본 말을 할 줄 모르는군."

군인의 입에서 토해진 담배 연기가 허공으로 흩어진다. 고요하고 적막한 내 방과 다르게 마당은 군인들이 떠드는 소리로 소란하다. 베니어합판으로 짠 방문을 사이에 두고 별개의 세상이 머리를 맞대고 있는 것 같다.

"너도 팔려 왔을까."

더러 우리가 어떻게 조센삐가 되었는지 궁금해하는 군인들이 있다. 공장에 취직시켜준다는 말에 속아서, 혹은 팔려서 왔다는 걸 알고는 불쌍해하는 군인도 있지만 더 잔인하게 구는 군인도 있다.

"그랬다면 불쌍하군…… 너도, 나도 살아서 고향에 돌아갈 수 있을까…… 그러자면 일본이 전쟁에서 이겨야겠지. 나는 전쟁이 싫어. 전쟁만 아니었으면 너도, 나도 이곳에 없겠지…… 살아서 네 고향 조선에 돌아가기를 바라…… 전쟁이 끝났을 때 나는 죽어 땅속에 있거나 미쳐 있겠지…… 팔이나 다리가 하나 없는 병신이 되어 있거나…… 살아서 돌아가도 평생 지독한 악몽 속에서 살게 되겠지…… 아, 네가 일본 말을 할 줄 모른다는 걸 깜박했군."

나는 군인이 혼잣말을 하듯 자조적으로 중얼거리는 말을 다 알아
듣지는 못하지만 살아서 조선에 돌아가기를 바란다는 말은 어렴풋
이나마 알아듣는다. 처음이다. 내게 살아서 돌아가라고 말해준 군
인은. 수십, 수백, 수천 명이 내 몸에 다녀갔지만 그렇게 말해준 군
인은.

방을 나서기 전 군인은 1엔짜리 지폐 한 장과 캐러멜을 한 통 내
머리맡에 놓아준다.

군인이 가고 나서야 나는 울먹이며 중얼거린다.

"내 이름은 금자…… 당신 이름은 뭔가요?"

*

어머니, 아기가 죽기를 바라지만 겁이 나요.
아기가 죽으면, 죽은 아기를 낳아야 하니까요.

세계위안소에 있을 때 미하루 언니가 죽은 아기를 낳는 걸 보았
다. 20번인 미하루 언니는 나보다 네 살이 많았다.

깜박이는 알전구 아래서, 구부린 다리를 벌리고 앉아 손거울로
자신의 아래를 비추던 미하루 언니의 모습이 떠오른다. 그녀의 엉
덩이 아래에는 오줌처럼 싯누런 양수가 고여 있었다.

"언니……."

양수 냄새인 듯 들큼한 냄새가 코를 찔러 내가 말을 잇지 못하자 그녀가 가쁜 숨을 몰아쉬며 말했다.

"머리가 보여야 하는데 발이 보이네…… 죽으면서 몸이 돌아갔나 봐…… 살려고 몸부림을 쳐서겠지…… 저도 살고 싶었겠지…… 두 달만 버티면 열 달이니까……."

손거울을 노려보던 그녀는 신들린 사람처럼 주문을 외우기 시작했다.

"나와라…… 나와라…… 나와라…… 아아아, 안 나오네…… 죽은 아기를 낳는 게 백 배는 더 힘드네."

얼굴이 탱자처럼 노래지도록 힘을 주는데도 아기가 나오지 않자 그녀는 손거울을 뿌리치듯 놓았다. 오른손에 샷쿠를 끼더니 가랑이로 가져갔다.

그녀가 샷쿠 낀 손을 아래로 집어넣는 것을 바라보며 나는 깜박이는 알전구가 나가버렸으면 하고 간절히 바랐다.

"아아, 잡았다!"

그녀는 누렇고 큼직한 앞니로 아랫입술을 깨물며 몸에 힘을 주었다. 그녀의 샷쿠 낀 손에 잡힌 아기의 발이 내 눈에 보였다.

"아아 살살…… 살살 꺼내…… 탯줄이 끊어지면 큰일이니까……."

샷쿠 낀 손으로 아기의 발을 잡고 버티며 거친 숨을 몰아쉬던 그녀는 노래를 부르기 시작했다.

"애기야 나와라…… 불쌍한 애기야 어서 나와라…… 엄마 배는 애기 무덤…… 아아아…… 군인들은 전쟁을 하고…… 엄마는 군인들을 위로하지…… 일본이 전쟁에서 이겨야 하니까…… 총은 번쩍이고 몸은 얼어붙는다…… 침낭 속에서 꿈을 꾸었지…… 분홍 벚꽃잎 날리는 벚나무 아래서 나데시코(なでしこ, 패랭이꽃) 같은 여자를 끌어안고 잠이 드는 꿈을 꾸었지."

한순간 미하루 언니의 사타구니에서 무가 뽑히듯 아기의 꺼무레한 발과 다리가 쑥 나왔다.

"엄마 이름은 미하루…… 계급장에 별 하나 단 소위가 엄마 이름을 지어주었지…… 미하루…… 아름다운 봄이라는 뜻이라더군. 봄은 아름답지만 슬프고 잔인하지. 눈을 감았다 뜨는 사이에 꽃이 다지고 없지…… 우리 아버지가 지어준 이름은 순영…… 머리만 나오면 되는데, 아아아 머리만…… 나온다, 나온다, 나온다, 나온다…… 흑흑…… 나온다……!"

아기 머리가 나오는 순간 나는 두 손을 펼쳐 내 얼굴을 덮었다. 죽은 아기의 얼굴을 보지 않으려고. 죽은 아기의 얼굴을 보면, 그 얼굴이 내 눈동자에 새겨져 지워지지 않을까봐.

죽은 아기를 낳고 미하루 언니는 이가 다섯 개나 빠졌다.

손거울만 보면 깨뜨리고 싶다. 그 안에 미하루 언니가 있는 것 같아서.

*

요시에의 방문에 휴무 나무패가 걸린다.

요시에는 요코네에 걸렸다. 나도 세계위안소에서 군인을 받은 지 다섯 달 만에 매독이 아래로 안 가고 사타구니로 터져 나오는 요코네에 걸려 고생했다. 오징어 빨판처럼 생긴 게 사타구니에 동글동글 달렸다. 약을 먹고 606호 주사를 맞아도 가라앉지 않으니까 군의관이 칼로 사타구니를 째 구멍을 냈다. 606호 약을 구멍 속에 들이붓자 부글부글 끓고 살이 타들어갔다. 중국에 오기 전까지 세상에 이런 데가 있는 줄 몰랐던 것처럼 나는 세상에 그런 병이 있는 줄 몰랐다. 열세 살 때 처음 요코네를 앓고 난 뒤로 성병에 걸릴지 모른다는 공포는 그림자처럼 늘 나를 따라다닌다. 아래가 조금만 간지럽고 따가워도, 오줌 줄기가 줄어들어도 요코네나 임질, 매독 같은 성병에 걸린 게 아닌가 싶어 더럭 겁이 난다. 나는 삿쿠를 끼기 싫어하는 군인이 있으면 어떻게든 끼게 하려고 실랑이를 벌인다. 삿쿠를 껴야 한다고 구슬리고 애원한다. 그래도 삿쿠를 끼지 않으려는 군인에게는 병이 있다고 거짓말을 한다.

성병은 몰골을 흉측하게 만든다. 앓고 나면 눈동자가 생기를 잃고, 입술 빛깔이 거머리처럼 꺼무스름해진다. 아래가 불길에 휩싸인 것같이 뜨겁고 고름 섞인 피가 흐른다. 입속이 헐고, 손바닥과 발바닥이 벌겋게 일어난다. 오지상은 여자애가 성병에 걸리면 휴무

나무패를 방문에 건다. 그럼 그 방문 앞에는 군인들이 줄을 서지 않는데 자신들 때문에 걸린 병이 자신들 몸에 옮을까봐서다. 오지상은 병에 걸린 여자애에게는 하루에 한 끼밖에 주지 않는다. 일을 하지 않는 나귀나 소에게 여물을 조금밖에 주지 않는 것처럼.

세계위안소 오카상은 나무패 대신 방문에 쥐꼬리만 한 천을 매달았다. 성병이 거의 나은 여자애의 방문에는 흰색 천을, 성병이 낫고 있는 여자애의 방문에는 분홍색 천을, 성병이 심한 여자애의 방문에는 빨간색 천을.

사흘 내내 가시철망에 매달려 있던 익은 '익은대추색네마키여자애'를 걷고 돌아서는데 오지상이 나를 부른다. 내가 머뭇거리자 오지상이 손에 들고 있던 부채를 접으며 소리 지른다.

"후유코, 이리 와봐!"

나는 둘둘 만 '익은대추색네마키여자애'로 배를 가리고 오지상 앞으로 걸어간다. 오지상이 손을 뻗어 '익은대추색네마키여자애'를 낚아채더니 땅바닥에 내팽개친다.

"너, 배가 왜 이렇게 부르지?"

오지상이 부채 끝으로 내 배를 쿡 찌른다. 나는 입이 떨려 아무 말도 못 한다.

"후유코, 너. 조센삐 주제에 애를 가졌군! 순진한 줄 알았더니 감쪽같이 날 속였군."

오지상의 관자놀이가 꿈틀거린다.

"······몰랐어요."

"뱀 같은 년!"

오지상이 부채로 내 뺨을 갈긴다. 날카로운 부챗살 끝에 내 뺨이 찢긴다.

입으로 흘러드는 피를 손등으로 훔치는 내 정수로 돌덩이 같은 게 떨어진다. 까무룩 감기는 내 오른쪽 눈으로 유리 조각 같은 빛이 날아들어 박힌다.

*

어머니, 저는 죽을지도 몰라요.

내 몸속 아기가 죽어버리기 전에 죽을지도······.

나는 어디에 편지를 쓰는 걸까. 강물도 없는데. 칠흑 어둠 속이라 아무것도 안 보이는데.

몸이 맷돌에 갈리는 것 같다.

갈비뼈에 금이 간 걸까. 깨진 유리 조각이 옆구리를 찔러 오는 것 같다. 이지러져 반도 떠지지 않는 눈으로 거울이 들어온다. 거울 속에 웬 여자들이 소복이 모여 앉아 있다. 거울 표면이 고르지 않아 여자들의 얼굴은 기형적으로 일그러져 있다.

"너는 후유코가 애 가진 거 알았지?"

"몰랐어요⋯⋯."

"후유코가 몇 살이지?"

"열다섯 살이오."

"애가 애를 낳아서 어쩌려고 말을 안 했을까."

"말을 안 한 게 아니라 몰랐다는데요."

"애가 들어서자마자 생리가 딱 끊겼을 텐데 어떻게 까맣게 몰랐을까?"

"후유코가 어리숙한 데가 있지 않냐."

"날마다 군인들하고 그 짓을 하는데 애가 안 들어서고 배기나⋯⋯."

"나는 헛구역질만 나도 애가 들어선 게 아닌가 싶어 가슴이 덜컥 내려앉던데⋯⋯."

"오지상이 후유코 언니를 죽이는 줄 알았어요."

"나도 초상 치르는 줄 알았어."

"군자가 안 말렸으면 죽였을 거야."

"그나저나 일본 군인들이 중국인들을 밀정으로 몰아 그렇게 잡아다 죽인다더라. 허수아비처럼 세워놓고 일본 군인들이 차례로 돌아가며 창으로 가슴을 찔러⋯⋯."

"일본이 전쟁에서 지면 우리는 어떻게 되는데요?"

"오지상이 하는 말 못 들었냐. 일본이 전쟁에서 지면 우리 먼저 쏴 죽인다고 하지 않았냐."

저 여자들은 누굴까. 어디에서 온 여자들인데 내 거울 속에 들어가 이야기를 나누고 있는 걸까. 거울 속에 사는 여자들일까. 누가 애를 가졌다는 걸까. 저 여자들도 조센삐일까. 조센삐가 애를 가지면 개값도 못 받는다는데.

내게는 저 여자들이 보이는데 저 여자들에게는 내가 안 보이는 걸까.

"서쪽에서 군인들이 온다. 떼로 몰려온다!"

거울 밖에서 들려오는 소리에 여자들이 우르르 일어선다. 서둘러 거울 밖으로 나간다.

거울 속이 텅 비고 나서야 나는 깨닫는다. 애를 가졌다는 조센삐가 나라는 걸.

*

엿새 만에 나는 금실 언니의 손을 붙들고 강을 찾아간다.

내가 은실이 아니라는 걸 깨달은 걸까. 강까지 걸어가는 동안 금실 언니는 아무 말도 하지 않는다. 내 손을 붙잡은 그녀의 손가락들도 느슨하니 힘이 빠져 있다. 그녀의 손이 스르르 미끄러져 내 손을 놓아버리려는 순간 나는 깍지를 낀다. 그녀의 손가락 사이사이에 끼워 넣은 내 손가락들에 힘을 준다. 그녀의 손이 내 손을 놓아버리지 못하게.

금실 언니의 다른 손에는 삿쿠가 든 깡통이 들려 있다. 철사 손잡이가 녹이 슬어 깡통이 흔들릴 때마다 끼익 비명을 내지른다.

"애를 가졌다더라······."

"······."

"후유코라고 하는 것 같던데······."

"······."

"후유코가 너하고 동갑이지?"

"······."

"오늘 새벽에 후유코가 우는 소리를 들었어······."

"언니······."

"응?"

"언니도 무서웠어?"

"뭐가?"

"정월 초에······ 언니도 트럭에 실려 병원에 다녀왔잖아."

진눈깨비 섞인 바람이 칼춤을 추듯 불던 날이었다.

"소리가 들렸어······."

"소리?"

"내 배꼽 아래서 살이 찢어지는 소리가······. 감꽃이 떨어지는 소

222

리보다 작은 비명 소리가……"

금실 언니의 입이 다물린다.

나는 금실 언니를 데리고 길에서 벗어난다.

"후유코!"

악순 언니가 등 뒤에서 부르는 소리를 멀리하고 나는 금실 언니의 손을 잡아끌며 들판을 가로질러 걸어간다.

나는 배가 불러서, 금실 언니는 아래가 부어서, 부지런히 걷는다고 걷는 우리의 모습은 안쓰럽도록 우스꽝스럽다.

들판 지평선을 향해 걸어가던 나는 한순간 금실 언니의 손을 뿌리치듯 놓고 주저앉는다. 눈앞에 널린 막사들과 수십 명씩 무리 지어 다니는 일본 군인들을 바라본다.

"저길 어떻게 뚫고 가…… 저길……"

*

강 너머 버드나무 가지마다 잎이 무성하게 올랐다. 버드나무에 앉아 있던 까마귀가 날아오르더니 강물을 거슬러 날아간다.

나는 두 손으로 물을 떠 얼굴로 가져가다 말고 땅에 쏟아버린다. 강물에서 똥물 냄새가 난다.

을숙 언니는 똥물 냄새 나는 강물에 머리를 감고, 요시에는 얼굴을 씻는다. 그리고 나는 편지를 쓴다.

어머니, 어제는 트럭을 타고 중국인 마을에 있는 병원에 다녀왔어요.

떼어내기에는 아기가 너무 커버렸대요.

입이 먹물을 칠한 듯 흑빛이던 중국인 의사가요.

*

어머니, 금실 언니가 그러는데 소리가 들렸다고 했어요.

배꼽 아래서 살이 찢어지는 소리가…….

감꽃이 떨어지는 소리보다 작은 비명 소리가…….

12

어머니, 오지상이 내게 말했어요.

"후유코, 딸을 낳으면 조센삐가 될 줄 알아."

*

어머니, 나는 배 속 아기가 여자아이가 아니기를 빌고 빌어요.

남자아이이기를……

여자아이를 낳으면 오지상이 아기를 조센삐로 만들어버릴 테니까요.

내 할아버지는 머슴이었다. 내 외할아버지도. 아버지도 머슴이
되었다.

어머니는 열여섯 살 되던 해 부모 형제를 떠나 머슴인 아버지에게 시집왔다.

*

어머니, 꿈에 여자아이를 낳았어요.

여자아이가 아니기를 그렇게나 빌고 빌었는데…….

꿈에 악순 언니의 목소리가 들려왔어요.
"딸이야!"
요시에의 목소리도 들려왔어요.
"후유코 언니가 딸을 낳았어요!"
나는 참호 같은 흙구덩이 속에 버려진 송장처럼 누워 있었어요. 손으로 주변을 아무리 더듬거려도 아기가 만져지지 않아서 내가 소리 질렀어요.
"내가 딸을 낳았어요?"
"고추를 안 달고 나왔어."
병신일까봐 겁이 났지만 아기가 보고 싶었어요. 눈, 코, 입이 비뚤게 달리지는 않았는지 아기 얼굴을 만져보고 싶었어요. 아기 손가락을 세보고 싶었어요.

"아기는요?"

내가 아기를 찾자 군자 언니가 말했어요.

"아기는 찾아서 뭐 하게?"

"아기를 보여줘! 아기를 보여줘!"

내가 울부짖자 악순 언니가 말했어요.

"오지상이 네 딸을 팔았어."

"팔아요? 어디에요?"

"스즈랑(すずらん, 은방울꽃)에."

"스즈랑이 뭐 하는 덴데요?"

"군인을 받는 데지 뭐 하는 데겠어. 일본인 부부가 주인인데 주인 여자가 아주 독하대. 조선말을 한 마디도 못 쓰게 한대. 여자애들이 일본말만 써서 조선말을 거의 까먹었대."

"오지상이 후유코 딸을 얼마에 팔았대?"

"2백 엔."

"나는 4백 엔에 팔려 왔는데. 열여섯 살 때는 4백 엔, 열아홉 살에는 2백 엔."

오늘따라 강이 내 고향 마을을 흐르는 강과 닮았다. 강을 따라 내려가면 고향 마을이 나올 것 같다. 강가에서 빨래를 하거나 머리를 감고 있는 엄마를 만날 수 있을 것 같다.

하지만 하염없이 흐르는 강을 따라 아무리 걸어 내려가도 마을은 나오지 않는다. 띄엄띄엄 나무들만 서 있다.

스즈랑은 악순 언니가 1년 정도 있었던 위안소. 그녀는 그곳에서 하루에 두 끼, 붉은 수수밥만 근근이 먹어서 항상 배가 고팠다고 했다.

"언니, 스즈랑에 어린 여자애도 있었어요?"

"어린 여자애?"

"아주 어린 여자애요."

"아, 열세 살짜리가 하나 있었지. 그 애 이름이 마유미. 조선 이름은 모르겠네. 평안남도 숙천이 고향이라고 했어. 결핵을 앓는 아버지 병간호하며 집에 있는데 일본인 끄나풀이 찾아와서는 돈도 주고, 옷도 주는 공장에 일하러 가지 않겠냐고 해서 왔다고 했어. 아버지 약값 벌려고. 마유미를 데리고 도망쳤다가 10리도 못 가 잡혔지. 마유미도, 나도 두 다리가 퉁퉁 부어 제대로 걸을 수가 없었어. 주인 남자에게 죽도록 맞았지. 가죽 채찍으로 죽지 않을 만큼."

"스즈랑에 여자 아기도 있었어요?"

"여자 아기?"

"여자 아기요……."

악순 언니의 눈가가 일그러진다.

"군인들이 마유미를 아카짱, 아카짱이라고 불렀지. 아카짱, 아카짱……."

부뚜막에 올라앉아 옷에 붙은 이를 떼어내던 조바가 부엌에 들어
서는 나를 보고는 말한다.

"소녀야, 네 어머니도 아시니? 네가 아기 가진 걸 네 어머니도 아
셔?"

중국 말이라 내가 알아듣지 못한다는 걸 알 텐데도 그는 계속 말
한다.

"우리 어머니는 자식을 일곱 명이나 낳았지. 일곱 중 여섯이 죽고
나 혼자 겨우 살았어! 넷째인 나 혼자…… 널 볼 때마다 내 어머니
생각이 나. 내 어머니도 너처럼 자그마했지. 언청이라 얼굴을 손이
나 천 조각으로 가리고 다녔어. 자식들 앞에서도 노상 얼굴을 가리
고 있었지. 젖을 달라고 보채는 자식들을 그 작은 몸에 혹처럼 주렁
주렁 매달고 다녔어. 둘씩, 셋씩, 넷씩……."

그의 썩은 마늘 같은 눈에 눈물이 차오른다. 눈물의 의미를 몰라
당혹스러워하는 내 손에는 한고가 들려 있다.

"자식들이 하도 빨아먹어서 돌아가실 때쯤에는 몸이 갓난아기처
럼 작아져 있었어. 살아남은 자식이 나 하나뿐이라 혼자 어머니를
장사 지냈지. 어머니를 씻기는데 세상에 갓 태어난 아기를 씻기는
것 같았어."

조바가 중국 말로 이야기를 늘어놓는 동안 내 눈길은 자꾸만 나

무 선반 위 소금에 절인 정어리를 흘끔거린다. 정어리에 파리들이 끓는데도 그는 쫓지 않는다.

눈가를 꾹꾹 누르듯 훔치는 그의 손은 씻지 않아 두엄 덩어리 같다.

"거지 신세라 어머니 입에 돈도, 옥玉도 넣어주지 못했어."

그는 한탄하고는 부뚜막에서 내려온다. 바지 주머니에서 종이 뭉치를 꺼낸다. 그것을 펼치고, 그 안의 엿 조각처럼 생긴 걸 손가락으로 집어 내게 내민다.

"먹어!"

나는 주춤 뒷걸음질한다.

"아주 달아. 네가 내 어머니 같아서 주는 거야."

내가 고개를 흔들자 조바가 내 손을 낚아채듯 잡더니 자신의 앞으로 끌어당긴다.

그의 손이 화로에서 꺼낸 숯처럼 뜨거워 나는 화들짝 놀란다.

"아무도 주지 말고 너 혼자 먹어."

나는 조바가 손바닥에 떨어뜨려주는 걸 내던지고 부엌을 뛰쳐나온다.

나는 집도, 가족도 없는 조바가 딱하면서도 싫다. 그를 싫어하는 나는 더 싫다. 그는 내 아버지와 닮았다.

언제부터인가 나는 묻지 않는다. 여기가 어디인지, 누가 나를 여기에 데려다 놓았는지, 내가 어째서 발가벗겨져 있는지.

내 몸에 다녀가는 군인의 숫자도 세지 않는다.

전투나 토벌을 나가 돌아오지 못하는 군인이 수두룩한데도 군인들은 날마다 벌 떼처럼 몰려와 방문들 앞에 줄을 선다. 우리는 저녁 먹을 시간도 없어 변소에 가는 척 방을 나와 부엌에 딸린 방으로 간다. 불어터진 수제비를 서너 숟가락 코로 들어가는지 입으로 들어가는지 모를 정도로 급하게 떠먹는다.

수제비 국물이 묻은 입을 훔치며 군인을 받으러 가는 우리를 보고 조바는 탄식하고는 한다.

"가여워라."

해금은 나루세 병장을 기다린다. 두 달 전쯤 토벌을 나간 그는 돌아오지 않고 있다. 살아 돌아오라고 해금이 빌고 비는데도. 군인들을 받으면서도 빌고 비는데도. 나루세 병장이 한쪽 팔을 잃고 고향으로 돌아갔다는 소문도, 두 눈을 잃고 야전병원에 누워 있다는 소문도, 죽었다는 소문도 그 애는 믿지 않는다.

아침부터 추적추적 비가 내린다.

비를 맞으며 변소에 가다 말고 나는 하늘을 올려다본다. 하늘이 검다. 아버지는 하늘은 검고 높으며 땅은 넓고 누렇다고 했다. 천자문에 그렇게 써 있다고. 나는 하늘은 파란데 어째서 검다고 하나 했다. 아버지가 천자문도 모르면서 엉뚱한 소리를 한다고 생각했다. 그런데 아버지 말대로 하늘은 검다.

어제만 해도 자신의 나이가 스물한 살일 거라던 악순 언니가 오늘은 스물여섯 살은 먹었을 거라고 말한다.

을숙 언니가 짓무른 단무지를 씹다 말고 눈물을 짠다. 오늘이나 내일이 딸 생일이라며. 그녀가 집을 떠날 때 다섯 살이던 딸은 아홉 살이 되었다.

"돈 벌어 예쁜 옷도 사주고, 학교도 보내주려고 했는데…… 너무 어릴 때 헤어져서 내 얼굴을 벌써 잊어버렸을 거야."

"딸 이름이 뭐예요?"

"길순…… 면사무소 서기가 지어주었어. 명색이 아버지라는 인간이 글쎄 딸이 태어난 지 백일이 지나도록 이름을 지어줄 생각은 커녕 출생신고를 않더라고. 계집애라고. 내가 출생신고를 해야 하지 않겠냐고 하니까, 애물단지인 계집애를 호적에 올려서 뭐 하냐고 성을 내더라. 목마른 놈이 우물 판다고 나라도 출생신고를 하려고 면사무소를 찾아갔지. 이름이 있어야 출생신고를 한다는데 글자를 알아야 이름을 지어주지. 서기가 여자 이름 몇 개를 말하더니 그 중에 하나를 고르라고 하지 뭐야. 이름들이 하나같이 질경이 뿌리처럼 억세서 다른 이름은 없냐고 물으니까 길순으로 하라고 하데."

을숙 언니는 딸을 생각해 오지상 몰래 군표를 모은다. 전쟁이 끝나면 그것이 돈이 될 거라며.

"나는 넷째 딸인데 태어나자마자 우리 어머니가 홑이불로 덮어놓았대요. 죽으라고요. 한나절쯤 지나 죽었나 하고 홑이불을 들추어 보니까 쥐똥같이 까만 눈을 말똥말똥 뜨고 있더래요."

요시에가 히쭉 웃는다. 그 애의 손에 들린 꽁보리주먹밥에는 참깨를 뿌린 듯 바구미가 빼곡히 박혔다.

"내가 딸이 아니라 아들이었으면 아버지가 나를 팔아먹지 않았겠지. 아들을 팔아먹는 경우는 못 봤으니까. 내 어머니가 대추를 집었으면 내가 고추를 달고 세상에 나왔을 텐데."

군자 언니가 된장국을 떠먹다 말고 숟가락을 밥상에 소리 나게 내려놓는다.

"대추요?"

요시에가 묻는다.

"나를 가졌을 때 어머니가 태몽을 꾸었는데, 마루 한쪽에 소쿠리가 놓여 있었대. 파란 대추 두 개하고 노란 감 두 개가 소쿠리 안에 들어 있어서 감을 집었고. 대추는 아들 태몽, 감은 딸 태몽. 어머니는 내가 아들로 태어날 운명인데 자신이 감을 집는 바람에 딸로 태어나서 드세다고 했어. 내가 어지간한 머슴애들보다 달음박질도 잘하고 싸움도 잘했거든. 아아, 어머니는 어째서 파란 대추를 두고 노란 감을 집었을까…… 삼신할망구도 참 얄궂지. 아들을 점지해줄 거면 소쿠리 속에 대추만 한가득 넣어둘 것이지 감을 함께 넣어두었을까. 삼신할망구가 쪼글쪼글한 눈을 엉큼하게 뜨고서 내 어머니가 뭘 집는지 지켜봤을 걸 생각하면 얄미워 죽겠다니까."

군자 언니가 우리 얼굴을 하나하나 눈에 새기듯 쳐다보더니 호통을 친다.

"다들 똥 씹어 먹은 얼굴이군! 너희들, 일본 군인들이 중국 사람들을 어떻게 죽이는지 알아?"

군자 언니가 갑자기 몸을 일으킨다. 비둘기똥색 기모노 자락을 펄럭이며 부엌으로 나가더니 조바의 이불과 어른 팔처럼 긴 나무 주걱을 들고 들어온다. 이불을 둘둘 말아 벽에 기대 세워놓더니 나무 주걱을 허공으로 쳐든다.

"손을 뒤로 묶어 세워놓고는 이렇게 목을 베서 죽였어."

나무 주걱을 사선으로 내리쳐 이불을 쓰러뜨리고는 씩씩 과장된 숨을 토하는 그녀의 몸짓이 우스꽝스러워서 피식 웃음이 난다. 그녀 자신도 우스운지 천장을 향해 고개를 쳐들고 소리 내 웃는다.

한순간 군자 언니의 얼굴에서 웃음이 싹 가신다. 우리의 얼굴에서도.

"잘린 목에서 토해진 피가 발까지 흘렀어. 목이 잘린 중국 사람들이 온몸에 붉은 비단을 두른 듯 피를 뒤집어쓰고 쓰러졌어……."

하늘은 검다. 땅은 붉고. 넓고 누런 것은, 지장보살을 웅얼거리는 연순 언니의 얼굴이다.

끝순이 못으로 땅에 쓴 글자들이 빗방울에 무너지고 붕괴된다. 뭉개진 편지를 찢고 붉은 지렁이들이 기어 나온다.

땅이 질어 편지를 쓰지 못하는 끝순에게 나는 강물에 편지를 쓰라고 알려주지 않는다. 끝순이 혹시라도 이렇게 쓸까봐.

아버지 어머니, 저는 라쿠엔에서 군인들을 받다 죽을 거예요.

*

아침을 먹자마자 다들 트럭 짐칸에 오른다. 오늘은 위생 검사를 받으러 가는 날이다. 연순 언니 말대로 하루가 전생처럼 길고 까마득한데도, 달포에 한 번 위생 검사를 받으러 가는 날은 금방 돌아온다.

부른 배를 한 팔로 감싸고 트럭에 올라타려는 나를 보고 오지상이 말한다.

"후유코, 너는 남아!"

나는 뒷걸음질 쳐 트럭에서 물러선다.

연순 언니와 끝순 사이에 끼어 앉은 금실 언니가 손으로 주변을 더듬거린다. 나를 찾으려고, 은실의 영혼이 깃든 내 손을. 그녀는 해금의 손을 내 손인 줄 알고 잡는다. 잡자마자 내 손이 아닌 걸 알고는 놓아버린다. 은실의 영혼은 내 손에만 깃든다. 내 손이 자신의 손과 가장 닮아서일까. 하지만 나는 은실의 손이 어떻게 생겼는지 가물가물하다. 강물에 삿쿠를 씻는 그 애의 손을 흘끔 흘끔 쳐다보고는 했으면서. 은실의 목소리는 또렷이 기억한다. 옆구리로, 허벅지로 피를 토하며 집에 가고 싶다고 울부짖던 그 목소리는.

트럭이 흙먼지를 일으키며 떠나고 나 혼자 덩그러니 남겨진다. 위생 검사를 받으러 갈 때마다 도축장에 끌려가는 것 같았으면서 막상 위안소에 혼자 덩그러니 남겨지니까 두려움이 엄습한다. 다들 나를 버려두고 다른 먼 데로 떠나버린 것만 같다.

간호사에게 할 말이 있었다. 꼭 할 말이.

멀어지는 트럭에서 눈길을 거두지 못하는 내게 조바가 들떠 갈라지는 목소리로 말한다.

"소녀야, 도망쳐!"

중국 말이라 무슨 말인지 알아듣지 못한 나는 그냥 내가 하고 싶은 말을 한다.

"간호사에게 할 말이 있었어요."

조선말인 내 말을 알아듣기라도 한 듯 조바가 고개를 끄덕인다.

"아, 그 몸으로는 멀리 못 가겠구나. 쇠사슬에 발목이 칭칭 감긴 죄인 신세라 천 발짝도 못 가 붙잡히겠구나! 내가 집이 있으면 널 숨겨줄 텐데."

조바가 땅에 침을 뱉고는 부엌으로 들어간다.

나는 들판 한복판에서 솟구치는 소라 모양의 흙먼지 기둥이 간호사라도 되는 듯 눈에 힘을 주고 말한다.

"새끼가 아니라 아기야!"

*

"눈 좀 떠봐."

나는 군인이 시키는 대로 눈을 뜬다.

"나를 봐."

나는 군인이 시키는 대로 군인의 얼굴을 바라본다. 나는 조센삐
니까. 천황이 일본 군인들에게 내린 하사품이니까. 건빵이나 밥풀
과자, 담배처럼. 일본 군인들에게 몸과 마음을 다 바쳐 봉사해야 하
니까.

전구 아래 군인의 얼굴은 어둡게 그늘져 있다.

"날 기억하겠어?"

"......?"

"내 얼굴을 잘 봐. 날 기억하겠어?"

기억나지 않지만 군인이 자꾸 묻는 게 귀찮고 싫어 나는 고개를
끄덕인다.

"내가 약속했지, 살아서 돌아오면 다시 찾아오겠다고."

내가 살아서 돌아오라고 빌어준 군인은 한둘이 아니다. 내가 배
가 불러 잘 받아주지 못하자 군인은 나를 옆으로 돌려놓고 내 등에

매미처럼 달라붙는다.

"네가 빌어준 덕분일까."

나는 군인을 위해 빌어준 것을 후회한다. 빌어주는 게 아니었다. 내 몸속 아기는 죽기를 바라면서, 이름도 모르는 군인이 살아서 돌아오라고 빌어주는 게.

"날이 밝으면 다시 전투에 나가야 해…… 살아서 돌아오라고 빌어주겠어?"

"나쁜 놈아, 네 엄마에게 빌어달라고 해."

"네가 내 엄마면 내가 부탁하지 않아도 빌어주겠지."

"엄마?"

"엄마가 보고 싶군."

"나도 엄마가 보고 싶어……."

"내가 네 살 때 돌아가셔서 얼굴도 기억 안 나는데 왜 엄마가 보고 싶을까."

"나도 엄마 얼굴이 기억 안 나네……."

"하긴, 너는 내 엄마가 아니니까."

군인이 아니라 내 몸속 아기가 하는 말 같아 나는 화들짝 놀란다.

"그게 무슨 말이야?"

"백 명의 여자가 있어도 그중에 내 엄마는 없다는 생각을 하면 울고 싶어져. 천 명의 여자가 있어도 그중에 내 엄마는 없다는 생각을 하면."

그 말이 나를 약하게 한다. 일본 군인에게 절대로 영혼을 내어주지 않겠다고 다짐했으면서 나는 내어주고 만다.

"살아서, 살아서 돌아와⋯⋯."

"전투에서 살아 돌아오면 네게 1엔을 주지."

군인의 숨소리가 점점 격해진다. 아기를 가진 내 몸은 격한 물살에 휩쓸려 떠내려가는 뗏목이 된다. 군인은 부서지고 뒤집힌 뗏목에 매달려 몸부림친다. 살고 싶다고, 살고 싶다고⋯⋯.

군복 윗도리 단추를 풀어헤친 군인의 문드러진 성기에서 고름이 흘러 내 허벅지로 떨어진다.

"삿쿠를 껴야 해요."

나는 군인에게 어쩔 수 없이 영혼을 내어준다. 불결하고 추잡스러운 병이 내 몸에, 아기에게 옮기라도 하면 안 되니까.

*

금실 언니의 알몸을 보는 것은 처음이다. 나는 다른 여자들의 알몸을 잘 못 본다. 군인이 휘두른 칼에 찔려 찢긴 곳이 있을까봐, 군인의 주먹에 맞아 피멍 든 데가 있을까봐, 피를 흘리고 있을까봐.

나는 내 알몸도 잘 못 본다.

금실 언니의 위로 쳐들린 양 손목이 광목 수건으로 묶여 있다. 양 발목도 질끈 묶여 있어 허공에 거꾸로 매달려 있는 것 같다. 우둘투둘 돌기한 늑골 아래가 삽으로 퍼낸 자리처럼 움푹 꺼져 있다.

할딱할딱 마른 숨을 토하는 금실 언니의 발치에는 정액 범벅인 삿쿠와 구겨진 군표들이 어지럽게 흩어져 있다.

누가 그녀의 손목을 묶어놓았을까. 지난밤 그녀의 몸에 다녀간 군인 중 하나일 것이다. 손발을 꼼짝 못 하게 해놓고 그 짓을 하려고.

나는 그녀의 양 손목을 묶은 광목 수건을 풀고 양 팔을 아래로 내려준다. 양 발목을 묶은 광목 수건을 풀어주고 담요를 끌어당겨 그녀의 몸에 덮어준다.

잠든 게 아니었는지 그녀의 손이 내 손을 더듬더듬 잡아 온다.

"은실아……."

"아, 언니……."

그녀는 여전히 내가 은실이라고 믿고 있다. 그렇게 믿고 싶으니까, 그렇게 믿어야 살 수 있으니까.

"손이 차네……."

그러나 그녀의 손은 더 차다.

"언니 손이 밤사이에 더 작아진 것 같네……."

"세상에 막 태어났을 때는 네 손이 내 손보다 작았는데. 네 손은 봄날 곰취처럼 쑥쑥 크는데 내 손은 좀처럼 크지 않았어. 동생인 네 손이 내 손보다 큰 게 좋았어…… 은실아, 내가 말했었나?"

"뭘?"

"네가 세상에 태어나 가장 처음 잡은 손이 내 손이었다고. 어머니 손이 아니라……."

그런가, 은실이 세상에 나와 가장 먼저 잡은 손이 금실 언니의 손이었나.

"어머니가 널 낳는 걸 울면서 지켜보았어…… 콩밭을 매다 말고 참나무 그늘 밑으로 기어갔어. 매미들이 기운차게 울고, 까마귀가 느리게 날았어. 바람 한 점 없는 더운 날이었어. 어머니 얼굴에서 콩죽 같은 땀이 흘렀어. 불덩이 같은 해가 중천에 떠 있었어. 어머니가 안간힘을 다해 내지르는 비명에 산들이, 땅이 뒤흔들렸어. 어머니 다리 사이에서 네가 태어났어…… 내가 무서워서 울자 어머니가 그랬어. 나도 어머니 다리 사이에서 태어났다고…… 어머니가 앞니로 탯줄을 질근질근 씹어 끊었어…… 탯줄을 자르고 난 어머니 앞니가 벌어져 있었어…… 눈이 먼 뒤로 어머니 얼굴은 흐릿해져가는데, 어머니가 널 낳던 순간만은 눈에 새겨진 듯 또렷해. 날이 가물어 바짝 마른 콩잎들, 탱자보다 노랗던 태양, 한없이 낮고 느리게 날던 까마귀, 탯줄…… 은실아, 일본이 전쟁에서 져도 너는 꼭 살아서 고향 집에 돌아가야 해."

"……언니는?"

"너는 꼭 살아서 고향 집에 돌아가……."

"언니는?"

"네가 살아서 돌아가는 게 내가 살아서 돌아가는 거야."

"……."

"너 혼자 고향 집에 돌아가더라도 절대 미안해하지 마. 나는 네가 가는 데가 어디든 따라왔을 거야."

"……그게 무슨 말이야?"

"지옥이었어도 너를 따라왔을 거야."

"내가 언니에게 같이 가자고 했어?"

"눈이 멀면서 너만 졸졸 따라다녔으니까. 앞을 못 보는 내가 발부리에 걸리는 돌짝 같을 텐데 귀찮은 내색 한 번 않고 어디든 나를 데리고 다녔어."

몰랐다. 은실이 가자고 해서 금실 언니가 중국까지 온 걸. 하지만 일본 군인을 받는 데라는 걸 은실이 알았다면 금실 언니에게 같이 가자고 하지는 않았을 것이다.

나는 은실이 아니지만 죄책감에 시달린다. 내가 금실 언니를 라쿠엔이라는 지옥에 데리고 왔다는. 나 자신도 공 씨에게 속아서 중국에 왔으면서.

죄책감은 나 스스로 은실이 되게 한다. 금실 언니가 나를 은실아 하고 부르며 내 손을 잡아 오지 않아도 나는 스스로 은실이 되어 괴로워한다.

강까지 걸어가는 동안 나는 열 번도 넘게 주저앉는다. 발을 내디

딜 때마다 수십 개의 바늘이 한꺼번에 아래를 찌른다. 배는 뭉쳐 바윗덩어리가 된다. 오른쪽 눈에서는 송진 같은 끈끈한 눈물이 흐른다. 맥없이 털썩 주저앉는 나를 흙먼지가 집어삼킨다.

강에는 연순 언니하고 해금만 나와 있다. 연순 언니는 강물에 두 발을 발목까지 담그고 거품도 안 나는 비누를 광목 내의에 치대고 있다.

"배가 제법 부르네."

해금이 나를 보고 애써 웃는다. 그 애의 양 눈가장에 호박꽃 수술 같은 노란 눈곱이 매달려 있다.

나는 해금 곁으로 가 자리를 잡고 앉는다. 그 애는 삿쿠를 씻으며 그 개수를 세지 않는다. 그만큼 또 군인을 받아야 한다고 생각하면 가슴이 터질 것 같아서.

나는 편지를 쓰려고 강물로 가져가던 손가락을 거두어들인다. 지난밤 내 아래를 휘젓던 손가락이 생각나서. 여드름이 심하게 난 군인이었다. 내가 배가 불러 잘 받아주지 못하자 군인은 짜증을 내며 내 아래에 손가락을 집어넣었다.

"아기를 어떻게 할 거야?"

"아기……?"

"낳을 거야?"

"……."

"전에 있었던 위안소에서 우메코라는 언니가 아기를 낳았어. 부산 사투리를 심하게 쓰는 언니였어. 아기에게 요코라는 일본 이름을 지어주고, 백일 때 백일상도 차려주었는데…… 야속하게 태어난 지 아홉 달 만에 병이 들어 죽었어."

"무슨 병이 들었는데?"

"태어났을 때 시원찮았어. 젖도 잘 못 빨고, 번데기처럼 살갗이 어둡고 쭈글쭈글했어. 눈도 잘 못 뜨고…… 매독 균에 옮았을까? 그 언니가 매독에 걸렸다 나았거든. 언니들이 죽은 아기를 둘러싸고 죽은 게 차라리 잘된 거라고 수군거렸어. 아기가 들으면 어쩌려고 함부로 말하나 싶었어."

"죽었으니까 그랬겠지."

"죽은 아기가 다 듣고 있는 것 같았어…… 그래서 나는 아무 말도 안 하고 아기 발을 꼭 잡아주었어. 아기라서 그런지 죽었는데도 무섭지 않더라."

"해금아, 너는 아기 가진 적 없어?"

해금이 강가를 둘러보더니 목소리를 작게 해 소곤거린다.

"나루세 병장에게도 말 안 했는데, 나는 암만 생각해도 애가 못 들어서게 아기집을 돌려버린 것 같아."

"아기집을……?"

"소개꾼 여자가 기차에서 내려 병원 같은 데로 나를 데리고 갔거든. 폐에 병이 없는지 검사해야 한다고. 일본인 의사가 내 아래에 양철 덩어리 같은 걸 쑥 집어넣고 홱 돌렸는데 배창자가 끊어지는 줄 알았어. 얼마나 아픈지 눈물을 쏙 빼고 병원 복도를 데굴데굴 뒹굴었잖아…… 딸일까, 아들일까? 태몽이 뭐였어? 과일이나 꽃을 따는 태몽을 꾸면 딸이라던데."

"기억 안 나……."

나는 태몽을 꾼 기억이 없다. 아기가 죽기를 바라고 바라서일까. 세상에 태어나지 못하고 배 속에서 죽을 아기라서.

"내 태몽은 할머니가 대신 꾸었다고 했어. 꿈에 할머니가 마루에 우두커니 앉아 있는데 옆집 아줌마가 우리 집 싸리문을 열고 들어와서는 탐스럽게 익은 복숭아를 할머니 치마폭에 놓아주고 가더래. 옆집 아줌마가 나만 보면 그랬어. 자신에게 올 자식을 우리 할머니가 훔쳐 갔다고. 할머니가 태몽을 꿀 즈음 그 아줌마가 아이 하나만 점지해 달라고 삼신할매에게 지극정성으로 공을 들이고 있었대."

해금이 가고 나는 혼자 강물 앞에 남겨진다.

어머니가 나 대신 아기 태몽을 꾸었을까.

열 달도 못 살고 죽을 거면서 아기는 어쩌자고 세상에 태어났을까. 세상 빛이라도 쬐고 싶어서 태어났을까. 요코…… 나는 뜻도 모르는 아기의 이름을 중얼거리며 강물로 손가락을 가져간다.

어머니, 아무도 내 아기를 죽일 수 없어요.
오지상도, 나 보고 쥐새끼 같은 년이라고 욕하던 군의관도, 입이 흑빛이던 중국인 의사도.

나는 아기가 고통 없이 죽기를 바라요.

눈송이가 녹듯…….

나비가 날아가듯…….

산벚꽃 잎이 지듯…….

13

날이 부쩍 더워지면서 모기와 파리가 극성이다. 모기들은 606호 주사를 아무리 맞아도 맑아지지 않는 우리의 피를 먹고 산다. 말벌처럼 요란하고 저돌적인 파리들은 우리의 곪은 상처로 날아들어 고름을 핥아 먹는다. 변소는 구더기로 끓는다. 통통하게 살이 오른 구더기들은 발판 위까지 올라와 기어 다닌다.

내가 먹지 않고 아껴둔 건빵에 개미가 들끓는다. 나는 손가락으로 개미들을 짓눌러 죽인다. 강물에 편지를 쓰는 손가락으로. 개미를 스무 마리쯤 죽였을 때 내 몸은 그 손가락만 남고 사라진다.

조바는 아침부터 똥을 푼다. 말라비틀어진 단무지 같은 몸에, 아궁이에서 꺼낸 것 같은 시커먼 광목 바지만 걸치고. 중국 노래를 흥얼거리며 똥물이 출렁이는 대나무 통을 머리에 이고 변소에서 나온다. 대나무 통 언저리에 매달려 흔들리던 구더기들이 그의 얼굴로, 목으로 떨어져 기어 다닌다.

"누구야, 누가 내 참빗 훔쳐 갔어?"

악순 언니는 누가 자신의 참빗을 훔쳐 갔다며 야단법석이다. 때가 껴 시커먼 참빗을 머리에 왕관처럼 꽂고는.

"누군지, 내 참빗 훔쳐 간 놈은 손가락이 썩어라!"

*

요시에의 정수리에는 마침내 호두 두 개를 합친 크기만 한 구멍이 뚫린다.

보름달이 환하게 뜬 날 밤, 애순 언니는 발가벗고 강을 찾아간다. 나룻배를 타고 고향에 돌아가려고.

"매미가 울고 호박꽃이 피네. 내 고향 아리땁고 얌전한 아가씨는 여름이면 오이로 김치도 잘 담그고 음식 솜씨도 좋은 부지런히 일하는 알뜰한 살림꾼. 언젠가 아들도 낳고 딸도 낳겠지. 얌전하고 아리따운 아가씨."*

노래를 부르며 강으로 걸어가던 애순 언니는 낙원위안소로 몰려가던 군인들에게 붙들린다. 술 취한 군인들은 애순 언니를 강가로

---

*『빨간 기와집』에서 인용. 일본군'위안부' 배봉기가 기억해 부르던 노래.

끌고 간다. 달빛을 받아 갈치처럼 반짝반짝 빛나는 강물 옆에 그녀를 눕히고 차례로 그녀의 몸에 다녀간다.

요시에는 군인에게 맞아 앞니 두 개가 부러진다. 입이 부어 밥알조차 씹지 못하는 그 애의 얼굴을 나는 똑바로 쳐다보지 못한다. 그 애를 그렇게 만든 군인이 그 군인만 같아서. 내가 살아서 돌아오라고 빌어준 군인만.

끝순은 더 이상 고향에 편지를 쓰지 않는다.

나는 그 애가 부치지 못한 편지 속 흐려지고 뭉개진 글자들을 녹슨 못으로 되살려낸다.

아버지 어머니, 일본이 전쟁에서 이기라고 빌어주세요. 제가 살아 돌아오라고 빌지 말고.

*

매독에 걸린 해금의 방문에 휴무 나무패가 걸린다. 가장 길게 줄을 서던 그 방문 앞에 단 한 명의 군인도 서지 않는다.

강에서 빤 옷가지들을 가시철망에 널고 들여다보니 해금이 칼을 앞에 놓고 넋 나간 얼굴로 앉아 있다.

개나리색 기모노를 입고 해쓱한 얼굴에 물분을 짙게 발라 일본 기생 같다. 세계위안소에 있을 때 일본 기생들을 보았다. 세계위안소가 있던 골목 끝에 일본 기생들이 샤미센을 연주하고 노래를 부르는 살롱이 있었다. 추운 겨울날 오카상이 데려가곤 하던 공중목욕탕에서 일본 기생들을 만나고는 했는데 우리 조선 여자들이 탕 안으로 들어가면 그녀들은 더럽다며 탕 밖으로 나갔다. 그녀들 대개는 고작해야 열대여섯 살인 우리보다 나이가 들어 보였다. 내 어머니보다 나이가 더 들어 보이는 여자도 있었다.

"해금아……."

해금이 고개를 들고 꿈에서 막 깨어난 듯 아물아물한 눈빛으로 나를 바라본다.

은 재질에 대나무 문양이 새겨진 칼집이 제법 근사하다. 손잡이에는 뜻을 알 수 없는 한자가 새겨져 있다. 일본 군인들이 허리춤에 차고 다니는 칼보다 조금 큰 칼은 쇠뿔처럼 휘어 있다.

"어디서 난 칼이야?"

"나루세 병장이 전투에 나가면서 주고 갔어."

해금이 두 손으로 떠받치듯 칼을 집어 들더니 칼집에서 칼을 뽑아든다.

"칼을?"

"일본이 전쟁에서 지면 이 칼로 자결하라고. 일본 여자들이 자결할 때 쓰는 칼이래. 일본이 전쟁에서 지면 중국 사람들이 우리 조선 여자들도 가만두지 않을 거라고 했어. 일본 군인들하고 놀아났으니까. 욕보이고, 잔인하게 죽일 거라고. 아기들도……."

해금이 칼날을 노려본다.

"아기들······?"

"아기들은 드럼통에 넣어 태울 거라고······."

"설마······."

"일본 군인들도 중국에 들어와 그렇게 했다고 했어. 여자들을 욕보이고 나서 가랑이를 찢고······ 살아 있는 사람 몸에 석유를 뿌려 불 지르고······ 어린애들을 우물에 던지고······."

해금이 자신의 목으로 칼을 가져간다. 가무파리한 손가락으로 자신의 목을 쓰다듬듯 더듬는다.

"목을 지나는 경동맥을 칼로 찌르라고 했어."

"해금아, 소문대로 일본이 전쟁에서 지고 있을까?"

그렇게 묻는 내 목소리가 떨려 나온다.

"그이가 돌아오지 않고 있는 걸 보면······ 일본이 이기고 있으면 벌써 돌아왔을 거야."

해금이 칼과 칼집을 떨어뜨리고 허리를 접으며 앞으로 엎어진다. 어깨를 떨며 흐느껴 운다.

나는 손을 뻗어 해금의 머리맡에 떨어져 있는 칼과 칼집을 집어 든다. 칼을 내 목으로 가져간다. 목에 칼날이 닿는 순간 몸이 쇠처럼 굳는다.

나는 칼을 칼집 속에 집어넣고 방 안을 둘러본다. 수수색 중국식 경대, 반닫이장, 일장기, 1945년도 일본 달력, 저 혼자 묵묵히 타고 있는 모기향.

나는 반닫이장을 열고 그 안의 옷들 속에 칼을 숨긴다.

*

어머니, 아기에게 발이 생긴 거 같아요.

아기가 발길질을 했어요.

군인이 내 몸에 들어오려고 하니까요.

들어오지 말라고, 들어오지 말라고……

*

어머니, 딸꾹질이 나요.

아기가 내 배를 찰 때마다요.

*

나는 소독약이 반 넘게 담긴 유리병을 놋대야 속 물에 대고 기울인다. 수전노가 동전을 적선하듯 한 방울 떨어뜨린다. 두 방울, 세 방울. 물에 분홍빛이 감돈다. 네 방울, 다섯 방울, 여섯 방울…… 분홍빛이 짙어져 붉은빛을 띨 때까지. 일곱 방울, 여덟 방울, 아홉 방울…… 붉은빛이 검은빛을 띨 때까지.

"이걸 마시면 죽겠지?"

나는 나 자신에게 묻는다.

"죽으면 천만다행이지만 죽지 않으면 병신이 되겠지."

나는 병신이 되고 싶지 않다. 내 몸속 아기가 병신이 되는 것 역시 원치 않는다. 태어나지 못하고 내 몸속에서 죽어버린다 하더라도.

빨간 바탕에 노란 별 두 개가 박힌 계급장을 단 군인이 아이처럼 훌쩍훌쩍 울면서 내 몸에 들어온다. 군인이 훌쩍거릴 때마다 내 배가 눌린다. 내가 아기 가진 걸 모르는 걸까. 어떻게 모를 수가 있지. 내 배가 이렇게나 부른데.

이 군인은 왜 우는 걸까. 무서워서 우는 걸까. 총도 있고, 칼도 있는데 뭐가 무서울까. 내일 있을 전투에서 병신이 될까봐 무서워서 우는 걸까, 죽을지도 모르니까.

엄마가 보고 싶어서 우는지도 몰라. 엄마가 없는 사람은 없으니까. 다슬기도 엄마가 있고, 바퀴벌레도 엄마가 있으니까. 일본 군인들에게도 엄마가 있다는 생각을 하면 기분이 이상하다. 겁을 주려고 다다미에 칼을 꽂고 욕을 지껄이며 내 몸에 들어오는 군인들에게도 엄마가 있다는 생각을 하면. 피고름을 흘리는 아래를 손가락으로 쑤시며 시시덕거리는 군인에게도.

"너도 엄마가 있니?"

군인은 그러나 조선말을 알아듣지 못한다.

"기무라도 죽고, 무토도 죽고, 오에도 죽었어…… 다음은 누구 차례일까."

군인은 떠나며 군복 바지 주머니 속 동전들을 꺼내 내게 던져준다. 찐득하게 녹은 흑사탕도 한 알.

"나는 필요 없어. 어차피 내일 죽을 거니까."

내가 배가 불러 잘 받아주지 못하자 무릎을 바닥에 대고 엉거주춤히 앉아 내 몸에 들어오는 군인의 몸이 낫 같다.

찍고, 찍어 내 아래를 벌집처럼 들쑤셔놓는다.

내 몸의 세 배는 되는 군인의 몸은 도끼 같다. 군인의 몸이 쑥 들어올 때 내 몸은 마른 장작처럼 비명을 지르며 두 쪽으로 쪼개진다.

나는 군인에게 묻고 싶다.

정말 모르는 거야?

너희 손가락이 찌르고 휘젓는 곳, 너희 어머니 몸에도 있는 그곳에서 너희가 빚어졌다는 걸.

너희 이빨이 깨무는 곳, 너희 어머니 몸에도 있는 그곳에서 흘러나오는 젖을 먹고 네가 자랐다는 걸.

두 쪽으로 쪼개진 몸이 미처 붙기 전에 턱이 뿔처럼 뾰족한 군인이 내 몸에 달려든다. 군인은 새새가 벌어진 이빨들 사이로 탱자나무 가시 같은 침을 튀기며 말한다.

"일본은 망할 거야!"

군인의 거무스레한 입술 새로 삐져나온 송곳니는 못 같고 머리카락은 녹슨 철사 뭉치 같다.

군인이 내 몸에 들어오려다 말고 윽박지른다.

"빨아!"

"싫어!"

내가 입을 다물고 고개를 흔들자 군인이 두 손으로 내 머리채를 움켜잡는다.

"빨아!"

"싫어! 네 그걸 핥느니 똥을 핥겠어."

"빨라니까!"

"나쁜 놈아, 뱀에게 빨아달라고 해."

군인이 발기한 성기를 내 입에 들이댄다. 나는 재갈이 물린 듯 입을 다물고 버틴다. 입이 벌어지지 않게 앞니로 아랫입술 안쪽을 깨문다.

"지독한 년!"

군인이 나를 벽 쪽으로 끌고 가더니 내 이마를 벽에 짓찧는다.

"너 같은 년은 맞아야 해!"

이마가 찢겨 피가 흐르지만 군인은 멈추지 않는다. 베니어합판에 동백꽃이 피듯 피 얼룩이 묻어난다.

"오늘 내가 네년 버릇을 고쳐주지."

기다리느라 안달이 난 군인이 방문을 두드리며 재촉한다. *빨리빨리.* 방문이 덜커덕 열린다. 군인들은 방 안 광경을 보고 혀를 내두른다.

"미쳤군!"

군인들은 방문을 열어둔 채 군화 신은 발을 신경질적으로 울리며 흩어진다.

군인이 나를 놓아주며 말한다.

"네년 배 속에 든 아기를 생각해서 살려주지."

찢긴 이마에서 흐르는 피에 속눈썹이 젖는다. 속눈썹 한 가닥, 한 가닥이.

군인의 말이 진심일까. 정말로 내 몸속 아기를 생각해서 나를 살려준 걸까. 아기가 나를 살린 걸까. 아기를 생각해서가 아니라 겁이 나서 나를 살려준 게 아닐까. 막상 사람을 죽이려니까 겁이 나서. 더구나 아기를 가진 여자애를.

*

삿쿠 통 옆에 뭔가가 떨어져 있다. 실로 듬성듬성 묶은 종이 뭉치다. 낙엽 빛깔의, 모서리 부분이 소라처럼 말린 종이마다 일본 글자와 한자가 뒤섞여 쓰여 있다. 편지일까. 일본 군인들도 편지를 쓴다. 강물이나 땅이 아니라 종이에. 그들은 그 편지를 군 우체국에 가서 부친다. 일본 글자도, 한자도 몰라 한 줄도 읽지 못하면서 나는 편지일 거라고 생각해버린다.

한 장, 두 장, 세 장, 네 장…… 여덟 장에 걸쳐 쓴 편지를 읽을 수 없어 나는 손으로 글자들을 더듬어본다.

글자들은 검은 잉크로 휘갈겨 써 흐르는 것 같다. 물결 위에 쓴 글자들처럼.

쓴 사람도, 받을 사람도 알 수 없는 편지 뭉치를 나는 한 장 한 장 뜯어 강물에 떠내려 보낸다.

1945년 3월 12일

오늘은 내 생일이다. 아침부터 어머니 생각이 나 우울했지만 조선을 정벌하러 갈 생각을 하니 기분이 좋아졌다. 일찍 서둘러 갔는데 내 순서는 다섯 번째였다. 첫 번째는 기무라였다. 순진한 요시에를 정벌하고, 내 애인 아오이와 눈매가 닮은 게이코를 정벌했다. 요시에는 열세 살로 내 막내 여동생보다 어리다. 요시에를 정벌할 때마다 누이를 욕보이는 것 같은 죄의식에 시달리면서도 번번이 요시에를 찾고는 한다. 얼굴이 인형 같은 게이코는 애인이 있다. 게이코가 내게 애인 소식을 물으며 울었다. 그녀의 애인은 전투에 나가 돌

아오지 않고 있다고 했다. 죽었거나 변심했을 애인을 애타게 기다리는 게이코가 불쌍하다.

1945년 4월 6일

휴가만 기다린다. 위문 공연도 없고 미쳐버릴 것 같다. 집에 편지를 쓴 게 언제인지 모르겠다.

내가 일기를 쓰는 동안 오카 소위가 남경南京에서 중국 여자들을 겁탈한 이야기를 떠벌린다. 그는 미친 게 분명하다.

1945년 4월 30일

미노루와 조선을 정벌하러 갔다. 게이코를 정벌하고 돌아오는 길에 중국 마을에 들러 술을 마셨다. 중국 마을은 거지들 천지다. 미노루가 독한 중국술을 먹고 취해 난동을 부렸다. 술집 주인이 헌병을 부르겠다고 겁을 주어서 나는 미노루를 두고 부대로 돌아와버렸다. 미노루는 술에 취하면 아무도 말릴 수 없다. 이튿날 들으니 미노루는 술집에서 나와 다시 조선을 정벌하러 갔다고 했다.

1945년 5월 5일

오타구로 대위에게 뺨을 맞았다. 심한 모욕감을 느꼈지만 감히 저항할 생각을 못 했다. 내 아버지는 자식들을 때리지 않았다. 내가 일곱 살 때 꿀단지를 깨뜨렸을 때도 꾸짖는 눈빛으로 바라보기만 하셨다.

술로 분한 감정을 겨우 억누르고 조선을 정벌하러 갔다. 취한 탓일까. 비 맞은 새끼 고양이처럼 우는 요시에의 얼굴을 주먹으로 때렸다.

요시에가 겁에 질린 목소리로 내게 말했다.

고맙습니다, 고맙습니다.

요시에는 뭐가 고맙다는 걸까. 내가 건빵을 가져다주고는 해서 고맙다는 걸까. 뒤늦게 미안한 마음이 들어 다음에 올 때는 말린 말고기를 가져다주겠다고 요시에에게 약속했다.

1945년 5월 29일

두 다리가 없어 고향에 돌아가지 못하는 꿈을 꾸었다. 빈 막사가 찢겨 바람에 펄럭이는 소리가 들려왔다.

꿈 이야기를 미노루에게 들려주었다.

담배를 피우며 묵묵히 듣기만 하던 미노루가 입을 일그러뜨리고 의미심장한 목소리로 중얼거렸다.

"너도, 나도 결국은 고향에 돌아가지 못할 거야."

1945년 6월 1일

오에가 죽었다. 총알이 그의 얼굴을 뚫고 지나갔다. 볼에 난 구멍에서 피가 폭포처럼 흘렀다.

1945년 6월 3일

외출일이어서 열흘 만에 조선을 정벌하러 갔다. 게이코가 휴무여서 에이코를 정벌했다. 에이코에게 전쟁이 끝나면 일본으로 같이 가자고 했다. 그 말이 거짓말이라는 걸 알면서 에이코는 그러겠다고 했다. 소리 없이 희미하게 웃는 에이코의 몸이 시체처럼 서늘했다. 내가 불쑥 입을 맞추려고 하자 에이코가 고개를 돌려버렸다. 술취한 군인들이 술병을 깨뜨리며 싸움을 벌여 소란스러웠다. 김이 빠졌지만 나는 다시 전열을 가다듬고 정벌에 나섰다.

1945년 6월 10일

며칠 전 꾼 꿈을 다시 꾸었다. 나는 두 다리가 없어 고향에 돌아가지 못하고 들판에 말뚝처럼 박혀 있었다. 실오라기 하나 걸치지 않은 여자가 얼굴을 땅에 박고 내 앞에 쓰러져 있었다.

*

끝순의 손이 점순 언니의 꽁보리주먹밥을 슬그머니 집어 든다. 연순 언니, 악순 언니, 요시에, 그리고 내 눈길이 끝순에게 쏠린다.

끝순의 손에 들린 것은 '꽁보리주먹밥'이 아니라 '점순 언니의 꽁보리주먹밥'이다. 요시에의 손에 들린 꽁보리주먹밥이 '요시에의 꽁보리주먹밥'인 것처럼.

"점순 언니는 배 안 고프대."

조선말인데도 나는 그 말뜻을 이해하지 못한다. 그것은 세상에 태어나 처음 들어보는 말이라서.

나는 어디서도 '배 안 고프다'는 말을 듣지 못했다. 고향에서도, 중국에 와서도, 꿈속에서도. 그 말은 배고프다는 말과 비슷하지만 다르다. 배고프다는 말을 할 때 나는 머릿속까지 허기가 진다. 입속 혀라도 씹어 삼키고 싶다.

"중국 말이야, 일본 말이야?"

나는 끝순에게 묻는다.

"뭐가?"

"방금 네가 한 말……."

"내가 뭐라고 했는데?"

끝순이 눈을 새침하게 내리뜨고 묻는다.

"점순 언니는……."

나는 말을 흐린다. 배 안 고프다는 말을 해야 하는데 못 하겠다. 내가 모르는 말이라서. 그것은 일본 말도, 중국 말도 아니다. 조선말도.

끝순은 자신의 손에 들린 '점순 언니의 꽁보리주먹밥'을 입으로 가져간다. 보름달에서 그믐달로 기우는 달처럼 조금씩 줄어드는 '점순 언니의 꽁보리주먹밥'에서 나는 눈을 떼지 못한다. 그 애가 씹어 먹는 것은 까끌까끌한 꽁보리가 아니라 점순 언니의 아편에 찌든 살점이라고.

끝순이 차갑고 깔끄러운 꽁보리를 씹느라 입을 우물거릴 때 점순 언니의 입도 덩달아 우물우물한다. 끝순이 우물거리는 걸 멈추고 나서도 그녀의 입은 되새김질하는 염소처럼 지치지 않고 우물우물한다.

*

악순 언니가 아까부터 가시철망 울타리 너머 들판을 바라보고 서 있다.

"아무리 기다려도 안 오네."

"누구요?"

"중국 여자. 아기를 다시 데려오면 죽이 되든 밥이 되든 내가 키우려고 했는데. 전쟁이 끝나고 살아서 고향에 돌아가도 제대로 못 살겠지. 벌을 받아서…… . 아기를 버렸으니까."

"아기가 보고 싶어요?"

들판에서 불어오는, 말똥 냄새 나는 바람에 얼굴을 묻고 나는 그렇게 묻는다.

"보고 싶기는…… . 어둠 속에서만 봐서 얼굴이 어떻게 생겼는지도 모르는걸. 아기 얼굴을 잘 봐둘걸 그랬어. 혹시 알아, 일본이 전쟁에서 이겨 아기를 찾게 될지. 어쨌든 내가 내 몸에 열 달 동안 품고 있다 낳은 아기니까. 내가 내 배 아파 낳은 아기라는 건 하늘도, 땅도, 너희들도 다 아는 사실이니까. 중국 여자가 아기를 우물에 던져버리면 안 되는데. 후유코, 만약에 말이야, 일본이 전쟁에서 이겨 내가 아기를 되찾으러 갔는데 그 여자가 아기를 안 내놓으면 어쩌지?"

머리를 긁적이던 그녀가 갑자기 나를 쏘아본다.

"후유코 너는 내 아기 얼굴을 봤지?"

"……."

"내 아기 얼굴이 어떻게 생겼지?"

"기억 안 나요……."

나는 아기 얼굴이 엄마인 그녀의 얼굴을 닮았다고 차마 말하지 못한다.

"거짓말!"

그녀의 입가와 눈가가 떨리더니 눈물이 차오른다. 눈물 흘리는 모습을 내게 보이지 않으려 그녀는 고개를 돌린다. 가시철망 울타리에 대고 한숨을 토한다.

"젖을 실컷 못 먹인 게 한이야."

그녀의 볼을 타고 주르르 흐르는 눈물을 나는 모르는 척한다.

"너는 아기를 버리더라도 젖은 원 없이 먹이고 버려. 나처럼 후회하지 말고."

나는 악순 언니의 나이가 스물한 살도, 그렇다고 스물여섯 살도 아닐 거라고 생각한다. 쉰 살은 족히 먹었을 거라고.

*

어머니, 악순 언니는 내가 아기를 낳아야 한대요.
아기가 죽었어도요.

아기가 죽었어도……

14

핏자국을 닦는 꿈을 꾸었다. 세계위안소 콘크리트 바닥에 무릎을 꿇고 앉아. 분선 언니도, 요시에도 어디로 가버리고 나 혼자 광목 쪼가리로 피를 닦고 있었다.

광목 쪼가리가 아니라 핏덩어리였다. 사람 형상을 한 핏덩어리……

피 닦는 꿈을 꾸어서일까. 피비린내가 맡아진다.

나는 두 손을 배 위로 가져간다. 아기의 심장이 뛰는 게 느껴지지 않는다.

설마, 죽은 걸까?

아가야, 살아 있니?

그런데 왜 이렇게 조용하지. 깊은 물속처럼 고요해 불안하다. 밤

새 전쟁이 끝나기라도 했나. 다들 고향으로 돌아간 걸까. 오지상이 금방이라도 방문을 열고 뛰어 들어와 내 얼굴에 총을 쏠 것 같다. 잠들기 전 유리창이 깨지는 소리를 들은 것 같은데…… 악순 언니가 악을 쓰며 울부짖는 소리도, 요시에가 울먹이며 아리가토, 아리가토 애원하는 소리도…….

영원히 고향에 돌아가지 못할 것 같다. 일본이 전쟁에서 이겨도. 악몽을 꾸는 동안 식은땀을 흘려 머릿속까지 축축하다. 목덜미로 흐르는 게 땀이 아니라 내가 손가락으로 눌러 죽인 개미들 같다.

지난밤 다른 여자들이 군인을 받는 동안 나는 꿈속에서 군인을 받았다. 내 배가 군인을 받지 못할 정도로 불러오자 오지상은 내 방문에 휴무 나무패를 걸었다. 꿈속에서 내 몸에 다녀가는 군인들은 삿쿠도 끼지 않고, 군표도 지불하지 않는다. 군인들은 여럿이 내 몸에 다녀가기도 한다. 내 몸에 난 구멍이란 구멍에 성기를 쑤셔 넣고 허우적거리다 배가 고프면 내 얼굴과 젖가슴을 뜯어 먹는다.

나는 몸을 일으킨다. 땀이 흥건한 목덜미와 얼굴을 광목 수건으로 훔친다. 머리가 핑 돌며 눈앞에서 은빛 아지랑이 같은 것이 날아다닌다. 방이 다람쥐 통처럼 빙글빙글 돈다.

나는 방문을 열고 숨을 한 번 크게 들이쉬었다 내쉰다. 마당에서 불어오는 바람에서 비릿한 피 냄새가 난다.

방에서 나와 지카타비를 신는 내 눈에 해금과 군자 언니의 모습이 들어온다.

"해금아, 무슨 일이야?"

"에이코, 에이코 언니가……."

해금이 말을 잇지 못하고 몸을 심하게 떤다.

"바보같이 칼로 목을 그었어!"

군자 언니가 네마키를 단단히 여미며 차갑게 중얼거리고는 자신의 방으로 가버린다.

나는 주저하며 해금 곁으로 다가간다. 구역질이 나는 입을 손으로 틀어막고 에이코 언니의 방 안에 펼쳐진 광경을 홀린 듯 바라본다. 방 안이 피로 흥건하다.

에이코 언니와 군인이 피를 흠씬 뒤집어쓰고 십자로 포개져 있다. 기모노를 입은 에이코 언니는 만세를 부르듯 두 팔을 위로 쳐들고 다다미 바닥에 엎어져 있고, 군인은 뒤집힌 개구리처럼 배와 가슴을 천장으로 향하고 벌러덩 누워 있다. 뒤로 한껏 젖혀진 군인의 목에 은색의 큼직한 칼이 사선으로 박혀 있다.

칼로 목을 그을 때 튀었는지 벽과 거울도 피투성이다.

한 손으로 문고리를 꽉 움켜잡고 딸꾹질을 해대던 해금이 신음소리에 가까운 울음을 터뜨린다.

"변소에 다녀오다…… 에이코 언니 방문이 열려 있어서…… 닫아주려고 보니까……."

간신히 말을 이어가던 해금이 비명을 지른다.

"그 군인이야……!"

"네가 아는 군인이야?"

해금이 딸꾹질을 하며 고개를 끄덕인다.

"캐러멜이나 통조림을 가져다주고는 하던 군인이야…… 두 달도 더 전인가…… 결혼하자고 조르던…… 고향 가고시마에 정혼녀가 있지만 사랑하지 않는다며…… 사랑하지 않는 여자와 결혼하고 싶지 않다고…… 이름이 오카…… 저 군인이 왜 에이코 언니와 죽어 있을까……."

해금이 문고리를 놓고 내 손을 잡아온다. 마른 콩껍질 같은 몸을 격하게 떤다.

"아아, 그 칼이야…… 나루세, 그이가 내게 주고 간……."

*

헌병들이 트럭을 타고 몰려와 죽은 군인의 시신을 거두어 가고, 에이코 언니는 위안소 뒷마당에 버려진다.

"가장 얌전한 여자가 죽었군!"

조바가 썩어 문드러진 고구마 같은 두 발을 벌리고 서서 탄식한다. 쓰레기를 태워 검게 그을린 땅 위에 누워 있는 에이코 언니를 내려다보며.

해금과 나는 에이코 언니의 방에서 피를 닦는다. 우리가 피를 다 닦으면 오지상은 새로 여자를 데려와 들일 것이다. 방이 하나라도 남아도는 것을 참지 못하니까. 여자가 하나 늘어나면 그만큼 군인을 더 받을 수 있으니까. 오지상은 요시에에게 그랬듯 새로 데려오는 여자애에게 에이코라는 이름을 지어주고 그녀가 살았을 때 입었던 옷들을 줄 것이다.

　　"중국에 와 가장 처음 한 일이 피를 닦는 거였어. 오카상이 여자애들 손에 광목 쪼가리를 하나씩 들려주며 피를 닦으라고 했어. 비단 짜는 일을 하려고 만주에 왔는데 왜 피를 닦으라고 그러나 했어. 피를 다 닦으면 비단 짜는 공장에 보내주려나 했어."

　　벙어리처럼 아무 말도 없이 피를 닦던 해금이 마침내 입을 연다.

　　"헌병들이 내 칼을 가져갔어……."

　　손이 피범벅이 되도록 피를 닦으면서도 해금은 나루세 병장을 생각한다.

　　나는 낙원위안소의 우리 중 한 명만 살아 고향에 돌아간다면 에이코 언니일 거라고 생각했다. 우리 중 유일하게 여자중학교까지 나오고, 자신도 조센삐이면서 조센삐에게 곁을 주지 않던.

　　"해금아, 네 칼을 왜 그 군인이 가지고 있었을까?"

　　"오카, 그 군인에게 칼을 보여주었어. 결혼을 약속한 군인이 있다는 내 말을 믿지 않으려고 해서, 애인이 주고 간 칼이라며…… 군인이 칼을 뽑아 들더니 내 목에 들이대며 그랬어. 어릴 때 자기 고향 마을에서 동반 자결한 남자와 여자가 있었다고. 남자가 여자의 목을 쓰다듬다가 칼로 쓱……."

"두 사람이 무슨 사이인데 같이 죽었을까?"

"그러게, 에이코 언니에게 애인이 있다는 소리는 못 들었는데…… 사랑하는 사이는 아니었을 거야. 그랬으면 죽은 군인이 에이코 언니를 두고 내게 결혼하자고 했을 리 없잖아. 그 소리가 설마 같이 죽자는 소리였을까? 결혼하자고 할 때 어쩐지 오싹하더라고. 나를 잡아먹을 듯 바라보던 눈에 칼로 획획 그은 듯 핏발이 서 있는 게…… 아아 오카, 그 군인이 에이코 언니를 죽인 게 틀림없어!"

해금이 말끝에 새된 비명을 지른다.

나는 믿고 싶지 않아 고개를 흔든다.

"군인이 에이코 언니를 왜 죽였을까?"

"혼자 죽기 싫으니까…… 혼자 죽으면 억울하니까…… 무서우니까……."

오지상의 괘종시계가 한 차례 울린다. 군인들이 낙원위안소로 몰려온다. 마당은 금세 군인들 발소리로 미쳐 돌아간다.

해금이 피 묻은 손을 치마에 문질러 훔치며 몸을 일으킨다.

"오늘 밤 나루세 병장이 돌아올지 몰라……."

해금이 군인들을 받기 위해 자신의 방으로 가버리고, 나는 혼자 에이코 언니의 방에 남아 피를 닦는다.

방문이 덜컥 열리더니 군인이 얼굴을 들이민다.

"에이코, 나 왔어."

군복 바지를 끌어내리며 방으로 들어서던 군인이 멈칫한다.

"에이코가 아니네, 너는 누구지?"

"에이코 언니는 죽었어."

나는 군인의 얼굴을 쏘아본다.

"에이코는 어딜 갔지?"

"네가 에이코 언니를 죽였잖아."

"다른 데로 가버렸나?"

"너희들이 에이코 언니를 죽였잖아. 내 손에 묻은 피가 네 눈에는 안 보여? 피를 닦은 걸레들이 네 눈에는 안 보이는 거야?"

내 말이 끝나기 전에 군인은 신경질적으로 방문을 닫는다.

베니어합판 너머에서 들려오는 군자 언니의 신음 소리가 너무나 생생하고 적나라해 나는 피 묻은 손가락으로 귀를 틀어막는다. 방에서 뛰쳐나가고 싶지만 마당에 낙엽처럼 깔린 군인들 속으로 걸어나갈 엄두가 나지 않는다.

오지상은 에이코 언니를 어떻게 할까. 땅에 묻어주지는 않을 것이다. 죽은 조센삐를 묻을 땅은 어디에도 없으니까. 죽은 개를 묻을 땅은 있어도.

에이코 언니가 죽었는데 슬프지 않다. 전에는 죽은 개를 봐도 슬펐는데. 슬퍼서 눈물, 콧물을 짜며 울었는데 눈물이 한 방울도 안 난다. 에이코 언니가 아니라 해금이나 금실 언니가 죽었어도 슬프지 않을 것 같다. 에이코 언니는 지옥에 갈까. 조센삐니까. 하지만 그녀는 서울에 사는 언니 집에 가려고 기차를 탔다가 일본 군인들에게 붙들려 중국에 왔다. 그렇게 조센삐가 되었다.

죽은 군인에게 화가 난다. 해금의 말대로 그가 혼자 죽는 게 싫어서, 억울해서, 무서워서 에이코 언니를 죽인 거라면 그를 용서할 수 없다.

에이코 언니는 왜 살려달라고 소리치지 않았을까. 너무 무서워서 혀가 자갈이 된 게 아닐까. 그래서 소리치지 못한 게.

아니면 소용없다는 걸 알아서 소리치지 않았는지 모른다. 살려달라고 소리쳐봤자 아무도 자신을 도와주러 달려오지 않으리라는 걸 잘 알아서.

세계위안소에 있을 때였다. 군인들은 내가 살려달라고 빌면 개머리판으로 내 정수리를 내리치거나 뺨을 때렸다.

조선말이라 못 알아들어서 그러는 게 아닐까 싶어 일본 말을 배웠다.

"다스케테쿠다사이(助けてください, 살려주세요)."

그 말이 혀에 문신처럼 새겨지도록 외우고 외웠다. 밥알을 씹으면서도, 머리를 빗으면서도, 오줌을 누면서도, 강물에 옷을 빨면서도.

아래가 피범벅이 되어 누워 있는 내게 달려드는 군인에게 말했다.

"다스케테쿠다사이, 다스케테쿠다사이⋯⋯."

"살려달라고?"

"다스케테쿠다사이⋯⋯."

"살려주지."

군인은 성기를 내 입에 들이밀었다.

"빨아!"

*

"가련하구나, 가련해!"

조바가 중국 말로 탄식하며 불붙은 성냥을 던지자 검붉은 불길이 사납게 치솟는다. 아궁이 속 같던 사방이 환하게 밝아진다.

늙은 조바가 아이처럼 손등으로 눈을 문지르며 훌쩍인다.

휘발유를 뒤집어쓴 에이코 언니의 머리카락과 옷이 순식간에 타든다. 불길에 휩싸인 그녀의 얼굴이 문드러지며 오그라든다. 불타는 입이, 혀가 뭐라고 말을 하는 것 같다.

에이코 언니를 떠받치고 있는 장작들이 타닥타닥 타들며 사방으로 재를 날린다.

오지상이 가버리자마자 해금이 어금니를 갈며 참았던 흐느낌을 토한다.

"못 보겠어……."

놀란 염소처럼 펄쩍펄쩍 뛰는 요시에의 발에서 게다가 벗겨져 나뒹군다.

엉덩이가 땅에 닿도록 쪼그리고 앉아 불길을 바라보던 끝순이 갈라지는 목소리로 중얼거린다.

"우리 고향 마을 산 밑에 화장막이 있었어. 어릴 때 동생하고 화장막에 놀러 가고는 했어. 내가 열세 살 먹던 해 일본 군인들이 시집 안 간 여자애들을 잡아간다는 소문이 도니까 우리 어머니가 나를 화장막으로 데리고 갔어. 거기 가니까 여자애 서넛이 화장막지기 방에 숨어 있더라. 아버지가 일찍 돌아가셔서 어머니가 술장사를 하던 종금이, 아버지가 일본 사람 수레를 끌던 은화, 어머니를 따라 목화를 따러 다니던 정자. 보름 넘게 화장막에 숨어 있다 들켜서 잡혀 왔어. 칼 찬 순사들이 들이닥쳐서는 우리를 끌어내 트럭에 실었어."

에이코 언니의 몸이 오그라들며 노란 연기를 토한다. 생선 타는 냄새 비슷한 냄새가 진동한다.

장작더미가 무너져 내리며 황소만 한 불길이 치솟는다. 놀란 해금과 요시에가 비명을 지르며 뒷걸음질 친다.

연순 언니가 얼굴로 날아든 재를 털며 몸을 일으킨다.

"들어가자, 들어가……."

그녀는 떨고 있는 요시에의 등을 토닥토닥 어루만진다.

"나는 절대 죽지 않을 거야!"

군자 언니가 혀를 씹듯 중얼거린다.

"몸뚱이가 개 밥그릇처럼 더럽혀졌지만 죽고 싶지 않아. 죽으면 다 끝이니까. 전에 있던 위안소에서 의형제를 맺은 하나코가 머리 염색약을 먹고 죽는 걸 보았지. 입에 거품을 물고 죽어가는 걸 보면서 다짐했지. 나 박군자는 절대 죽지 않겠다! 죽어 노랗게 부어오르는 친구 얼굴을 수건으로 닦아주며 내가 그랬지. 하나코야, 너는 어차피 죽었으니 잘 가라. 나는 살겠다. 나는 살겠다……."

군자 언니가 주문을 외우듯 중얼거리고 나서야 가버린다.

"나는 죽더라도 딸 얼굴을 꼭 한 번 보고 죽을 거니까."

을숙 언니가 돌아선다.

"우리도 그만 들어가자."

끝순이 내 팔을 잡아끈다.

"나는 좀 더 있을게……."

끝순마저 가버리고 나 혼자 남겨진다. 끔찍한 걸 너무 많이 봐서일까. 내 눈앞에서 사람 몸이 타드는데도 무섭지 않다.

재가 내 얼굴로, 입으로, 눈으로 날아든다.

에이코 언니의 불타는 몸을 군인들에게 보여주고 싶다. 불타는 얼굴을, 불타는 손을, 불타는 두 다리를…… 불타는 심장을 군인들에게 가져다주고 싶다.

군인들은 불타는 조센삐의 몸에도 달려들려 할까. 그 짓을 하려고.

장기들이 부글부글 끓고 뼈가 희끗희끗 드러난다.

에이코 언니의 영혼은 지금 어디에 있을까. 몸과 함께 타고 있을까. 몸이 불길에 휩싸이는 순간 이마나 가슴을 박차고 새처럼 허공으로 날아오르지 않았을까. 그녀의 영혼이 내 가까이 있는 것 같다. 불타고 있는 자신의 몸을 나와 함께 바라보고 있는 것 같다.

그녀는 어쩌지 못하던 몸이 불타고 있어서 후련할까. 몸이 타버리고 없으면 군인을 받지 않아도 되니까.

그런데 왜 그녀가 고통스러워하는 것이 느껴지지. 입이 타버리고 없는데 죽어가는 짐승처럼 절규하는 소리가 들리지. 더럽혀지고 병든 몸을 어쩌지 못하는 것이 느껴지지.

"언니······!"

"에이코 언니······!"

*

어머니, 죽은 아기를 낳을까봐 겁이 나요.

아기 낳을 생각만 하면 무서워서 잠이 안 온다.

언청이거나 손가락이 하나 모자란 아기가 나오면 어쩌지······.

겁이 나고 떨려서 아기 얼굴을 못 볼 것 같다. 아기 손가락을 못

셀 것 같다. 아기 몸을 만지지도 못할 것 같다.

군인들이 마당에 바글바글할 때 아기가 나오면 어쩌지. 그러면 연순 언니도, 악순 언니도 군인을 받아야 해서 나 혼자 아기를 낳아야 하는데. 나는 아기를 어떻게 낳는지 모르는데, 탯줄 자를 무쇠 가위도 없는데……

아기 머리가 아니라 발이 먼저 나오려고 하면 어쩌지.

악순 언니는 어떻게 혼자 아기를 낳았을까. 그녀가 밀가루 포대를 깔아놓고 그 위에서 몸부림칠 때 나는 군인을 받고 있었다.

악순 언니가 아기를 낳던 날 밤이 떠오른다. 군인을 열 명쯤 받았을 때 아기 울음소리가 들려왔다. 화로 속 타버린 조개탄들이 흰 재를 날리며 꺼져들 때.

"아기를, 아기를 낳았나 봐요!"

목소리가 떨려 나오고 눈물이 났다.

"고양이가 우는군."

군인이 말했다.

"아기 울음소리예요."

"고양이 울음소리는 꼭 아기 우는 소리 같단 말이야."

"세상에 아기가 태어나다니, 아기가……."

나는 고개를 외로 떨어뜨리고 흐느껴 울었다.

"왜 우는 거야? 아아, 우는 여자는 고양이보다 재수 없어."

군인들이 돌아가고 동이 터올 때 아기를 낳고 싶다. 새벽빛이 창에 번져올 때.

아기를 낳고 나면 군인을 받아야 한다. 악순 언니는 아기를 낳고 달포도 안 지나 군인을 받았다. 빚을 갚아야 하니까. 갚아도, 갚아도 늘어나는 빚을 갚을 길은 군인을 받는 것밖에 없으니까.

한 발짝 내딛는 것조차 힘에 부치지만 언제까지나 아기가 태어나지 않았으면 싶다. 태어나지 않고 내 배 속에 있었으면 싶다. 그러면 군인을 받지 않아도 되니까.

나는 아기에게 말한다.

아가야, 태어나지 말렴…….

*

나는 창으로 다가간다.

깨금발을 하고 창유리에 이마를 박는다.

창유리가 깨지며 그것에 간 금에 갇혀 있던 새가 튕기듯 날아오른다. 파드닥파드닥 날갯짓을 하다 포돗빛 허공으로 사라진다.

나는 창유리가 깨지며 생긴 구멍으로 검지를 가져간다. 구멍 속에 고여드는 새벽빛에 편지를 쓰려고.

어머니, 그 군인이었어요.

그 군인이오…….

내가 살아 돌아오라고 빌어준 군인이었어요.
에이코 언니를 죽이고 자신도 죽은 군인 말이에요.
내 몸속 아기는 죽기를 바라면서, 살아서 돌아오라고 빌어준…….

15

가시철망 너머 들판은 새 그림자 하나 없다.

낙원위안소는 지난밤 군인들이 아무 데나 싸지른 오줌 지린내와 변소 냄새에 찌들어 있다. 바람 한 점 불지 않는 들판을 바라보고 있으려니 밤사이 전쟁이 끝나고 군인들이 전부 고향으로 돌아갔을 것만 같다. 들판 너머에 버려진 막사와 죽은 군인들이 널려 있을 것 같다.

악순 언니는 파리채를 만든다. 강가에서 주운 나뭇가지와 손바닥만 한 양철 조각으로. 그녀에게 손재주가 있다는 걸 그녀 자신도, 우리도 내장이 터진 채 양철 조각에 들러붙은 파리를 보고는 깨닫는다. 내가 삿쿠를 하나 씻을 때 그녀의 손은 두세 개 씻는다.

끝순은 또다시 땅에 편지를 쓴다. 지금까지 쓴 편지들 중 가장 긴 편지를.

편지를 다 쓰고 끝순은 그것을 소리 내 읽는다.

"아버지, 어머니. 저는 아픈 데 없이 잘 지내고 있어요. 밥도 잘 먹고, 간호사 일도 잘 하고 있어요. 전투에서 다친 군인들이 오면 붕대를 감아주거나, 주사를 놓아주는 일이에요. 전쟁이 한창이라 날마다 다친 군인들이 트럭 짐칸에 실려 병원으로 와요. 총탄이 박혀한쪽 눈이 뭉개졌거나, 팔이나 다리 하나가 떨어져 나간 군인들이요…… 며칠 전에는 제가 돌보던 군인이 죽어서 장례식을 치렀어요. 집에는 전쟁이 끝나야 돌아갈 수 있을 것 같아요."

어차피 부치지 못할 편지에 끝순은 간호사라고 거짓말을 한다.

점순 언니가 거의 기듯이 질질 발을 끌며 변소로 걸어간다. 그녀는 아직 살아 있다. 나는 은실 다음으로 우리 중 누군가 죽는다면점순 언니일 줄 알았다. 에이코 언니가 아니라.

북어 머리 같은 머리를 땅에 박으며 꼬꾸라진다. 오줌을 싸지르며 사시나무 떨듯 몸을 떤다.

연순 언니가 방에서 나와 점순 언니를 끌어안고 일으켜 세운다. 지장보살을 웅얼거리며 점순 언니를 둘러업고 방으로 데리고 간다.

나는 머리 위로 날아다니는 총알 속에서도 죽지 않고 살았지만, 아기를 낳다가 죽을 수도 있다.

악순 언니가 양손에 고무신을 한 짝씩 들고 방에서 걸어 나온다.

"잃어버린 줄 알았는데 찾았지 뭐야……."

그녀가 얼떨떨한 얼굴로 끝순과 나를 번갈아 바라본다.

"내가 치마에 둘둘 말아 보따리 속에 넣어두었더라고. 일본이 전쟁에서 지면 도망가려고 보따리를 만들어두었거든…… 치마저고리 한 벌하고 말린 말고기하고…… 일본이 언제 전쟁에서 질지 모르는 일이니까. 말린 말고기는 쥐들이 먹어버렸고……."

고무신은 그런데 악순 언니가 말하던 그 고무신이 아니다. 검정색에 옆구리가 찢어져 너덜거린다. 그녀가 잃어버린 고무신에 대해 말할 때마다 나는 에이코 언니의 고무신을 떠올리고는 했다. 그런데 생각해보니 악순 언니는 한 번도 자신의 고무신이 흰 고무신이라고 말한 적이 없다. '내 고무신'이라고만 말했다.

미간에 골이 파이도록 악순 언니의 눈에 힘이 들어간다.

"미즈키한테 미안해서 어쩌지?"

"미즈키요?"

나는 그새 미즈키가 누군지 잊어버렸다.

"사팔뜨기 미즈키 말이야…… 내가 미즈키를 도둑으로 의심했지 뭐야."

악순 언니가 터벅터벅 가시철망 앞으로 걸어간다. 끝순이 땅에 쓴 편지를 지르밟으며. 텅 빈 들판에 먼지기둥을 일으켜 세우며 바람이 불어오자 가시철망에 매달린 여자애들이 앞다투어 몸부림친다. 그 바람을 타고 들판 너머로 날아가려고.

악순 언니가 들판에 대고 울먹임 섞인 소리를 토한다. 미즈키가 가시철망 울타리 너머 들판에 서 있기라도 한 듯.

"미즈키, 미안해. 날 용서해줘…… 널 도둑으로 몰아서 정말 미안해. 내가 홍역을 앓아 죽어갈 때 네가 제발 살려달라고 부처님께 빌어주기까지 했는데…… 은혜를 원수로 갚는다더니 애먼 널 도둑으로 몰았지 뭐야……."

감정이 북받치는지 그녀는 더 말을 잇지 못하고 주저앉는다. 고무신을 가슴에 끌어안고 땅에 엎드려 흐느껴 울기 시작한다.

메마른 땅에 눈물 자국이 어리도록 울고 난 그녀가 발딱 몸을 일으키더니 목이 찢어져라 소리 지른다.

"미즈키, 살아 있지?"

그녀의 절규는 메아리가 되어 들판에 떠돈다. 나는 입을 벌리고 나직이 중얼거린다. 아가야, 살아 있지?

*

라디오를 틀어놓고 장부 같은 것에 뭔가를 적던 오지상이 눈을 무섭게 치켜뜬다.

"뭐야?"

오지상이 쳐다보는 것만으로도 몸이 얼어붙는다.

"내 빚이 얼만가요?"

"빚? 네년 빚이 얼만지 알려주지."

오지상이 장부를 뒤적인다. 거의 백발에 시멘트색 기모노를 입고 있어서인지 오지상은 부쩍 늙어 보인다. 나는 불쑥 그에게 물어보고 싶다. 고향에 가고 싶지 않은지, 병든 아내가 보고 싶지 않은지. 그도 어쩌면 우리처럼 고향에 가고 싶어도 못 가는 게 아닐까. 중국 땅에 자신의 전 재산인 가축들을 버려두고 갈 수는 없으니까. 그렇다고 가축들을 다 데리고 가려니 엄두가 안 날 테니까.

"8백 엔이군!"

"8백 엔이오……?"

오지상은 내 빚이 어째서 8백 엔인지, 3백 엔이던 빚이 어떻게 8백 엔으로 늘어났는지 말해주지 않는다. 트럭 짐칸에 실려 이곳에 올 때 내 빚은 3백 엔이었다.

8백 엔은 황금색 비단 오비(おび, 띠) 값이다. 오카상은 8백 엔이나 주고 기모노 위에 두를 오비를 맞추었다. 비단 옷감을 수레 가득 싣고 세계위안소를 찾아오곤 하던 일본 여자에게. 옷 욕심이 많던 오카상은 관棺처럼 긴 거울 앞에 서서 옷감들을 하나하나 자신의 몸에 둘러보며 투덜거리고는 했다. "조선 년들은 고집이 세고 퉁명스러워서 다루기가 힘들어." 오카상은 군인들에게 잘 보여야 한다며 우리에게도 기모노를 맞추어 입으라고 닦달하고는 했다. 기모노를 한 벌 맞추면 빚이 천정부지로 늘어난다는 걸 그녀 자신이 가장 잘 알면서. 정월 초하루 그녀가 기모노 위에 8백 엔짜리 오비를 두르고 마당에 서 있던 모습이 떠오른다. 606호 주사를 맞아 정신이

흐리멍덩한 내 눈에는 오비가 죽은 까치로 보였다.

내가 가진 돈은 4엔 50전이 전부다. 세계위안소에서 나는 처음으로 일본 돈을 구경했다. 그래서 늙은 장교가 던져주고 간 종이 쪼가리가 돈인 줄도 몰랐다. 군표 같은 것인 줄 알았다. 늙은 장교는 내 몸에 들어오는 대신 자신의 몸을 주무르게 했다. 귀퉁이가 말리고 찢어진 2엔짜리 돈을 나는 군표들과 함께 오카상에게 가져다주었다. 내가 돈을 모으기 시작한 것은 세계위안소를 떠나올 즈음이었다. 나는 몸뻬 안쪽에 주머니를 달아 오카상 몰래 돈을 모았다. 전쟁이 10년, 20년 뒤에 끝난다 해도 나는 8백 엔을 모으지 못할 것이다.

악순 언니는 돌돌 만 담요를 머리에 베고 누워 담배를 피운다. 가시철망 울타리 너머 들판을 바라보는 그녀의 눈빛은 가물가물하다.

"언니…… 무쇠 가위 좀 빌려줘요."

악순 언니는 들판에 눈길을 두고 심드렁하게 묻는다.

"무쇠 가위는 왜?"

"쓸 일이 있어서요."

나는 솔직하게 말하지 못한다. 탯줄을 자르기 위해서라고.

악순 언니가 발딱 일어서더니 정색하고 묻는다.

"너 설마…… 죽으려는 건 아니지?"

"죽기는요…… 나는 안 죽어요……."

생각지도 않은 말이 내 입에서 저절로 중얼거려진다.

"그래, 죽으면 안 되지."

악순 언니가 반닫이장 위 대나무 바구니에서 무쇠 가위를 꺼내 내게 내민다. 나는 주저하며 그것을 받아든다.

차가운 무쇠 가위는 내 손보다 크고 묵직하다.

"저기, 언니……."

"할 말 있으면 해봐."

"아니에요……."

나는 무쇠 가위를 들고 내 방으로 간다.

허공에 대고 철컹철컹 가위를 흔들어본다. 악순 언니가 탯줄을 자른 무쇠 가위로 나도 탯줄을 자를 것이다. 탯줄은 얼마나 질길까. 금실 언니의 어머니는 앞니로 탯줄을 잘랐다고 했다. 탯줄을 자르고 났을 때 앞니들이 벌어졌다고 했다.

군자 언니가 그랬듯, 악순 언니가 그랬듯, 미하루 언니가 그랬듯 나도 혼자 아기를 낳아야 한다.

무쇠 가위의 날을 들여다보고 있으려니, 나루세 병장이 해금에게 주고 간 칼과 함께 에이코 언니가 떠오른다.

나는 무쇠 가위를 어디에 둘지 몰라 방 안을 몇 번이고 둘러본다. 혹시나 무쇠 가위로 내 목을 찌르고 싶은 충동에 사로잡힐까봐 꼭꼭 숨겨두고 싶지만 그랬다가 못 찾을까봐 걱정된다.

아기를 낳으려면 또 뭐가 있어야 하지? 밀가루 포대가 있어야 하나. 아기를 씻길 깨끗한 물도, 수건도 있어야 한다. 아기에게 입힐

배냇저고리도…….

*

금실 언니가 강에 가지 않겠다고 버틴다. 그녀는 내게도 강에 가지 말라고 한다. 내가 대답을 않자 그녀는 지난밤 꾼 꿈 이야기를 풀어놓는다.

"꿈에 네가 강물에 떠내려가고 있었어…… 얼굴만 강물 위로 내밀고…… 잠들었는지 눈을 감고 있었어…… 내가 은실아, 은실아 부르는데도 깨어나지 않고 계속 떠내려갔어……."

오싹 소름이 끼친다. 얼굴만 강물 위로 내밀고 떠내려가던 여자애가 내가 아니라 은실이라는 걸 알면서도.

잠든 게 아니라 죽은 거라고, 죽어서 못 듣는 거라고, 깨어나지 않는 거라고, 나는 금실 언니에게 말하지 못한다.

금실 언니가 손으로 눈동자를 긁는다.

"간지러워, 눈에 벌레가 들어갔나봐."

나는 그녀의 눈동자를 들여다본다.

"아무것도 없는데……."

"눈이 왜 이렇게 가렵지, 벌레가 눈동자를 갉아 먹는 것 같아."

그녀는 눈두덩이 벌게지도록 긁어도 간지러운 게 가라앉지 않자 눈물을 흘린다. 눈물에 눈동자가 흘러가버리라고.

그녀는 눈이 멀었는데 어떻게 꿈을 꿀까.

나는 금실 언니의 눈동자를 들여다보며 생각한다. 그녀는 지금 장님놀이를 하고 있는 거라고. 내가 밤마다 송장놀이를 하듯.

나는 금실 언니의 삿쿠 통을 챙겨 들고 혼자 강을 찾아간다.

군자 언니가 삿쿠를 씻다 말고 강물로 걸어 들어간다. 문신과 흉터, 멍으로 지저분한 팔을 휘적휘적 흔들며. 강물이 무릎까지 올라오는 데까지 들어가더니 소리를 지른다.

"나는 군인이 되는 게 소원이야. 군인이 되면 총을 가질 수 있으니까. 나를 괴롭힌 군인들을 전부 들판에 말뚝처럼 일렬로 세워놓고 총으로 사타구니를 쏴 죽이고 싶어! 탕! 탕! 탕!"

애순 언니가 강가를 뛰어다니며 소리 지른다.

"총을 쐈어! 군인들이 총을 쐈어!"

요시에는 삿쿠를 씻다 말고, 짓다 만 까치집 같은 머리를 까딱까딱 흔들며 존다.

연순 언니는 지장보살을 부르고 부른다. 그녀가 한 짝씩 떠내려 보낸 고무신은 어디까지 흘러갔을까. 나는 고무신이 강물을 떠돌고 있을 것 같다. 내가 강물에 쓴 편지들과 함께. 내가 한 장씩 찢어 떠내려 보낸 일본 군인의 편지도.

나는 편지를 쓰려고 강물로 손을 가져간다.

아무도 죽지 않았으면 좋겠어…….

죽지 마…….

살아…….

제발 아무도 죽지 마…….

나는 누구에게 편지를 쓰는 걸까. 나에게 편지를 쓰는 걸까.

아가야, 죽지 마…….

내 아가, 내 아가…….

"해금아, 올해가 무슨 띠야?"
"을유년 닭띠."
"우리 어머니가 닭띠인데."
끝순이 삿쿠를 강물 속에 담그고 흔들며 중얼거린다.
"전쟁이 언제야 끝날까?"
해금의 질문에 아무도 대답하지 않는다. 나는 전쟁이 언제까지나
계속될 것 같다. 일본이 지고 있다는 소문이 무성하지만 일본 군인

들은 날마다 전투에 나간다. 살아 돌아온 군인들은 위안소로 몰려온다. 나는 지긋지긋한 전쟁이 어서 끝났으면 싶다가도 오늘 당장 전쟁이 끝날까봐 무섭다.

"일본이 전쟁에서 지면 오지상이 정말로 우리를 전부 총으로 쏴 죽일까?"

해금 옆에서 광목 수건을 비틀어 짜던 여자가 불쑥 몸을 일으킨다. 닷새 전 오지상이 데리고 온 여자다. 머리에 누런 광목 수건을 쓴 여자는 에이코 언니가 살아 있을 때 입었던 원피스를 입고 있다.

"진송* 위안소에 있을 때 나는 일본 군대에 2엔씩 두 번을 바쳤어. 비행기를 사는 데 보태 쓰라고. 비행기가 있어야 일본이 계속 전쟁을 할 수 있으니까. 어디 돈만 바친 줄 알아? 피도 세 번이나 바쳤지. 피를 너무 많이 흘려 죽어가는 군인들에게 수혈할 피가 필요하다고 해서 내 피를 나누어주었지."

여자가 가고 나서야 해금이 귓속말로 속삭인다.

"저 언니 전에 있던 위안소에서 대장이었대. 금줄 세 개, 별 세 개 박힌 계급장을 팔에 달고 다녔다지 뭐야. 41부대에서 받은 상장을 방에 걸어두었는데, 저 언니 방에 들어가는 군인들은 상장에 대고 경례를 한대."

해금도, 끝순도 강을 떠나고 나는 강에 혼자 남겨진다. 나는 금실

---

* 중국 북경 진송勁松. 일본군 위안소가 있었다.

언니의 삿쿠를 씻어놓고 나서야 어머니에게 편지를 쓴다.

어머니, 오늘 밤 나는 아기를 낳을지도 몰라요.
닭띠 아기를요.

어머니, 그런데 나는 무슨 죄를 지은 걸까요.
무슨 죄를 지어서 이 먼 데까지 끌려와 조센삐가 되었을까요.

비가와 찬가

박수현(문학평론가, 공주대 교수)

거열형車裂刑을 당하는 사람의 사지가 다섯 마리 말에 의해서 찢어질 때, 그의 고통은 말로 표현될 수 없을뿐더러 전달될 수는 더욱 없다. 극도로 참혹한 고통을 겪은 그는 그것을 누설하거나 이해할 새 없이 죽어버린다. 그러니 그가 겪은 고통의 진면목은 비밀로 남을 것이다.[1] 설사 그가 기적적으로 살아나서 간신히 제 고통을 진술한다 해도, 그가 느낀 그대로 전달하기가 가능할까. 인간은 본디 제 경험의 테두리 안에서만 맴맴 돌기 마련이라, 듣는 이는 아무리 비참한 타인의 고통이라도 자기 체험의 총체에 견주어서만 이해하

---

[1] 이와 유사하나 약간 다른 맥락에서 아감벤은 "본다는 것이 불가능하다는 이 비인간적인 불가능성"을 이야기한다(조르조 아감벤, 『아우슈비츠의 남은 자들』, 정문영 옮김, 새물결, 2012, 82쪽).

려 할 것이다. 타인의 이야기에서 연상된 자기 체험을 그에게 투사하며 그를 이해한다고 말하겠지만, 그것은 일종의 자기 복제나 자의적인 상상에서 그리 멀지 않다. 요컨대 단말마의 고통은 표현되거나 전달될 수 없다. 고통을 겪는 당사자마저 그 정체를 모른다. 한 위안부 할머니의 "어떤 말로도 자신의 고통을 설명할 수 없다"[2]는 발언이 고통에 관한 진실이다. 그러므로 타인의 고통에 대해 이야기할 때, 조심스러울 수밖에 없다. 타인의 고통을 진실로 이해하려면 지구를 들어 올리는 노력을 기울여야 할지 모른다.

그럼에도 우리는 고통에 대한 이야기를 계속해야 한다. 무엇보다 고통받았던 사람이 간절하게 청자를 원하기 때문이다. 아우슈비츠의 수용자들은 모종의 악몽을 공통적으로 꾸었다고 한다. 집으로 돌아가 소중한 사람에게 자신이 겪은 고통을 열정적으로 이야기하는데, 상대방은 믿어주지도 들어주지도 않으며, 심지어 몸을 돌리고 침묵 속으로 가버린다.[3] 이 꿈은 극단적 고통을 겪는 사람의 간절한 소망과 불가피한 절망을 동시에 암시한다. 상상을 초월한 고통을 겪는 사람은 자신의 고통을 호소하기를 진실로 소망하지만, 동시에 어느 누구도 자신을 이해할 수 없을 것이라며 절망한다. 고통이 상상을 초월한 것이기에 이해받기를 쉽사리 낙관할 수 없는 것이다. 평균치 이상의 고통 속에 놓인 사람은 몰이해의 예견 때문

---

2) 김숨, 『한 명』, 현대문학, 2016, 237쪽에서 재인용.
3) 프리모 레비, 『가라앉은 자와 구조된 자』, 이소영 옮김, 돌베개, 2014, 9~11쪽 참조.

에 이중으로 괴롭고, 그들의 예견은 어느 정도 사실이기에, 절망은 더욱 참혹하다. 이 절망을 조금이라도 희석해야 할 의무가 우리에게는 있다. 이해와 공감의 여정이 지난하다 하더라도, 우리는 끊임없이 수난자들의 말에 귀를 기울이고 또 기울여야 한다.

타인의 입으로 말하기

설명할 수 없는 것, 전달할 수 없는 것을 이야기하기가 쉽지 않았을 것이다. 이 소설의 전작前作 『한 명』에서 작가가 위안소를 그릴 때 증언의 직접 인용에 주로 기댄 이유가 바로 이 조심스러움 때문이었을 것이다. 그런데 이번 소설에서 작가는 대담하게 위안부의 많은 것을, 특히 내적 고통을 구체적이고 입체적으로 복원하려고 시도한다. 탈식민주의나 여성학의 성과가 보여주듯 주체는 타자를 대상화하여 자신의 욕망에 의해 본질을 왜곡하기 쉽다. 타자 표상에 관한 이 고전적인 패착은 누가 보고 말하느냐, 즉 시선과 발화의 주체가 누구인가 하는 문제와 연관된다. 고통당하는 타인이 시선과 발화의 주체가 아닌 한 대상화의 운명에서 벗어나기 힘들다. 결국 고통당하는 타인이 보는 눈과 말하는 입을 가진 주체여야만 고통을 제대로 이야기할 수 있다. 그렇다면 어차피 제삼자일 수밖에 없는 작가가 취할 수 있는 최선은 보는 눈과 말하는 입을 타인에게 돌려주고 바로 그 타인으로 존재 변환을 이루어 마치 무당처럼 그 이야기를 받아 적는 일 아니었을까. 이것이 바로 이 소설이 일인칭 고백체를 취한 이유인 듯하다.

타인의 고통을 이야기할 때 피하기 어려운 함정을 피하기 위해서 작가가 택한 전략은 정공법이다. 작가는 타인을 관찰하는 위치가 아니라 바로 그 타인의 자리를 점한다. 타인이 되어 그의 몸으로 고통을 느끼고 그의 입으로 이야기한다. 타인의 고통을 온전히 이해하고 말하기 위해 바로 그 타인이 되기까지 지구를 들어 올리는 노력을 기울였을 것이다. 이런 작가의 의도와 소설의 편지 형식은 무관하지 않다. 편지 형식은 제목에서부터 강조된다. 위안부 소녀가 어머니에게 보내는 편지는 "흐르는 편지", 즉 청자가 불가능한 편지이므로 실상 일기에 가깝다. 일기나 다름없는 편지는 가장 은밀한 내면의 여과 없는 분출을 유도하기 위한 장치다. 이는 마치 영매처럼 위안부 소녀와 접신하여 바로 그녀가 되겠다는 작가의 의지를 암시한다.[4]

한 사람의 고통을 온전히 복원하기 위해서 작가는 우선 육체적 감각에 호소한다. 고통은 무엇보다 몸에 새겨진다. 고통을 각인한 몸은 고통을 이야기하는 인류 공통의 언어다. 따라서 육체적 감각은 고통을 전달하는 적실한 매개가 된다. 작가는 위안부 소녀가 되

---

4) 작가는 『한 명』을 발간한 이후 위안부 할머니들을 도왔던 활동가들과 교류하고 실제로 할머니들을 만나보았다고 하는데, 이는 위안부의 내면 복원 작업에 자양분과 자신감을 제공했을 것이다(김숨·정홍수, 「눈먼 자가 나무를 바라보는 심정으로」, 『문학동네』 2018년 봄호, 60-61쪽 참조).

어서 진동하는 냄새들을 맡는다. 군인의 몸에서는 "쇠지랑물 냄새만큼 지독한 냄새"(28쪽)가 나고, 자신의 몸에선 "피가, 내장이 썩는 역한 냄새"(34쪽)가, "아래에서 개구리 썩는 냄새"(123쪽)가 난다. "변소 냄새"(280쪽)는 늘 그녀를 에워싼다. 악취는 위안소라는 지옥도에 선명한 색채를 덧입히고, 그 견딜 수 없는 참혹함을 지금 여기의 것으로 느끼게 한다. 독자의 감각을 교란시키면서 독자를 전시의 위안소로 데리고 간다.

무엇보다 가장 강렬하게 다가오는 감각은 통각이다. 육체적 고통은 고통을 날것인 그대로 생생하게 보여준다. 훼손된 몸은 고통을 가장 직설적으로 고발한다. "내 젖가슴을 더듬는 게 손이 아니라 이빨 같다. 굶주린 들개의 이빨이 물어뜯는 것 같다."(28쪽) "내 몸에 들어오는 군인의 몸이 낫 같다. / 찍고, 찍어 내 아래를 벌집처럼 들쑤셔놓는다."(254쪽) 아주 가까운 사람에게 내밀하게 털어놓는 듯한 이런 하소연은 너무 직설적이라 당혹스러울 정도다. 그런데 바로 이렇게 고통을 생생하게 여과 없이 전달하기 위해서 작가가 편지 형식을 차용한 듯하다. 작가가 위안부-되기를 시도한다 하였거니와 자기가 자기 고통을 이야기하는 가장 흔하고 솔직한 방법은 직설적인 하소연밖에 없다. 직접 화법은 압도적인 고통을 전달하기 위한 거의 유일한 방법인 셈이다.

육체적 고통뿐만 아니라, 작가는 위안부의 내면적 고통을 다각도로 이야기한다. 그녀는 다 잃었다. 모든 것을 박탈당하고 어느 것에도 소유를 주장하기 힘든 극한 상황에서 최후로 남는 보루는 이름과 몸이다. 제 몸과 이름만은 마지막 순간까지 간신히 내 것이라 말할 수 있다. 그런데 그녀는 이름을 잃어버리고 "후유코, 도시코, 모모코, 후미코, 야에, 미쓰코, 요시코, 히후미, 유키코"(126쪽) 등 군인들이 지어준 이름들로 불리며, "몸이 내 게 아니라는 걸"(124쪽) 안다. 그녀는 이름과 몸, 즉 자신이 가진 마지막 것까지 세상에 빼앗겼다. 그녀는 가진 것이 아무것도 없으니, 자아마저 그녀의 것이 아니다. 아니 자아를 운운하는 것조차 사치다. 그녀는 거울에 비친 제 모습도 몰라보고, 과거에 자신이 누구였는지도 모르며, 누군가 자기 이야기를 해도 그것이 제 이야기인 줄 모른다.

자아를 잃어버린 그녀에게 자존감이 있을 리 없다. 그녀의 자기비하, 자기모멸, 자기 저주는 끝없이 이어진다. "아기에게 내 얼굴을 보여주고 싶지 않다. 아기가 내 얼굴을 보고는 기억하면 안 되니까."(93쪽) "나는 내 몸이 징그럽다. 배 속에 아기를 품고 군인을 받는 내 몸이 징그럽다 못해 무섭다."(181쪽) "몸을 갈기갈기 찢고 싶다."(182쪽) 그녀는 스스로를 멸시하며, 혐오하고, 파괴하고 싶다. 자기모멸은 더 이상 삶을 지속할 수 없게 삶의 의미와 의지를 앗아간다. 아무리 참혹한 상황에서도 그럭저럭 살 수 있게 하는 것은 최소한의 자긍심이다. 그녀는 바로 그것을 박탈당했다. 아기가 죽기를 바라는 이유도 자기모멸 때문이다. 자기모멸은 외부로부터 연쇄되는 상상을 초월한 폭력 때문에 생성되었는데, 뒤에서 보겠지만 보다 중층적인 이유들로 인해 강화된다.

그녀는 근거 없는 죄책감에 시달린다. 그녀와 친구들은 "너는 무슨 죄를 지어서 조센삐가 되었지?"(26쪽)라는 질문을 반복적으로 던진다. 이 질문은 소설의 대미를 장식하기도 한다. 그녀들은 잠자리의 날개를 찢었다거나, 전생에 새끼를 밴 고라니를 죽였다거나, 참새를 잡아먹어서 벌을 받는다고 상상한다. 물론 이 추론은 정당하지 않다. 죄책감은 정말로 잘못한 이가 느끼는 감정이 아니다. 이유 없이 거대한 불행이 닥치면, 인간은 자신이 무언가 잘못해서 그 불운을 겪는다고 생각하곤 한다. 불행의 원인을 도저히 납득할 수 없기에 자신에게 그 탓을 돌리는 것이다.[5] 그녀들의 근거 없는 죄책감은 당면한 불행이 도무지 납득할 수 없는 것, 불가해한 것, 말도 안 되는 것이라는 사실을 더욱 도드라지게 부각한다.

불투명한 가해자, 찢겨진 피해자

이제 위안부 소녀들의 고통을 이야기하는 보다 중층적인 우회로에 주목하자. 정교하고 입체적인 이야기를 위해서 작가는 '군인'이라는 매개를 불러온다. 이는 쉽지 않은 화두를 동반한다. 소녀들에게 군인은 무엇이었을까? 주지하다시피 군인은 그녀에게 직접적

---

5) 지그문트 프로이트, 『문명 속의 불만』, 김석희 옮김, 열린책들, 2004, 306-307쪽 참조.

으로 고통을 주는 당사자다. 군인은 그녀를 욕하고 때리며 겁탈하여 몸과 마음에 큰 상처를 남긴다. 그녀는 군인을 혐오한다. "무리지어 들판을 걸어오는 군인들을 보면 그냥 내 몸을 갈기갈기 찢어 던져주고 싶"(99쪽)고, "군인들 손가락이 내 몸에 닿는 것조차 싫"(159쪽)다. 군인은 다분히 가해자라 할 만하다.

그런데 당황스럽게도 이 소설에서 작가는 그녀가 군인들에게 연민을 느끼는 장면을 반복적으로 그린다. 이는 지난 소설 『한 명』과 구분되는 지점이다. 『한 명』이 군인들로 인한 위안부의 육체적·정신적 고통을 비교적 단일하게 묘사했다면, 이 소설은 군인에 대한 위안부의 복합적 심리에 빛을 비춘다. 전작과 달리 이 소설은 군인들에게 발화의 기회를 주기까지 한다. 군인은 『한 명』에서 전적으로 투명한 가해자였다면, 이 소설에서는 가해자와 피해자의 면모가 다소 뒤섞인 불투명한 존재다.

군인들은 종종 그녀에게 살아서 돌아오라고 빌어달라고 말한다. "전투를 앞두고 겁에 질린 군인을 보면 나는 불쌍한 생각이 들어서 빌어준다. 죽지 말고 살아 돌아오라고."(29쪽) 살아 돌아오기를 빌어주는 장면은 꽤 반복적으로 등장한다. 폭격으로 한쪽 팔이 날아간 군인이 엄마를 찾자, 그녀는 "아가야"라고 부르면서 엄마 노릇을 해준다.(132쪽) 분량이 많지는 않지만 군인들은 이따금 자신의 내면을 토설한다. 병들어 죽어가는 아버지와 벙어리였던 어머니를 회상하며 가족에 대한 그리움을 토로하고, 친구들이 모두 죽었으니 자신도 죽을 거라며 죽음에의 공포를 고백한다. 이는 군인도 위안부와 마찬가지로 전쟁 때문에 상처 입은 피해자였고, 그들의 죄악뿐만 아니라 고통도 존재했음을 보여준다. 여기에서 그녀가 군인들에게 느끼는 연민은 정당화된다.

그러나 연민은 그녀에게 재앙일 따름이다. 가해자는 오로지 투명하고 온전한 가해자인 편이 피해자에게는 축복이다. 피해자와 가해자의 단일성이 확고부동한 세계에서, 피해자는 자신을 순결한 희생양으로 상상하며 안정된 정체성을 누릴 수 있다. 불행의 탓은 오로지 가해자에게 있으니 그를 증오하는 힘으로 불행에 대적할 수 있다. 그런데 가해자에게서 고통에 겨운 얼굴을 목도하고 더구나 그 고통에서 자기와 닮은꼴을 발견하면, 피해자는 중층적인 함정에 빠진다. 우선 그는 제 불행의 탓을 돌릴 과녁을 상실한다. 불행을 견디려면 불행을 누군가의 탓으로 돌려야 한다. 탓할 가해자가 불투명하고 모호해지면, 공격적 에너지는 방황하다가 자신에게 돌아오기도 한다. 연민으로 인해 피해자와 가해자는 뒤섞여버리고 이때 피해자는 자신에게서 견딜 수 없는 모순을 발견하며 정체성의 혼란을 겪는다. 자신이 믿고 선 지반이 흔들리는 것이다. 이는 자신을 순결한 희생양으로 상상하는 것보다 훨씬 고통스럽다. 연민으로 인해 피해자는 갈기갈기 찢긴다.

연민이 재앙인 이유는, 이 소설 내부의 논리에 따르면, 연민이 직접적으로 더 나쁜 결과를 빚어내기 때문이기도 하다. 호의를 베푼

만큼 되돌려 받으리라는 기대가 없지 않을 터인데, 이 기대는 매번 무너져서 그녀에게 이중의 배반감과 절망감만을 안겨준다. 살아 돌아오라고 빌어주었던 군인은 돌아와서, "대개는 반쯤 미치광이가 되어서 나를 짓뭉개고, 깨물고, 찔렀다"(29쪽). 그녀는 "너무 어려 얼굴이 아기 얼굴 같은 군인"(169쪽)이 안쓰러워서 엄마처럼 다정하게 말을 건네는데, 돌아오는 것은 욕설과 폭력이다. 결국 연민은 인간적인 것의 치명적인 소통 불가 혹은 인간 사이의 끔찍한 격절隔絶을 확인시키는 매개이자, 더 깊은 나락을 향해 뻗은 가교일 뿐이다. 그녀에게서 생의 의지를 앗아가는 자기모멸은 이런 맥락에서 더욱 강화된다.

어쩌면 작가는 선과 악을 녹여버리는 회색의 연금술로 가해자와 피해자가 뒤섞인 회색 지대를 그리고 싶었는지도 모른다. 극한 상황에서 선악은 끔찍하게 혼재되어 인간을 판결 불능 상태로 몰고 간다.[6] 실패를 거듭하는 위안부의 연민 그리고 피해자의 면모가 없지 않으나 결국 가해자일 수밖에 없는 군인상은 현실적으로 위안부가 느꼈을 다중적 내적 분열을 암시한다. 가해자에게 연민과 환멸을 거듭하는 불유쾌한 카오스는 극한 상황에서 발생 가능한 것이다. 불가해하고 납득 불가능한 전락을 공동으로 겪는 극한 상황이 바로 카오스의 주범이다. 결국 그녀의 카오스는 역설적으로 전시

---

6) 조르조 아감벤, 앞의 책, 28-29쪽 참조.

위안소의 비인간성을 고발하는 우회로인 셈이다.

나락, 최소한의 존엄도 허하지 않는

생존을 위협받는 극한 상황에서 인간은 자신과 타인의 본성이 적나라하게 발가벗겨짐을 목도한다. 불가해한 고통을 겪는 이는 타인의 무자비함에 경악하는 동시에 스스로 용납하기 어려운 자신의 밑바닥을 보고 전율한다. 이것은 무엇보다 고통받는 당사자에게 상처를 입힌다. 자신이 그다지 고결하지 않으며 이토록 추락했다는 발견은 트라우마일 수밖에 없다. 이렇게 인간을 최소한의 존엄도 허하지 않는 나락으로 밀어 넣었다는 데 전시 위안소의 또 다른 폭력성이 있다.

군인이 참호 바닥에 나를 쓰러뜨리더니 바지 지퍼를 내리고 내 몸에 달라붙었어요. 총탄이 참호 속으로 날아드는데도 군인은 내 몸에 매달려 떨어지지 않았어요.

죽고 싶지 않다는 생각 말고는 아무 생각도 안 났어요. 죽고 싶지 않다는 생각 말고는…….

군인의 흩날리는 머리카락들 위로 총탄이 날아가는 순간 빌었어요. 총탄이 내 머리를 비껴가게 해달라고, 총탄이 내 머리가 아니라 군인의 머리에 박히게 해달라고.

빗발치던 총탄 소리가 한순간 잦아들고 절규와 비명이 들려왔어요.

군인들이 나를 버려두고 참호 밖으로 기어 나갔어요. 참호 바닥에 널브러져 있는 내 허벅지를 타고 정액과 피가 섞여 흘렀어요. 몇 번을 굴러떨어지다 겨우 참호 밖으로 기어 나갔어요. (131-132쪽)

폭격의 와중에서 죽음을 눈앞에 둔 군인은 성적 욕망을 채우기에 급급하다. 그녀는 자기 대신 군인이 죽으라고 빈다. 군인은 그녀를 버려두고 혼자만 참호 밖으로 기어 나간다. 그들은 성교라는 가장 내밀한 행위를 공유하는 와중에서 서로에 대한 최소한의 관심과 배려 없이, 각자 욕망을 채우거나 살아날 궁리에만 몰두한다. 자존自尊을 짓밟은 자존自存만이 아우성친다. 이는 두 사람의 잘못이 아니다. 극한 상황에서 드러나는 인간의 본성이다. 여기에 비인간성의 단죄라는 도덕주의적 접근은 의미 없다. 그보다는 차라리 남루하기 짝이 없는 인간의 본성에 대한 비가悲歌를 들어야 한다.

극한 상황에서 인간은 그간 축조해왔던 고결하고 존귀한 가치들의 발가벗겨짐을 경험한다. 눈앞에서 생생하게 절규하는 죽음의 위협 앞에서, 인간은 인간적이라 일컬어지는 무엇을 상실한다. 이는 그의 잘못이 아니라 최소한의 존엄마저 무의미하게 만든 상황의 탓이다. 이러한 "절대적인 전락"7)은 인간을 비인간으로 느끼게 하면서 뼈저린 상처를 남긴다. 결국 인간에 대한 비가는 전시 위안소의 폭력성과 위안부의 절망을 정교하고 입체적으로 이야기하는 우회로였다.

작가는 극한 상황에서 인간과 인간 사이에 놓인 심연, 그 격절에 유의미하게 주목한다. 폭격에서 그녀는 죽어가는 은실의 손을 잡아주지 못한다. "그 애의 손이 피투성이여서 그 피가 내 손에 묻을까봐."(133쪽) 그녀는 아편 중독으로 죽어가는 점순에게 느꼈던 솔직한 심경을 이렇게 고백한다. "점순 언니, 미안해. / 언니 몸이 지독한 악몽 같았어. 소름 끼치게 끔찍해서 손가락을 닦이다 말고 언니 손을 슬그머니 놓아버렸어. / 악몽에서 빨리 깨고 싶어서 언니를 밀쳐냈어. 언니 입에서 나는 냄새를 참기가 힘들었어. / 언니 몸이 저주스럽고 원망스러웠어. 언니가 언니 몸을 그렇게 만든 게 아니라는 걸 알면서도, 언니가 밉고 싫었어. / 언니도 조센삐, 나도 조센삐……. / 내 몸도 언니 몸처럼 악몽이 되면 어쩌나 싶었어."(196쪽)

아편에 중독되어 죽어가는 점순을 진실로 연민하면서도 그 몸에서 나는 냄새를 참기 힘들었다는 고백은 지극히 현실적이다. 고통받는 타인을 끔찍하게 염려하면서도 동시에 자신의 불편함을 더 절실하게 고려할 수밖에 없는 것이 인간의 본성이다. 여기에서도 누추한 인간 본성에 대한 비가를 들을 수 있다. 그러나 이는 인용문에서도 보듯 본인에게 자책이라는 상처를 안겨주었다. 이는 "인간적 연대감의 측면에서 실패했다는 자책"8)과 다르지 않을 것이다. 존엄

---

7) 조르조 아감벤, 앞의 책, 94쪽.

보다 존재 자체가, 타인에 대한 고려보다는 자신의 생존이 우선할 수밖에 없는 상황에서 인간은 스스로를 비하할 수밖에 없다. 이는 위안부가 느꼈을 여러 겹의 통절한 절망을 부각한다. 그녀의 자기 모멸은 이런 식으로 거듭 심화된다.

간신히 남겨진 단 하나의, 가장 위대한 존엄

위안소는 존엄한 모든 것을 휘발시켜버렸다. 그런데 거의 모든 존엄이 사라진 자리에서 간신히 남겨진 단 하나의 존엄이 있다. 아이러니하게도 그것은 가장 존엄한 존엄이다. 그것은 인간의 상상을 능가하는 지옥에서도 삶이 존재한다는 지엄한 사실이다. 이제 우리는 존엄이 끝나는 곳에서 시작되는 삶의 윤리를 이야기하고[9], 인간을 애도하는 비가 속에 희미하게 흐르는 생명의 찬가에 귀 기울여야 한다.

소설의 첫머리에서 그녀는 고백한다. "나는 아기가 죽어버리기를 빌어요."(7쪽) 자신의 삶이 죽음보다 못하다고 여기기 때문이다. 아기와 자신의 죽음을 소망하게 되기까지 그녀가 겪었을 자기모멸 혹은 절망의 여정을 지금까지 미흡하나마 되밟아보았다. 소설의 마지막 페이지에서 그녀는 말한다. "오늘 밤 나는 아기를 낳을지도 몰

---

8) 프리모 레비, 앞의 책, 91쪽.
9) 조르조 아감벤, 앞의 책, 105쪽 참조.

라요."(291쪽) 결국 이 소설은 끔찍한 자기모멸을 거듭하며 자신과 아기의 죽음을 바랐던 여인이 생명의 가치를 수용하는 여정에 관한 이야기다. 생명의 부정에서 긍정으로 건너가는 변환이 서사의 주축인 셈이다.

우리는 무엇의 참가치를 상실의 목전에서야 발견한다. 그것을 박탈당하는 순간까지 아슬아슬하게 가보고서야 그 소중함을 깨닫는다. 죽음이 널리고 널린 전시의 상황은 인간의 존엄을 박탈해 갔지만 생명의 가치를 일깨워주었다. 이것은 극한 상황이 필연적으로 동반하는 양면성이다. 그녀는 많은 이들의 목숨을 앗아 간 폭격에서 은실과 군인들이 필사적으로 살기 원하는 모습을 목도했고, 죽은 에이코를 화장하면서 그녀의 고통을 상상적으로 느꼈다. 결국 "아무도 죽지 않았으면 좋겠"(289쪽)다는 마음으로 아기의 생존을 바라게 된다. 삶의 의지를 점화한 것은 단지 죽음에 대한 거부다. 즉 삶에서 거창한 의미를 발견해서가 아니라 단지 죽기 싫기에 살고 싶어진 것이다.

생명의 소중함을 발견하고 출산을 긍정하기까지 아주 특별한 사연, 즉 생명의 존엄을 충격적으로 강변할 만한 사건은 없었다. 단지 눈앞에서 거듭되는 죽음이 살고 싶은 의지를 생성했다. 이 점은 지극히 현실적이다. 고결하거나 숭고하다는 형용사를 빼버린 삶 그 자체로서의 삶, 뼈대만 남은 벌거벗은 삶이라 하더라도 살 이유는 충분하다. 삶은 삶이기에 삶의 이유와 당위를 제공한다. 형언 불가능하게 고통스러운 상황에서 지고의 미덕은 결국 살아남아야 한다는 당위이며 살아남았다는 사실이다. 그들의 생존은 충분히 경이로운 선善이다. 그 이유 중 하나만 이야기하자. 이 소설은 살아남은 그분들 덕분에 태어났다.

시간의 흐름으로만 따진다면 이 소설은 『한 명』보다 먼저 쓰였어야 한다. 그 소설의 주인공은 위안소에서 살아 돌아온 노파이고, 이 소설의 주인공은 위안소에 살고 있는 열다섯 살 소녀이기 때문이다. 하지만 그 소설을 쓰지 못했다면 나는 아마 이 소설을 쓰지 못했을 것이다. 『한 명』을 쓰면서 찾아 읽은 증언들과 자료들이 그 소설을 펴낸 지 2년여가 지나서야 겨우 내 안에서 체화되었다. 그 과정에서 위안소를 배경으로 한 소설을 쓸 용기가 생겼다.

이 소설 역시 일본군'위안부' 피해 생존자들의 증언에 많은 빚을 지고 있음을 밝힌다. 온전히 기억에만 의존해야 했던 그분들의 증언을 수십 년 전부터 곁에서 도왔던 분들께도.

작가의 말을 쓰는 오늘도 한 분이 돌아가셔서 생존자는 이제 스물일곱 분이다.

아직 살아 계신 분들의 얼굴을 떠올려본다.

그리고 지난 2년 사이에 돌아가신 분들의 얼굴도.

10대 때 한 여자로서, 한 인간으로서 존엄을 훼손당한 그분들의 생애를 생각하면 저절로 울컥해진다.

한 분이라도 더 살아 계실 때 그분들의 한결같은 바람이 이루어지기를 소망하며, 조심스럽게 이 소설을 내놓는다.

2018년 7월

김 숨

흐르는 편지

초판 1쇄 펴낸날 2018년 7월 23일
초판 4쇄 펴낸날 2024년 8월 1일

지은이 김 숨
펴낸이 김영정

펴낸곳 (주)현대문학
등록번호 제1-452호
주소 06532 서울시 서초구 신반포로 321(잠원동, 미래엔)
전화 02-2017-0280
팩스 02-516-5433
홈페이지 www.hdmh.co.kr

© 2018, 김 숨

ISBN 978-89-7275-900-3 03810

* 책값은 뒤표지에 있습니다.
* 파본은 구입처에서 교환해 드립니다.